Ernst Penzoldt, geboren am 14. 6. 1892 in Erlangen, ist am 27. 1. 1955 in München gestorben.

Daß es mitunter schon eine Kunst ist, das Leben zu lieben, wußte niemand besser als Ernst Penzoldt, dessen Devise war: »Lerne selbständig denken, und du wirst es nie leicht haben im Leben.«
Dieser Dichter, Maler und Bildhauer, der keine andere Weltanschauung hatte, als sich die Welt genau anzusehen, hat Hunderte von zauberhaften Betrachtungen geschrieben, worin er den Zumutungen des Alltags die erfreulichsten Aspekte abgewinnt. Ob er über die Freundschaft mit Pflanzen, über beseelte Gegenstände, den Humor, das Lächeln, den Umgang mit Büchern, über das Träumen oder die Magie der Namen schreibt, stets ist er den Gesetzen des Schönen und Erstrebenswerten auf der Spur. »Alles wurde gut, freundlich, stachellos, unpolemisch in seinem Munde, auch wenn es aus bitterem Leiden kam«, schrieb Thomas Mann über Ernst Penzoldt, »er tat das Gute und redete zum Guten, eine Stimme in der Wüste natürlich; aber die Wüste schien bewohnbarer zu werden durch sein gütliches Wort.«

insel taschenbuch 2793

Ernst Penzoldt

Die Kunst, das Leben zu lieben

Ernst Penzoldt
Die Kunst, das Leben zu lieben

und andere Betrachtungen

Ausgewählt von Volker Michels
Mit einem Nachwort
von Peter Suhrkamp

Insel Verlag

insel taschenbuch 2793
Erste Auflage 2002

Quellennachweis und Hinweise zu dieser Ausgabe
am Schluß des Bandes
Vertrieb durch den Suhrkamp Taschenbuch Verlag
Umschlag nach Entwürfen von Willy Fleckhaus
Druck: Nomos Verlagsgesellschaft, Baden-Baden
Printed in Germany

1 2 3 4 5 6 – 07 06 05 04 03 02

Inhalt

Die Kunst, das Leben zu lieben

Von der Natur des Lächelns

Das Lächeln ist es, die sanfte Koseform des Lachens und zugleich seine vollkommenste Gestalt, was dem Menschen seinen höchsten Liebreiz zu verleihen vermag. Es ist keineswegs eine Vorstufe, ein Frühstadium des Lachens, das wohl manchmal mit einem Lächeln anheben kann. Das Lachen ist ein Lächeln, das seine Unschuld verloren hat.

Wo auch immer des Lachens eigentlicher Sitz zu suchen sei, mag es immerhin im Bauch, im Zwerchfell seinen Ursprung nehmen, wie sich denn manche Leute den Bauch halten müssen aus Sorge, er möchte am Ende gar bersten vor Lachen – das Lächeln jedenfalls ist edlerer Herkunft. Es wohnt im Herzen, und seine zarte Ausstrahlung ist es, was auf Mund und Wangen leuchtet und in den Augen, die dann vielleicht um einen Schimmer feuchter sind. Denn kein Lächeln ist vollkommen ohne die Augen, ohne diesen Schimmer, der ein Abglanz der Seele ist. Dort allein ist sie sichtbar für einige Augenblicke, kristallen, rein.

Das mag auch der Grund sein, warum das Lächeln unbeschreiblich bleibt, warum es der Kunst (wiewohl es eine Anzahl hervorragender Darstellungen Lächelnder gibt) nie so recht glücken will, allenfalls

in der Malerei. Denn die Gesetze der Plastik sind noch unerbittlicher. Ein gemaltes Lächeln, mag es noch so vollkommen sein – der Betrachter begehrt, daß es endlich aufhöre. Das steinerne Lächeln in der Bildhauerei wirkt zuweilen sogar weinerlich. Es darf keine Dauer haben.
Denn das Lächeln geht auf wie ein Licht, blüht und vergeht wie ein Licht. Es gehört zu den unmeßbaren Erscheinungen. Es ist kaum, und es ist stumm. Unmerklich hebt es an, kaum wahrnehmbar ist seine Bewegung, kaum verwandelt ist die Gestalt des Mundes und der Wangen, und doch wird es sichtbar, und bei seinem Anblick geht uns das Herz auf. Es hat sein eigenes Leben, ja, es gehört so sehr dem Leben an, daß es sich jeder künstlerischen Darstellung entzieht. Auch die »Gioconda« des Leonardo, die Tag und Nacht lächelt, besser: zu lächeln scheint – denn weil der Meister erlebte, daß es unfaßbar ist, ließ er es im Schummer –, auch dieser Schatten eines Lächelns hat etwas Gefrorenes, Erstorbenes. Man sagt, es sei rätselhaft. Nun, dann ist es auch kein Lächeln. Denn das Lächeln ist kein Rätsel, sondern Offenbarung unserer Seele.
Es vermag uns zu entzücken, es macht uns gut. Aber es ist sehr selten, wenn es vollkommen schön ist. Dennoch bedarf es nicht unbedingt eines schönen Angesichts, aber es bedarf einer schönen Seele, einer schönen Erinnerung, eines liebenden Gedankens.

Das Engelslächeln der Unschuld, wie es Kinder haben, selbst dem Schuldigen ist es verliehen. Denn sie sind nicht schuldig, während sie lächeln. Dem Lächeln Schlafender fehlt zwar das Leuchten der Augen, aber der Betrachtende meint es durch die Lider zu spüren, und zwischen den leichtgeöffneten Lippen schimmern die Zähne. Bloß und weiß bietet die Kehle sich dar, wehrlos, im Schlaf preisgegeben, geschützt nur durch das entwaffnende Lächeln des Paradieses.

Freilich ergeben sich auch beim Lächeln zahllose Arten und Unarten. Das törichte, eitle, überlegene, spöttische, verächtliche, siegesgewisse, das wehmütige, das sinnliche, herbe und müde Lächeln und das des täglichen Gebrauchs. Man erkennt es gleich an seiner Abgenütztheit. Nichts enthüllt uns so sehr das Gesicht der Seele wie das Lächeln: es entlarvt und richtet, es sagt die reine Wahrheit. Es wird zur Grimasse, wenn sich ein Unbegnadeter seiner bedienen will.

Ich will deinem Lächeln mehr glauben als deinen feurigsten Liebesschwüren. Denn es ist der untrügliche Ausdruck des reinen Gefühls, unabhängig vom menschlichen Verstand und Willen. Lächeln ist Gnade, der irdische Widerschein eines himmlischen Wohlgefallens, dessen wir teilhaftig wurden.

Seine Natur ist göttlich. Wo du es findest, wisse, daß es zu den wenigen anbetungswürdigen Erscheinungen im Diesseits gehört, und wer es im Sterben verliehen bekommt, der hat gewiß etwas vom Paradies geschaut. Wehe dem, der ohne Lächeln ist. Man kann es auch verlieren. Wohl aber dir, daß du es hast. Da ich dich kürzlich schlafend fand, sah ich dich im Traume lächeln, und mein Herz, das betrübt war, wurde hell davon, das bedrohliche Zukünftige verlor seine Gewalt, die Zweifel an deinem Gemüt zerstoben angesichts dieses verklärten und verklärenden Ausdrucks. So lächeln Engel, mußte ich denken. Dein Lächeln schien mir trotz seiner Vergänglichkeit ein Beweis für das Unsterbliche in dir. Es ist dein Zauber, etwas Wunderbares also, den Zeichen zuzuordnen, die uns an unsre eigentliche Bestimmung erinnern sollen.

Nichts indessen vermag uns so zu erschrecken und zu erschüttern als das irre Lächeln Wahnwitziger. Es ist eine jener starken Zumutungen für den Glauben, angetan, unser bißchen Menschenwürde ins Wanken zu bringen. Es ist wie die schmerzliche Verzerrung des Erhabenen im Spiegel eines Lachkabinetts.

In Andersens schönem Märchen von der Schneekönigin ist zu Anfang von einem Spiegel die Rede, den der Satan erfand. Alles Schöne wird darin zur Fratze, alles Gute erscheint in ihm ungut. In seinem Übermut hält der teuflische Erfinder den Spiegel Gott vors Angesicht. Aber an seinem Lächeln zerspringt der Spiegel, er hält es einfach nicht aus. Diese faustische Szene ist zugleich symbolhaft für das Lächeln überhaupt. In seiner vollen Reinheit freilich öffnet es sich nur dem Liebenden, dem es gilt, und nur Narziß kann sich selbst lächeln sehen.

Mag man auch bei Tieren, besonders bei den Hunden, so etwas wie ein Lachen wahrnehmen, so ist es doch vorzüglich eine humane Eigenschaft: lächeln kann nur der Mensch.

(1939)

Katharina die Schöne

Damit die Leser dieser Betrachtung sich keinen falschen Hoffnungen hingeben: das in der Überschrift genannte weibliche Wesen ist weder eine Heilige noch eine russische Kaiserin. Es ist nur eine Katze, keine siamesische, sondern ein ganz gewöhnliches, silbergrau und schwarz getigertes Hauskätzchen. Aus einem Wurf von drei Jungen war eines unserer Ulla zur Wahl angetragen worden. Zwei waren rabenschwarz wie die Eltern, eines aber sichtlich aus der Art geschlagen. »Das nimm!«, riet ich, ohne es zu kennen, und siehe da: Katharinchen erwies sich mit Abstand als das hübscheste, klügste und unterhaltendste von den Geschwistern.

Wir hatten schon früher einmal eine bunte Katze besessen, die zum Entsetzen einer ehrbaren Verwandtschaft »Gschpusi« gerufen wurde und eine hochkultivierte Schwäche für Spargel und Ölsardinen besaß. Aber ohne ihr Andenken schmälern zu wollen: die kleine Katharina steht jetzt schon unseren Herzen näher.

O ich weiß wohl, was alles über den fragwürdigen Charakter der Katzen schon gesagt worden ist. Sie seien falsch, treulos, diebisch. Da lobe ich mir die Hunde, heißt es. Man wird mich für anmaßend halten, wenn ich als halber Neuling in Katzen mich gegen derartige Beschuldigungen in aller Form verwahre. Übelwollende Menschen werden vielleicht einwenden, ich sei eben in die Katharina verliebt. Ich leugne es nicht. Sie ist aber auch die Anmut und Zärtlichkeit in Person. Ich brauche nicht im einzelnen zu schildern, wie geschmeidig, wie harmonisch, wie tänzerisch vollendet ihre Bewegungen sind, wie bezaubernd, wie einfallsreich, wenn sie spielt, wie reizend-klug sie ihr Pfötchen in die Milchkanne taucht und es abschleckt, weil die Öffnung für ihren Kopf zu eng ist.

Daneben besitzt sie einen ausgesprochenen Sinn für Monumentalität. Sie weiß bestimmt, daß sie den Ägyptern heilig war. »So wie ich jetzt dasitze«, scheint sie zu denken, »haben die Bildhauer der achtzehnten Dynastie meine Vorfahren in Granit gebildet!« Sie ist mit einem Wort: künstlerisch.

Keinem Tier sieht man so mühelos an, was es denkt, wie der Katze, wodurch sie sich vorteilhaft vom Menschen unterscheidet. Ja, sie ist, wenn man ihr so zusieht, geradezu ein personifizierter Gedankengang. Ihre Art, sich zu bewegen, ist zugleich ihre Sprache. Niemand nenne es gesucht, wenn ich behaupte, einer Katze zuzusehen, erweckt in uns die gleichen angenehmen Empfindungen wie das Denken eines schönen Gedankens. Betrachtet sie nur einmal ganz unvoreingenommen, und ihr werdet genau ablesen können, was in ihr vorgeht. Sie ist ein pantomimisches Wesen, gleichsam Jean Louis Barrault unter den Tieren.

Dort liegt sie zusammengerollt wie ein Ammonshorn, sorglos, vertrauensvoll, als schütze der Schlaf sie vor feindlichem Überfall. (Vielleicht respektieren die Tiere gegenseitig den Schlaf und tun Schlafenden nichts?) Seht, nun erwacht sie, macht ihren Buckel, wobei sie einem Kamel ähnelt, streckt sich und schlenkert sportlich die Pfötchen aus, während sie unauffällig zur Kenntnis nimmt, wer außer ihr im Zimmer ist. Eine Fliege am Fenster erregt ihre Teilnahme. Wie aber hinaufgelangen? Sie schätzt die Entfernung. Sie überlegt. Nein, so geht das nicht, das sieht sie ein. Aber so wird es gehen, das kann sie sich zutrauen. Sie erreicht durch einen Umweg zu einem besseren Absprung ihr Ziel: die Fliege. Wobei ich eines nicht begreifen kann, wie man Fliegen essen mag! Denn das tut sie, wobei sie den Hochgenuß der Mahlzeit entsetzlich übertreibt. Übrigens bringt sie einen ganz bestimmten Laut hervor, wenn sie Fliegen fängt, eine Art Zischlaut, den man sonst nicht von ihr hört. Es ist sicher das Wort für Fliege auf kätzisch.

Aber: Katharina stiehlt. Leider. Ich bin ein erklärter Freund von sogenannten »Regensburgern«. Ich bekam eine solche von einer Kennerin dieser meiner prosaischen Neigung gebracht. Katharina verspeiste

sie in einem unbewachten Augenblick. Man konnte es ihr im wahrsten Sinne des Wortes nachfühlen an ihrem prallen Bäuchlein.
Ich berief den Haustag (eine Art Parlament) und schlug vor, das bißchen Wurst, Käse und Butter, diese »Imponderabilien« des heutigen Lebens, an sicherem Ort zu verwahren. Anderntags fehlte der Käse. In einem unbewachten Augenblick... am dritten Tag zeigte das Bütterchen Abdrücke der kleinen weißen Zähne Katharinchens. In einem unbewachten... (und so weiter). Dabei hat sie es doch wirklich gut bei uns.
Pfui, auch den Vögeln stellt sie nach. Aber schließlich essen wir ja auch ganz gerne einmal eine Gans oder ein Huhn.
Ohne Zweifel, sie macht es einem manchmal schon recht schwer, sie liebzuhaben. Aber wer kann ihr widerstehen, wenn Kathrinchen gegen Abend, wenn sie munter wird und ihre weiten Pupillen bekommt, mit einem himmelblauen Wollknäuel, einem Stopfei oder einem Stöpsel spielt, wenn sie in bestechendem Stil den »Ball« vor sich hertreibt, sich selber Schwierigkeiten macht, vor einem nur in ihrer Phantasie wahrnehmbaren Feind plötzlich die Flucht ergreift, sich überkugelt oder, nachdem sie auf der Lauer gelegen, im Zeitlupentempo den Stöpsel, das Knäuel beschleicht, den Faden, einem Telephonnetz gleich, um die Tischbeine spannt oder aber sommers im

Garten, wenn sie im Hechtsprung unter dem Heuhaufen verschwindet und inmitten auftaucht, daß man nur ihr Köpfchen sieht, das schlaue.

Kleine Löwin mit den Bernsteinaugen, denke ich dann, schön machst du das, ach, ganz herrlich! Und ich erinnere mich an ein Wort meines Vaters: »Die Tiere sind doch schöner als die Menschen.« Nein. Da kann ich ihm nicht recht geben.

Kathinka hat sehr hübsche, etwas zu große Ohren, die mit weißem Pelz gefüttert sind. Sie sind sehr wesentlich. Denn wenn man sie mit der Hand zurückstreicht (sie ähnelt dann einem Seehund, der, wer weiß, am Ende eine Seekatze ist), so büßt sie viel von ihrem intelligenten Gesichtsausdruck ein. Sie hat eine allerliebste rosa Stupsnase und ist besonders komisch, wenn sie niesen muß. Sie hat schwarze Zehenballen, die genau aussehen wie Kaffeebohnen. Ihre Beine sind leider etwas krumm, um so hübscher sind ihre Arme. Und dann: ihr Fell riecht so gut wie im Freien aufgehangene Leinenwäsche, über die der Wind hinstreicht. So köstlich duftet sie, wenn sie nicht gerade Heringsköpfe gefressen hat. Sie schnurrt am laufenden Band. Als sie erst ein paar Tage bei uns und noch recht tolpatschig, wenn auch ganz besonders herzig war, fiel sie vom Tisch und schlug unsanft auf den Boden. Ihre junge Herrin hob sie auf und horchte an ihr. »Sie geht noch!« sagte sie beruhigt, als sie sie schnurren hörte.

Nun hat sie einen Liebhaber, das junge, unschuldige Ding. Unschuldig? Bewahre! Ich muß sagen, es fehlt ihr jedes Schamgefühl, wenn sie ihre Reize spielen läßt. Es blieb nicht ohne Folgen. Das geschieht ihr ganz recht.

Schon zweimal habe ich geträumt, daß Katharina reden könnte in meiner Sprache, ganz selbstverständlich. Es würde mich nicht wundern, wenn sie es auch in Wirklichkeit täte, mit ihrem süßen Stimmchen.

Man sagt mir nach, daß ich die kleine Bestie schrecklich verwöhne. Ich sage nicht gern die Unwahrheit: aber es ist nicht der Fall.

(1947)

Es sind bereits fünf

Man wird sagen, fünf Katzen in einer Familie sei ein bißchen viel auf einmal, eine genüge bei weitem, und – so dachte ich übrigens früher auch – es ist doch eine wie die andere, höchstens unterscheiden sie sich ein wenig im Fell.

Weit gefehlt.

Von unserer Alt-Katze brauche ich nicht mehr zu berichten. Sie ist unter der anspruchsvollen Bezeichnung »Katharina die Schöne« bereits in die zoologische Naturgeschichte eingegangen. Sie ist nicht mehr die Jüngste; dennoch verfügt sie noch immer über eine erstaunliche Anziehungskraft. Mindestens drei Kater aus der Nachbarschaft sitzen schrecklich verliebt, mit unbeschreiblich törichtem Gesichtsausdruck stundenlang vor unsern Fenstern und glotzen. Eines Tages ist es dann natürlich wieder geschehen, und wieder eines Tages, obwohl man der Katharina kaum etwas anmerkt, nicht viel mehr jedenfalls, als hätte sie eine starke Mahlzeit hinter sich, wird sie unruhig. Sie sucht sich ein Wochenbett, wozu sie zunächst jedesmal mein Bett in Aussicht nimmt. Aber sie ist ein sehr kluges Tier und sieht es ein, daß das nicht geht. In dieser Zeit ist sie ungewöhnlich zärtlichkeitsbedürftig. Das Jungen selbst ist keine große

Sache für sie. Sie schnurrt dabei so behaglich, als gäbe es nichts Schöneres für sie auf der Welt. Sie ist eine sehr gute Mutter, doch ohne jede Gefühlsduselei. In alten Papieren hat sie ihr Lager aufgeschlagen, und jedesmal in den Tagen, da sie Junge bekommt, erscheint ein Kater im Garten und guckt. Er schaut nach ihr, so könnte man denken, und ich nehme an, daß er der Kindsvater ist.

Katharina hat uns gut erzogen. Sie verständigt sich meist nur mit einem bittenden Blick mit uns, und wir tun ihr den Willen, öffnen die Türen und geben ihr zu fressen. Ihre Sprache ist wohllautend und bei den jeweiligen Gelegenheiten ausgesprochen nuanciert. Die zarten Vogelstimmchen der Kleinen hört sie offenbar auf viel größere Entfernungen, als das Menschenohr es vermag. Auch scheint es für die Katze eine Art Ultraduft zu geben, worauf ich noch zurückkommen werde. Den Plan unseres Hauses hat sie genau im Kopf, und irgendwo kommt sie immer herein, wenn sie von ihrem Nachtausflug zurückkehrt, um uns dann gewöhnlich eine Maus hinzuwerfen, als müsse sie für unsere Ernährung sorgen. Das haben wir nicht so gern. Aber es ist von ihr sicher sehr gut gemeint.

Eduard, ihr Sohn aus soundsovielter Ehe, ist ein bildschöner Kater, aber leider lange nicht so verständig wie seine Mutter. Anfangs benahm er sich sehr scheu, aber jetzt ist er ausgesprochen häuslich und auf Familienanschluß bedacht. Die Wahrheit zu sagen: er ist herzensgut, aber dumm. Er redet sehr wenig und ist im Gegensatz zu seinem jüngeren Halbbruder Pusellus entschieden temperamentlos. Während seine Mutter, wenn man sie liebkosen will, mit ihrem Kopf, wobei sie einen verbuhlt-genießerischen Gesichtsausdruck bekommt und die Augen schließt, der kosenden Hand sich entgegenschmiegt, verhält sich Eduard ziemlich passiv. Leider vertragen sich Mutter und Sohn gar nicht, was vor allem im Beginn ihrer Entfremdung der gute Eduard einfach nicht fassen konnte, daß nämlich seine ehedem so liebevolle Mutter ihn anfauchte, mit gesträubtem Haar und wildverzerrtem Gesicht dem harmlos-zutraulich sich ihr Nahenden feindlich die Zähne wies. Sie macht dann einen elektrischen Eindruck, sie ist »geladen« auf ihn. Zweifellos spielt dabei der vorher erwähnte Ultraduft eine wesentliche Rolle. Wenn man den Eduard gestreichelt hat, geht dann zur Katharina in den oberen Stock und hält ihr bloß die Hand vor die Nase, so fängt sie sofort zu knurren an. Ebenso lehnt sie auch ihren jüngeren Sohn, den Pusellus, ab, der kürzlich für ein paar Tage zu unserer Freude auf Besuch bei uns weilte, da seine Besitzer verreist waren. Pusellus ist ein reizendes, ein über die Maßen bezauberndes, elegantes Tier, ganz anders als seine Verwandten, zartgliedriger, feinfühliger, geistig lebendiger, in der ganzen Art noch kultivierter. Er ist, fast hätte ich gesagt, eine Künstlernatur, jedoch auch sportlich gewandt. Wir hätten ihn am liebsten nicht mehr hergegeben. Sein Gesicht ist besonders apart, als rolle von irgendwoher Siamkatzenblut in seinen Adern.

Fehlen noch unsere Jüngsten: Das eine ist schwarz, aber nicht kohlrabenschwarz, sondern mehr wie die als Neutraltinte bezeichnete Farbe in meinem Aquarellkasten, aber doch vergleichsweise ein Negerkind. Es hat einen »Reif« ähnlich wie ein Gamsbart, denn etwas längere, zartere weiße Haare stehen vereinzelt zwischen dem dunklen Fell. Außerdem hat es ein kleines schneeweißes Lätzchen unter der Kehle und je zwei weiße Zehen an den Vorderpfoten, aber einen schwarzen Mund.

Graubraun getigert, mit weißem Gesicht und weißer Bauchseite ist das andere. Es hat einen rosafarbenen Mund, rosafarbene Zehenballen und einen blendendweißen Kragen, ist lebhafter als der Mohrenbruder und ganz, was man ein »süßes Kätzchen« nennt.

Eduard, der Dumme, wird uns dieser Tage leider verlassen. Er hat eine gute Stelle gefunden mit Gastwirtschaft und Pferdestall.

Aber unsere Jüngsten sind noch zu haben.

Und schon schleichen wieder fremde Kater ums Haus, um Katharina ihre Aufwartung zu machen, der Vielbegehrten. Wie soll das bloß noch enden?

Ursprünglich übrigens hatte ich vor, bei der Schilderung unserer Katzen ein verstecktes Bildnis unserer Familie zu geben. Das hätte ohne Zweifel seine Reize gehabt. Aber dann hätte ich vermutlich uns verkätzlichen und jene vermenschlichen müssen. Der eigentliche Reiz der Freundschaft mit Tieren besteht jedoch meines Erachtens darin, daß sie eben keine Menschen, daß sie anders sind als wir und – beispielsweise – nicht über Politik sprechen.

(1950)

Die Buche

Ich kann mich nicht erinnern, je einen schöneren Sommer erlebt zu haben als den des vergangenen Jahres.

Dabei habe ich mich kaum von der Stelle bewegt, sondern die meiste Zeit schreibend in der Holzveranda zugebracht, mit dem Blick auf den See und das andere Ufer mit dem Dorf Aufkirchen und seiner altmodischen Allee auf der Höhe, über der manchmal die Tegernseer Berge sichtbar werden. Die Aussicht ist nicht großartig, keineswegs aufregend, sie lenkt nicht ab. Es ist eine beschauliche Landschaft. Sie ist auf beiden Seiten abgeschirmt durch hohe Waldkulissen, die unsere Blicke sanft den grünen Hang hinabgeleiten zu zwei alten, schöngewachsenen Fichten hin. Sie stehen beieinander, gleichsam Hand in Hand, ein Bäumeehepaar, die eine, der Mann, die andere ein wenig überragend, und manchmal wiegen sie sich im Wind und rauschen.

Es gibt noch einen Baum mit Persönlichkeit auf dem Grundstück, die Kiefer zur Linken, mit dem braunvioletten Stamm, ein Fremdling, wie zugereist von den märkischen Seen. Sie ist eine Abendschönheit. Auch der Rauhreif steht ihr gut und der Mond. Es

gibt kaum einen weiblichen Gast, der sie nicht ›so japanisch‹ fände.
Aber der schönste Baum weitum ist die Buche. Ein ganzes Jahr hatte ich Muße, sie zu betrachten – denn sie steht halblinks in meinem Blickfeld – von einem Winter bis zum anderen Winter. Es ist ein herrlicher Baum. Wenn ich die Augen aufhob und mich besann, weil mir nichts einfallen wollte, dann sah ich die Buche. Sie steht in dem glücklichsten Abstand von meinem Arbeitsplatz, so, daß ich sie mit einem Blick umfassen und zugleich jedes einzelne der sympathischen Blätter erkennen kann, das Ein und Alles. Ihr Umriß, ihr Gerüst gleicht von ungefähr dem, was ihre Blätter haben: jedes Blatt ist gleichsam ein Sinnbild des Ganzen.
Dieser Baum ist immer schön und nie langweilig. Sein zinnfarbener Stamm, die dunkleren, oft schwarz erscheinenden Äste, selbst in den traurigen Tagen des Entlaubtseins, ehe Schnee und Frost ihn schmücken, auch dann, da er so wie mit dem Bleistift in die Landschaft gezeichnet dasteht, ein gewaltiger Käfig für Krähen, eine kostbare Kunstschmiedearbeit, auch dann möchte man ihn immerzu anschauen. Ist er am schönsten im frostigen Gefieder des Rauhreifs, des im Hauch hinschmelzenden? Oder im Vorfrühling, wenn die Äste glänzen und die goldenen Spitzen der Blattknospen zu Tausenden hervorsprießen, daß der Baum für kurze Zeit einem Igel gleicht? Oder im

Herbst, wenn das Laub rostet, zu lauter Kupfer wird und wie Rauschgold klingt, wenn es windet?
Nein. Im Sommer ist die Buche am schönsten, bei voller Belaubung in ihrem sanften, den Augen wie kein anderes wohltuendes Grün. Dann ist sie die verkörperte platonische Idee.
Es ist eine Lust, daran aufzuschauen, die Wonne des Wachstums nachzuempfinden, das Baumgefühl in uns zu spüren. Sind es nicht die gleichen Verästelungen, wie sie unser Blutkreislauf, wie sie die Bronchien der Lungen, das Nervensystem oder das Stromnetz der großen Flüsse zeigen, die Eisblumen am Fenster?
Ganz zu schweigen von dem, was sich in dem Laubgehäuse an tierischem Leben abspielt. Ich kenne keinen unterhaltenderen Baum. Er ist voller Gesang und Kurzweil. Er ist das Paris des Gartens. Ein Naturkundiger wird aus ihm das Wetter prophezeien können. Er wird es an ihm wie an einem Barometerhäuschen ablesen, wie man es ihm zum Beispiel ansieht, wenn ein Gewitter kommt. Denn dann ist es, als fürchte er sich davor, als hielte der Baum den Atem an. Er hat etwas Unheilerwartendes wie ein Mensch, der sich vor einem Schlag duckt.
Ganz anders benimmt er sich im Wind. Dann fängt er an zu tanzen, man kann es nicht anders nennen. Erst präludiert er mit den Zweigen über unsichtbare Tasten hin, die Blätter regen sich, werden unruhig,

der Baum plustert sich, und dann beginnen die Zweige auf und ab zu schwingen nach der Melodie des Windes, wie mit Armen zu dirigieren und hin und her zu wogen, in so vollen, wunderbar musikalischen Bewegungen, daß man das Gefühl hat, es müsse ihm unendlich wohl dabei sein. Denn wahrhaftig: dieser Baum kann lustig, sehr würdevoll, zornig, müde, nervös, schwermütig und so weiter aussehen wie ein Mensch. Und dann, man muß nur einmal so ein reizendes, junges, sanftbehaartes Buchenblatt in der Hand gehabt haben, wie es sich anfühlt! So ist der ganze Baum, so voller Zärtlichkeit. Und man muß einmal in seinem Schatten gelegen sein, wie Du und ich im vergangenen Sommer, und von unten her in die durchbrochene, durchsonnte Kuppel der Buche geschaut haben. Es ist wie ein Abbild des Firmaments, es ist dann, als sei die Welt ein großer Baum und seine Blüten sind die Sterne ...

Ringsum wachsen junge Buchen. Die Keimlinge sehen aus wie kleine Ballettänzerinnen. Auch die große, herrliche, tröstliche Buche mit ihrem Stamm, den zwei erwachsene Männer kaum umspannen, mit ihren ausgebreiteten Armen, die Alte mit ihren vielhundert Ästen und Ästchen und ihren Millionen Blättern, auch sie war einmal in eine solche garstige, borstige Buchel gehüllt, und ihre gewaltige Wachstumssehnsucht lag in der Nuß eines der so ange-

nehm herb nach Öl und Harz schmeckenden Buch-eckerchen beschlossen. Auch sie, die Riesin, war einst vor mehr als hundert Jahren so ein zartes, winziges Pflänzchen mit den grünen Ballettröckchen und den zierlich sich reckenden Ärmchen.
Im Schatten eines solchen Baumes möchte man wohl begraben sein.

(1946)

Die Herbstzeitlose

Die Furcht vor Haifischen, vor Schlangen und giftigen Pflanzen habe ich von meiner Mutter. Das mag wohl die Ursache sein, wenn ich auch heute noch, sobald der Sommer sich neigt und ich seiner zarten, blaßlilafarbenen Blumen, der Herbstzeitlose nämlich, ansichtig werde, zuerst daran denke, daß sie giftig ist. Ich schwanke bei ihrem Anblick zwischen Neugier und Scheu. Das Wissen um ihren verdächtigen Charakter trübt mein Wohlgefallen an ihrer unstreitigen Schönheit. »Du hast nichts Gutes im Sinne«, denke ich bei mir, »wie apart und anmutig du auch sein magst, wenn du auch noch so unschuldig tust: es soll dir nichts helfen, daß du dich deiner vornehmen Verwandten rühmst und darauf hinausredest, zu den Liliengewächsen zu gehören. Vielleicht bist sogar gerade du gemeint mit den Lilien auf dem Felde, die nicht säen und nicht ernten, und der himmlische Vater erhält sie doch.«

Sie ist in der Tat lieblich anzuschauen. Sie hat etwas Rührendes in ihrer Hilflosigkeit und ihrer Haltlosigkeit.

Ihr Schaft, der so unmittelbar aus dem Boden wächst, daß man meinen könnte, sie sei hineingesteckt, ihr Schaft ist so empfindlich weiß wie Schnee, solange er in der finsteren Erde ist und die Sonne nicht sah. Dieser Stengel ist nicht rund, ja wirklich, er ist nur eine Hälfte, die sich nach Ergänzung sehnt. Denn die Herbstzeitlose hat in ihrem Gehaben etwas Sehnsüchtiges. Ihre Blütenzünglein strecken sich verlangend, beinahe lüstern geschleckig in den trüben Herbst. Denn sie ist am schönsten im Nebel, in der Dämmerung oder bei Mondschein in ihrer geisterhaften Blässe.

Sie hat entschieden so ein gewisses Etwas, das den Blick auf sie lenkt. Ein Süß-lila-Unsolides haftet ihr an, möchte ich meinen, etwas von lockerem Lebenswandel, etwas Gefährdetes und zugleich pikant Gefährliches.

»Reizend-arg« würde Goethe sie nennen. Das ist schon älteren Betrachtern aufgefallen, die sie »bleich-purpurfarben« nennen und: »in der Mitte des Kelches mit weißen Stiftchen gezieret«. Klingt das nicht beinahe zärtlich?

Gelb sind die kümmelförmigen Körbchen der Staubgefäße. Lila und gelb ist eine gewagte Farbenzusammenstellung. Das geht fast nie gut. Aber zu ihr paßt es. Es entspricht durchaus dem zweideutigen Charakter unserer Pflanze.

Erinnert sie mich an jemand? Bin ich ihr schon in menschlicher Gestalt begegnet, der leichten, der losen? Doch, natürlich. Es gibt Menschen, die ihr gleichen.

Die Herbstzeitlose ist ein anziehendes, zierliches Geschöpf von steifer Grazie und darin dem Krokus – äußerlich – zum Verwechseln ähnlich, dem freundlichen Frühlingsboten.

Doch während der Krokus oder Safran nach dem Volksglauben, den die moderne Wissenschaft durch fast bestürzende Experimente bestätigt hat, einen Saft enthält, das Crocatin, dem man Liebeszauberkräfte zuschreibt, birgt die Herbstzeitlose in sich ein heimtückisches Gift, das todbringend sein kann. Sie ist eben doch ein gefährliches Pflänzchen. Milchende Kühe, welche es fressen, geben eine blutige Milch, sagt man. Das gefällt mir nicht.

Der botanische Name lautet: Colchicum autumnale, das bedeutet »die aus Kolchis stammende Herbstliche«.

Das hat sie mit einer andern gefährlichen Kolcherin gemein, mit der zauberkundigen Medea.

Nach der Sage soll die Herbstzeitlose aus einem verschütteten Tropfen eines Zaubertrankes entsprossen sein, mit dem Medea den uralten Aeson, den Vater ihres Gatten Jason, verjüngte.

Da in den Pflanzen-Mythen oft eine natürliche, biologische Wahrheit verborgen liegt, wäre es nicht völlig ausgeschlossen, daß wie der Safran auch die Herbstzeitlose verjüngende Kräfte besitzt. In manchen Gegenden heißt sie »Spinnblume«. Nach dem Aberglauben soll sie vor den Leiden des Winters bewahren. Frauen und Mädchen zerrieben meist die Blüte in den Händen, damit sie beim Spinnen nicht wund werden sollten. Sie bestrichen damit die Augenlider, um bei der Arbeit an langen Winterabenden wach und munter zu bleiben. Ich habe es probiert. Es ist jedenfalls ein angenehmes, kühles Gefühl.

Übrigens gibt es auch vom Krokus eine im Herbst blühende Art, und erfahrene Gartenfreunde lassen die Herbstzeitlose und den Herbstsafran, die Liebesweckerin und die Giftmischerin, im gleichen Bett friedlich beieinander wachsen. Verwirrend ist dabei bloß, daß das Colchicum mancherorts »wilder Safran« genannt wird.

Ich will nicht hoffen, daß dieses Doppeljüngertum Absicht ist. Aber zum Glück gibt es ein paar untrügliche Unterscheidungsmerkmale: der harmlose Krokus hat jene schlanken, eleganten grünen Blätter mit der weißen Gräte und ist von der Natur fürsorglich wie mit Seidenpapier umwickelt. Er liefert übrigens den kostbaren Farbstoff, mit dem die Chinesen die gelben Gewänder der Mandarine färbten. Denn die Chinesen lieben Gelbes.

Die Zeitlose dagegen ist sozusagen wie Blumen an sich. Sie hat nichts an. In Frankreich nennt man sie daher mit Recht »dame nue«, was unserem »Nackte Jungfrau« entspricht. Früher sagte man respektlos: nackete Hur. Man sieht, sie hat keinen guten Ruf, die schamlose Person. Außerdem hält sie sich nicht an die Jahreszeiten wie andere anständige und redliche Pflanzen. Sie blüht im Herbst und treibt Blätter und Fruchtkapsel im Frühjahr.

Davon hat sie den weiteren Spottnamen: filius ante patrem, Sohn vor dem Vater.

Nun ist es an der Zeit, die Zeit-lose oder Zeit-umstürzerin ein wenig in Schutz zu nehmen. Denn in der Heilkunde wird oder wurde jedenfalls wie aus dem Fingerhut das Digitalis und aus der Tollkirsche das Atropin, so aus dem Cholchicum ein Arzneimittel gewonnen, das mit angeblich wohltatiger Wirkung bei Rheuma, Ischias und anderen Übeln angewandt wurde.

Es gibt übrigens von der Herbstzeitlose in aller Welt mannigfache Arten, recht bunte sogar. Eine hat den drolligen Namen: Colchicum Haußknechti und »wächst in den Felsenspalten der Gebirge Persiens«, wo sie vermutlich ein Botaniker namens Haußknecht entdeckt und bestimmt hat.

Aber unsere einheimische, unpünktliche und ungenierte Medea, die so leicht geknickt ist, bedeutet unentrinnbar den Herbst. Ihre täuschende Ähnlichkeit mit dem Krokus narrt uns. Sie äfft uns mit ihrem Frühlingsantlitz. Denn in Wahrheit ist sie das Sinnbild der Schwermut, wenn sie so leichtsinnig-verführerisch in schlecht rasierten Stoppelfeldern und auf Roßwiesen steht, fragwürdig, schwankend. Es kann einen frösteln, wenn man sie so sieht. Sie hat etwas Zuspätgekommenes, früh Verblühtes. Ihr Eigensinn, was die Jahreszeiten betrifft, könnte am Schluß zulassen, daß sie stur an einem ihr von früher aus einer lichtlosen Vergangenheit vertrauten Zeitbegriff festhält, der nicht der unsrige ist. Sie gehört ja schließlich zu den Liliengewächsen, wie gesagt, also zu dem Pflanzengeschlecht mit Urzeit-Adel. Aber ich fürchte, die Lilien im Pfarrhausgärtlein schämen sich ihrer.

Nach ihrem Aussehen möchte man auf ein zärtliches, betörendes Parfüm schließen. Allein die Herbstzeitlose ist geruchlos. Doch wäre es immerhin möglich, daß sie einen Ultraduft besitzt, der nur von unsern Sinnen nicht wahrgenommen wird.

Wir bilden uns ein, man könnte es manchen Pflanzen am Gesicht ansehen, daß sie giftig sind. Wir mißtrauen den gefleckten Blüten des Knabenkrauts und dem »giftigen Blick« der Tollkirsche, die uns wahrhaftig mit einem bösen Auge anschaut.

Wir meinen es der Herbstzeitlose anzukennen, daß sie einen zweifelhaften Charakter hat. Aber ungeachtet aller Einwände gehört sie, nun sie auch oder gerade weil sie in uns Herbstgedanken erweckt und an das Vergängliche alles Irdischen mahnt, zu den poetischen Blumen, so sehr, daß man sich schon gar nicht mehr getraut, sie zu besingen, wie Freiligrath es getan hat:

»Verblüht schon war die Rose
die Nachtigall geflohn
die ernste Herbstzeitlose
stand auf den Wiesen schon.«

(1958)

Schmetterling im Schnee

In den letzten frühlingshaften Herbsttagen ist mir ein später Falter zugeflogen, ein Pfauenauge oder Jo, wie ihn die zünftigen Lepidopterologen nennen. Ich fand ihn im Wohnzimmer und hielt ihn erst, da er die Flügel steil gefaltet hatte, also nur die unscheinbare düstere Unterseite zeigte, für ein Fetzchen verkohltes Zeitungspapier, von einem Kamin hereingeweht. Seitdem wohnt er bei den Büchern, für die er eine metaphysische Zuneigung zu hegen scheint. Ich hüte ihn, damit er nicht entfleucht, wenn gelüftet wird. Denn inzwischen ist es Winter geworden. Nach Tagen eisiger Kälte schwärmen draußen die weißen Bienen, und was dem Falterauge als duftige Kirschblüte erscheinen mag, sind die beschneiten Zweige vor meinem Fenster.

Ich habe Angst um ihn. Vielleicht habe ich mir einen sträflichen Eingriff in den natürlichen Ablauf seines Schmetterlingsdaseins erlaubt, vielleicht hätte ich ihn, wie er aus freiem Willen an meinen schützenden Herd kam, auch frei ziehen lassen sollen, und fände er dabei füglich den Tod. Mein geflügelter Gast mit dem schönen griechischen Namen (auch seine zahlreichen Anverwandten führen solche wie Amynthas, Adonis, Chryseis, Psyche) könnte sich auf das den

Alten vormals heilige Gastrecht berufen, ja es möchte sein, daß er klüger ist als ich und weder Schnee noch Frost ihm etwas anzuhaben imstande sind.

Einige Tage verhielt er sich völlig ruhig, so daß ich wähnte, er sei in die Starre des Winterschlafs verfallen und werde erst im Frühjahr wieder zu sich kommen. Kopfunter wie eine Fledermaus (oder einem Segelboot ähnlich, das sich im Wasser spiegelt) hing er zu Häupten der Bücher und rührte und regte sich nicht. Ich glaube mich nicht getäuscht zu haben, daß der Knall einer zugeworfenen Tür den stillen Schläfer aufschreckte. Plötzlich flatterte er geräuschvoller, als bei einem so zarten Wesen zu vermuten, gegen das Fenster, das er für Luft und Licht zu halten schien. Denn er versuchte immer von neuem, gleichsam mit dem Kopf durch die Wand die Freiheit zu erzwingen.

Wovon lebst du, kleiner Schmetterling? Welche Kraft hält deine Flugmaschine in so leidenschaftlicher Bewegung? Siehst du nicht, daß die Scheiben gefroren sind? Oder locken dich die Eisblumen, die zartgefiederten Palmwedel, an meinem Fenster? Seltsam fürwahr, es ist wirklich die Zeichnung von Palmzweigen, wie sie der heiße Süden hervorbringt.

Der Schmetterling läßt sich für eine Weile darauf nieder, zitternd ruht er auf der tropischen Landschaft in

Weiß. Die bunte Malerei auf den aufgeschlagenen Schwingen, in Erinnerung an scin Sommerdasein und der eisige Flor bilden einen Gegensatz von sonderlichem Reiz. Wovon lebst du eigentlich, Jo? Du scheinst gewichtlos zu sein, wenn du auf meinem Finger sitzest, ohne Erdenschwere. Trocken und welk ist dein Körper. Wie groß ist deine Seele?

Zuweilen trinkt er. Er entrollt die uhrfederartige Spirale seines Saugrüssels und senkt die feine Sonde in den Wassertropfen, der sich an der Fensterscheibe gebildet hat. Der Trunk genügt für Tage. Ist das sein Leben? Der Tropfen Tau! Oder empfängt er es vom Licht? Es erscheint fast glaublicher, daß die schillernden Augen auf seinen Flügeldecken, von denen er seinen Namen hat und die von ungefähr jenen Farbenwirbeln, den Tschakras, gleichen, die eine weniger materialistische, östliche Anatomie als Lebenszentren des menschlichen Körpers schaut, in Wahrheit dazu geschaffen sind, die Lichtnahrung aufzunehmen und in Lebenskraft zu verwandeln, in dieses bißchen Lebenskraft, dieses Millionstel eines Atemzuges, einer Empfindung, diesen Hauch von Liebe. Oder leuchtet es nicht besser ein, daß dieses Wesen von einem schönen farbigen Gedanken Gottes lebt, als etwa von der Luft, die schon zu fest und nicht schlackenlos genug ist für dieses Geschöpfchen.

Man sagt, ein Schmetterling, der überwintert, habe es versäumt zu lieben. Denn dazu allein gab ihm der

Schöpfer seine Schönheit und das kurze, oft nur ein paar Stunden währende selige Dasein. Kaum daß er das irdische Geschäft der Liebe vollzogen hat, ist er frei für den Tod, er darf sterben. Aber dieses Gran von Wonne, diese Sekunde des Entzückens ist genau so groß wie alle Liebe in der Welt.

Aber wie ist das, gibt es nicht Tausende von Arten in unerschöpflichen Erfindungen, gaukeln sie nicht zu Abertausenden über den sommerlichen Wiesen? Müßten nicht ihre Toten wie buntes Laub die Erde bedecken? Wo bleiben sie? Irgendwo müssen sie doch wohl bleiben.

Sie fliegen, denke ich, auf das geliebte große Licht zu, der Sonne schweben sie entgegen und vergehen daran. Das Licht nimmt sie zurück.

Man hat mir grüne chinesische Räucherstäbchen gebracht, und von dem glimmenden Fünkchen steigt der Rauch empor, manchmal fadendünn, manchmal in zarten wallenden Schleiern. Dieses würzige Rauchopfer scheint mir die schickliche Form zu sein, den Tod meines Schmetterlings zu feiern.

Ist er auch wirklich tot oder schläft er nur? Seine Beine hat er an den Leib gezogen, er sitzt nicht, er liegt im Bücherregal. Sein dunkles Segel lehnt an ›Werthers Leiden‹. Zwei Tage verharrt er so. Aber auf einmal ist wieder Leben in ihm. Er erwacht. Ein allzu lautes Wort, ein Gelächter hat ihn geweckt oder der Äolsharfenton des Windes. Er zittert, wie eine

Saite schwingt. Er trinkt von dem Wasser, das ich ihm weise. Er scheint todmüde und schwach. Das Fenster steht offen. Draußen schneit es in großen blühenden Flocken. Da schwingt er sich plötzlich auf und segelt hinaus: das einzige Bunte in lauter Weißem, der einzige liebende sommerliche Gedanke in der herzlosen Kälte des Winters ringsum. Im Wirbeln der Schneeflocken entschwindet er. Nun wird der Tautropfen, den er eben trank, zu Eis erstarren und wie ein gefrorener Degen ihn durchdringen; der Schmetterling wird zuschneien, der zarte Hauch eines Lebens, das Fünkchen Liebe wird ersterben. Es war ein Wunder, daß er das Bunte und Große so lange ertrug, ohne zu zerbrechen und in Staub zu zerfallen.

Die Alten pflegten Psyche mit Schmetterlingsflügeln darzustellen.

(1939)

Lufteis

Du tust es genau so, wie ich es tue. Kinder wie Erwachsene, alle tun es aus angeborener Lust. Sie müssen es einfach tun. Ein altes krummes Mütterchen sah ich kürzlich durch den frühen Winter schlürfen, und siehe da: auch die Greisin konnte der Verlockung nicht widerstehen. Sie tat es mit Wonne. Niemand kann es sich verkneifen, seit die Welt besteht und durch den Frost auf den Pfützen das weiße, mürbe Lufteis sich bildet, alle, ohne Ausnahme, müssen darauf treten und es zerbrechen. Es ist ein besonderer hohlklirrender Wohlklang dabei, der unstreitig ein Gefühl der Befriedigung in uns auslöst. Es geschieht ohne Gefahr, es ist billig und macht viel Spaß.

Aber der nachdenkliche Philosoph, ein Wanderer, schüttelt das Haupt ob solch kindischen Betragens. Es soll nicht so ohne weiteres sein Bewenden dabei haben, daß alle Sterblichen, sobald sie einer Pfütze mit dem hübschen Lufteis ansichtig werden, das gleiche tun. Denn sie tun, so stellt der Weise in der Pelzmütze fast ein wenig ärgerlich fest, sie tun es wirklich und wahrhaftig alle. Sogar ein Soldat auf Urlaub, als Artillerist von Berufs wegen doch ganz anderen Lärm gewohnt, auch er macht sich das Vergnügen.

Kindisch, kindisch fürwahr, denkt der Weise. Der Mann kann sich offenbar gar nicht genug tun. Er blickt sich unternehmend nach weiteren Gelegenheiten um. Er hat im Vorbeigehen eine Pfütze übersehen, die noch heil ist, und kehrt ihretwegen zurück. Es muß eine Art Willenszwang vorliegen, keines der Fensterchen auszulassen. Alle müssen kaputt gemacht werden.
Darüber, nach welchen physikalischen Gesetzen der Hohlraum unter dem Eis entsteht und daß da doch so etwas wie ein kleines Wunder der Natur geschieht, scheint sich keiner der Mutwilligen irgendwelche Gedanken zu machen.
Nachdenken macht eben lange nicht so viel Spaß, als Lufteis zu zertreten. Das ist es.
Der Philosoph, mit der sich so mühelos darbietenden Versuchsreihe menschlicher Torheit beschäftigt, bekommt kalte Füße. Er muß sich etwas Bewegung machen. Er bemerkt, daß es an diesem schönen Frosttag, da es erst gestern noch gehörig geregnet hat, ganz besonders viel Lufteis gibt.
Unter den Ergebnissen seiner also begünstigten Beobachtungen befindet sich ein Lehrer, ein Erzieher der Jugend also! Ferner ein drolliger Bub, der einem kleinen Schwesterchen, da er behender ist, das frühe Glück der Zerstörung stets sozusagen vor der Nase wegnimmt, bis das arme betrogene Kind in herzzerreißendes Wehgeschrei ausbricht. Dann ein größerer

Junge, der sich aber zu gleichem Zweck und mit Erfolg des Fahrrades bedient. Danach ein Liebespaar. Zu guter Letzt findet sich noch eine sorgenvolle Hausfrau ein, die, obgleich schwer bepackt, selbst einen kleinen Umweg nicht scheut, um zu ihrem klirrenden Vergnügen zu kommen. Ihr Gemüt ist danach sichtlich erleichtert.

Es muß etwas Ähnliches vorliegen wie beim Zerknallen von Tüten, sagt sich der Philosoph am Wege. Wenns nur knallt und scheppert. Auch das Schießen auf Glühbirnen mit dem Luftgewehr gehört hierher. Vielleicht auch das Zerreißen von Briefen.

Es ist wohl eine sehr menschliche Eigenschaft, bemerkt der Philosoph. Dann aber, nachdem er sich scheu umgesehen, probiert er es auch. Und auch ihm, dem Weisen, macht es Spaß, an dem Lufteis sein Mütchen zu kühlen.

Kindisch, kindisch fürwahr, aber vergnüglich, und, so beschließt er seine winterliche Betrachtung, es ist doch immer ein kleiner Schmerz dabei, ein Klang, der der Natur irgendwo weh tut.

Bis tief in die Nacht schreibt er an einem Werk, das von der Liebe handelt. Es ist das Kapitel über die Grausamkeit und über die Verwundbarkeit des menschlichen Herzens.

(1941)

Die Glut

Vor kurzem bat mich ein Soldat um Feuer, und ich lieh ihm meine Zigarette, damit er die seine an der Glut der meinen entzünde. Da fiel mir ein, und ich sagte es ihm auch: Nun könne es wohl geschehen, wenn er die Glut an einen Dritten weitergebe, dieser an einen Vierten und so fort, daß die Glut durch die nächtliche Stadt wandere von einem zum anderen, ja möglicherweise durch die ganze Welt.

War es aber dann noch dieselbe Glut, die mein Atem entfacht hatte und die, nachdem sie weitergezündet, noch eine Zeitlang weiterlebte, bis sie erstarb? Was ist überhaupt Glut, wie groß ist sie, wie klein kann sie sein? Fast winzig, ein Funke nur, glimmt sie am Ende eines chinesischen Räucherstäbchens, unermeßlich groß, wärmt sie als Sonne die Welt.

Was da übersprang von Mund zu Mund und glühend weiterwanderte, ja vielleicht jetzt noch wandert, es verdankte sein Dasein unzweifelhaft der kleinen sanften Glut meiner Zigarette. Ich hatte sie weitergegeben, und doch war sie davon nicht kleiner geworden. Sie hatte nichts verloren, sie glühte weiter unter der silbergrauen Asche, Gleichnis eines Sterns mit einem brennenden Kern unter der erkaltenden Kruste, Sinnbild eines alternden Herzens.

Ist Glut Leben? Vielleicht etwas dem Leben Zugehöriges. Sie strahlt Wärme aus. Wärme ist aber nicht Leben. Sie vermag, wie oft hat es mich erschreckt, sogar das Leben zu überdauern. Ein toter Vogel, ein toter Mensch, noch bleibt er eine geraume Weile warm, nachdem das Leben schon unwiederbringlich erloschen ist. Auch von der Glut bleibt noch eine Zeitlang Wärme zurück, nachdem sie aus ist. Und von der Liebe.

Glut ist gewichtlos, sie hat keinen Körper. Ihr Wesen ist geistig. Sie leuchtet. Sie ist wie ein schöner Gedanke, der sich mitteilt und davon nicht abnimmt, wie viele auch daran teilhaben.

Die Glut eines Kaminfeuers, wie heimelt sie uns an! Wir können die Augen nicht davon wenden und uns nicht satt sehen. Sie macht uns nachdenklich. Wir blicken gedankenvoll in die Glut. Es muß wohl etwas in unserem Innern sein, was sich in der Glut erkennt und mit verwandten Empfindungen antwortet. Es ist das Glühende in uns.

Wir reden von der Glut der Leidenschaft, des Hasses. Wir sagen, daß ein Herz in Liebe erglüht. Manche verbrennen daran. Sie verzehren sich.

Was hatte ich weitergegeben? Was wandert nun durch die Welt? Wo mag es nun sein? Ein Hauch von Wärme. Ein Fünkchen Hoffnung.

(1943)

Kleine Wahrnehmungen

Sicher ist es auch Dir schon aufgefallen, daß die Menschen unserer Tage sich nicht selten kurz und bündig mit ›Mensch‹ anreden, etwa so: »Paß doch auf, Mensch!«, wobei das wunderbare Wort vorwurfsvoll gedehnt, gleichsam mit zwei ›e‹ oder gar einem nasalen ›ä‹ gesprochen wird. Ich nenne das Wort wunderbar, denn es umfaßt eindeutig unser Wesen und unsere Bestimmung im Bereich der Schöpfung. Der freilich nicht immer freundlich gemeinte Anruf ›Mensch‹ soll uns wohl an das erinnern, was wir sind und wodurch wir uns beispielsweise von den Pflanzen, vom Tier, von Engeln oder Göttern unterscheiden, also an die Menschlichkeit unserer Natur. Es ist eine sinnige Anrede, ein Name, der verpflichtet. Er bedeutet im Grunde nichts Geringeres als: du bist ein Mensch, also benimm dich danach.

Die Anrede war an mich gerichtet, als ich kürzlich in der überfüllten Trambahn fuhr. Zugegeben: die Luft war schlecht. Mit Wehmut gedachte ich eines Lieblingsausspruchs meiner Mutter, daß die Kultur eines Volkes am Verbrauch von Seife zu messen sei. Allein, wenn ich mich der Gerüche erinnere, die der Krieg hervorzubringen vermag, bei denen einem die Haut

schaudert, so konnte die notgedrungene Ungelüftetheit der Trambahn geradezu als balsamisch gelten. Meine Gestalt ist schlank. Ich beanspruche, wohl wissend, wie viele Seelen in zivilisierten Ländern auf einem Quadratkilometer beisammen wohnen, nicht mehr, als einer Durchschnittsseele zusteht. Trotzdem war es offenbar noch zuviel. Ich bin nicht ohne Empfindung. Mein Beruf verlangt es. Auch war nicht ich es, der meinem Nebenmann spürbar auf den Fuß getreten hatte, sondern er mir. Ich sagte: »Verzeihung!« teils aus Wohlerzogenheit, teils weil er der Stärkere war. Und er antwortete: »Paß doch auf, Mensch!« Sollte ich mir die Anrede als kränkend verbitten? Sollte ich sagen: »Für Sie bin ich noch lange kein Mensch, mein Herr?« Ich würde der Lächerlichkeit anheimgefallen sein. Es fiel mir nicht leicht, denn ich hatte sehr lange nicht mehr nachgedacht. Denken erfordert Alleinsein. Zudem unterbrach mich die schmucke, rüstige Schaffnerin, die ›Tramazone‹, die sich bis zu mir durchgekämpft hatte. Aber sie war es auch, die meinen Gedanken frische Nahrung gab. Sie rief die Haltestelle aus. »Marienplatz!« rief sie, sie sang es beinahe. Es klang, wie wenn Kinder ›Weihnachten‹ sagen, mit solch warmer Innigkeit sprach sie es aus, gleichsam als Paradiesverkündigung für die Fahrgäste, die schon am Ziel waren und aussteigen durften.
»Sie müssen viel Humor haben, Fräulein«, meinte

nissig (fränkisch) mein Nebenmann. »Erraten!« entgegnete es munter, »es ist und bleibt die beste Weltanschauung.« Man hätte sie vom Fleck weg heiraten mögen, mit so viel Anmut sagte sie das.

Uns, dem reizbaren Gewaltigen und meiner Wenigkeit, war es noch nicht erlaubt, auszusteigen. Für ihn freilich wäre es besser gewesen. Denn er fuhr, wie er alsbald unmutig feststellte (natürlich war nicht er schuld daran, sondern das Fräulein), in falscher Richtung. Ich gab mich den wohlverdienten Wonnen reiner Schadenfreude hin und nannte ihm bescheiden die Linie, die er nehmen mußte. Grollend verließ er die gemeinsame Plattform. Ich hatte Platz zum Denken.

›Es geht um die gute Sache‹, dachte ich. Eine Sache macht gut oder sie sollte es wenigstens. Die Trambahn ist eine gute, befördernde, menschenfreundliche Einrichtung. Warum war er so reizbar? Und er nicht allein. Denn als ich wieder ein gewöhnlicher Fußgänger war und unserem geliebten Häuschen zustrebte – das so klein ist, daß es erschrickt, wenn die Nachtsirene heult, und zittert, wenn die Kanonen sprechen –, als ich es von ferne erblickte und mich freute, daß es noch da war, kam ein Junge des Wegs, einen Kiesel gleich einem Fußball in bestechendem Sport vor sich hertreibend, und geschickt, als sei er sein Gegner, einen gesetzten Herrn umspielend, der hier in vollster Pensionsberechtigung lustwandelte. Es war hübsch anzuschauen. Der Herr jedoch, in steifem Hut, engem Stehkragen, mit einem Zwicker oder Kneifer nebst schwarzem Schnürchen daran, einem gesträubten Hamsunbärtchen und Spazierstock, lief sogleich rot an und beschimpfte den Knaben mit sehr häßlichen Worten. Gewiß, der Gehsteig ist kein Sportplatz. Doch die Sonne schien und der Himmel blaute. Warum wurde er so bitterböse? Der Junge hielt sich fern von ihm, mit indianisch geschultem Blick erfassend, daß sein Feind über die schwereren Waffen verfügte, er aber über die schnelleren. Dann pfiff er sich eins und spielte mit einem beherzten Lächeln des Einverständnisses mir den Kiesel zu. Ich nahm ihn an, die Ehre der Erwachsenen zu retten.

›Es sollte mehr Spiegel geben‹, sagte ein Weiser, ›und es würde weniger verdrießliche, gereizte, böse und mehr freundliche Gesichter geben‹. Auch in überfüllten Trambahnen.

Im vergangenen Winter habe ich es auf einem Bahnsteig erlebt, daß bei eisiger Kälte die Wartenden sich aneinanderdrängten gleich einer Herde und einander wärmten, wie vernünftige Tiere es zu tun pflegen. Daran mußte ich denken. Nicht nur die Trambahn ist eine menschenfreundliche, erzieherische Einrichtung. Auch das Denken kann es zuweilen sein, o Mensch!

(1940)

Die Luft

Am Abend des 14. Februar, der allen Skifahrern als der schönste Sonntag des vergangenen Winters in Erinnerung ist, standen wir auf einem Hügel des Walsertals, den Blick zum Himmel gewandt, und schauten. Der weiße Mond im ersten Viertel des Zunehmens lag waagerecht zwischen hauchzarten Rosenwolken, wie ein Nachen anzusehen. Er, nicht die Wolken, schien zu fahren, und ein sehr heller Stern folgte ihm dichtauf: wie ein Mann, der über Bord gegangen ist, einem Schiffe nachschwimmt.

Am Tage vorher war reichlich Neuschnee gefallen, und obwohl wir uns nahe beim Dorf befanden, meinten wir doch, vollkommen einsam auf der weiten Welt zu sein, die zwei einzigen Menschen ringsum in einer unbewohnten, noch von keines Sterblichen Fuß berührten Landschaft. Es geschieht zuweilen, daß die Natur allein gelassen sein will, ungesehen und menschenleer.

Wir standen entrückt im Weißen. Aber was uns übermannte, war nicht die erstarrte furchterregende Pracht und wilde Größe der Berge: es war die Luft, die wir atmeten. Sie war klar und durchsichtig und sichtbar zugleich, totenstill, und doch erfüllt von unendlichem Wohllaut, wie von Ariels Gesang. Sie war

farblos und von tausendfältiger Buntheit, regungslos und bewegt von zärtlichster Empfindung, All und Nichts in einem.
Die Rosenwolken waren längst verblichen und verweht, die Berge klein und unansehnlich geworden. Nur die Luft herrschte zwischen dem großen Himmel und der kleinen Erde.
Denn die Erde schien uns auf einmal winzig und begrenzt: ein zackiger Stern, in ein paar Schritten zu durchwandern. Hinter den Bergen hörte sie auf.
Das Leichte herrschte über das Schwere, das Durchsichtige über das Dichte, das Zarte über die Kraft.
An jenem Abend schien es uns durchaus möglich, in die Luft aufzusteigen und wie auf einer gläsernen Treppe dem Mond und den Sternen zuzuwandern.
Alle Mühsal war von uns genommen, alles Schwere.
Die Zeit stand still. Wir redeten wenig und leise. Dennoch meinten wir, daß unsere Stimmen auf dem fernsten Stern vernommen würden.
Verlockend war es für uns, gleich jenen Wolken, die sich vor unseren Augen selbst eingeatmet und verbraucht zu haben schienen, zu zergehen und den Geistern der Lüfte uns zu vermählen. Luft ist Geist. Der Geist des Schöpfers, der ewige, allesbewegende, auch sein Name ist nicht ehern und laut, sondern ein sanfter Atemzug: πηεῦμα ϑεοῦ.
In dem glücklichen Augenblick, da wir auf dem weißen Hang standen – die Berge ringsum hatten inzwi-

schen eine fast lächerliche Ähnlichkeit mit Kopfkissen angenommen und sahen, aller Schrecken und aller Würde entkleidet, behaglich verschlafen aus –, in jenem begnadeten Augenblick, da wir das Wunder der Luft erlebten, war sie nicht blau wie am Tage. Und wenn wir sie schauten und spürten, so geschah es nicht so sehr mit den Augen, nicht mit der Haut (denn obgleich es bitter kalt war, fröstelten wir nicht): wir nahmen sie wahr mit dem, was ihr in uns verwandt ist. Nicht leer dünkte sie uns zu sein, sondern lebendig, voller Ereignisse und voller Wünsche, ihrer selbst und der Welt froh.
Sie empfindet sich. Ihr sind alle Sinne gegeben. Sie hört, sieht, fühlt. Sie fühlt den Flügelschlag eines Vogels und den Wohllaut seines Gesangs, sie atmet den Duft der Blumen, labt sich am Licht. Alle Anmut und Schönheit der Erde spürt sie ganz, gleichzeitig, allseitig: Baum, Tier und Mensch freundlich umfangend. Und wir, wie wollen wir uns empfinden ohne sie, die uns berührt, mit der wir gleiche Grenzen haben, wo immer wir wandeln? Unser Gefühl lebt von ihr, unsere Sprache lebt von ihrem Hauch. Es ist ihre Stimme, die redet und vernommen wird. In ihr ruht die Harmonie der Töne und die Ordnung der Architektur. Unsichtbar bestimmt sie den Raum und den Umriß. Wenn wir von der ›Atmosphäre‹ eines Menschen sprechen, meinen wir nicht damit eigentlich die Luft, die ihn umgibt, seine Umluft?

Wir sagen: in der Gegenwart dieses Menschen kann ich atmen oder ich kann es nicht. Es ist die Luft mit ihrer feinen Witterung für das Gute und für das Böse. Es ist die Luft, die uns warnt oder getrost sein, wieder frei aufatmen läßt. Sie spürt es im voraus, wenn finstere Gewalten am Werke sind. Bangigkeit befällt uns, noch ehe wir wissen, warum. Die Luft aber weiß es.

Das scheinbar widerstandslose, stumme und sanfte Element, die Luft, welche Gewalt hat sie, wenn wir sie gefangennehmen, welches unbändige Freiheitsgefühl, wenn man sie in die Enge zwingt! Wie faucht und rauscht sie, wenn sie entweicht. Schmerzhaft unter dem Gertenschlag stöhnt die beleidigte Luft. Wie brüllt sie, wenn der Blitz sie verwundet. Sie erschrickt und zittert vor dem Schrillen und Lauten.

Wo sie nicht ist, hört alles Leben auf, auch das Feuer. Wenn man sie uns entzieht, dann wird es finster vor unseren Augen, wir sind nicht mehr fähig, klar zu denken, unsere Sinne vergehen. Es braust in unseren Ohren, Blut stürzt aus Nase und Mund, das Herz hört auf zu schlagen.

Die wir gedankenlos atmen, auch im Schlafe, die schöne wohltätige Luft, noch einmal, wenn ein Mensch stirbt, sein Leben schon entflohen scheint, sein Herz verstummt ist und er regungslos daliegt, einmal noch erschüttert sie seine Brust mit einem tiefen, letzten Atemzug. Und die Seele? Stellen wir sie uns nicht als einen Hauch vor, der Luft verwandt, in die sie sich mühelos aufschwingt?

(1937)

Der fatale Knick

Nicht von dem »Knick«, den der Charakter oder die Psyche eines Menschen haben kann und den man besonders bei Künstlern beobachtet, soll hier gesprochen werden, sondern von dem Knick in den Sofakissen. Der Leser wird sofort wissen, was darunter zu verstehen ist. Er hat vermutlich selbst schon, wie ich, dieses seltsame Phänomen bemerkt, etwa bei einer befreundeten Familie, und sich auch schon seine Gedanken gemacht, wie es kommt, daß besagter Knick in den Kissen auf Kanapees und Ottomanen gleichsam epidemisch über ganz Deutschland verbreitet ist. Ich fand ihn übrigens auch in Frankreich. Er ist nach meiner Erfahrung in ganz Europa heimisch, möglicherweise in allen Erdteilen, wo immer es Kissen gibt. Wie es sich damit in Rußland verhält, entzieht sich meiner Kenntnis. Jedenfalls: der Knick in den Kissen ist global. Er könnte der Völkerverständigung dienen.

Wie entsteht er? Ich gebe das Rezept. Man nehme ein normales Daunenkissen (ca. 35 : 45 cm), schüttle es gut auf, bis es jene pralle, einladende, sozusagen sich stolz in die Brust werfende Fülle hat. Sodann strecke man die Hand flach aus, mit der Kleinfingerseite nach unten, also gewissermaßen ohrfeigengerecht, und versetze dem Kissen genau in der Mitte der oberen Kante einen senkrechten Hieb. Das Kissen fährt hierauf erschrocken zusammen, die Zipfel neigen sich einander zu und gleichen Wichtelmännchen, die sich etwas zu sagen haben. Wenn das erreicht ist, kann man zufrieden sein. Der Knick sitzt.

Ich neige der Auffassung zu, daß die Anhänger dieses Verfahrens »es« für besonders fein und schick halten. Ich persönlich finde es abscheulich.

Die Frage erhebt sich: Wer hat damit angefangen, wann und wo? Und wie hat sich diese Seuche – denn es ist eine Seuche – ohne vorherige Verabredung stillschweigend über die ganze bewohnte Erde ausgebreitet? Denn sie ist weltumspannend ohne Zweifel.

Ich begegnete dem verdammten Knick in fast allen Hotels, in denen ich abstieg: Meine erste Tätigkeit besteht darin, die geknickten Schlummerkissen unverzüglich aufzuschütteln. Ich hatte das Glück, einmal das sonst völlig unbescholtene Zimmermädchen auf frischer Tat zu ertappen, als es nacheinander dreien unschuldigen Diwankissen jenen Hieb erteilte und mit geneigtem Kopf das Ergebnis seines Tuns kunstverständig überprüfte und sichtlich befriedigt sich an dem Anblick der so entstandenen Gipfellandschaft weidete.

Es ist zuzugeben: der Hieb macht Spaß.

Bei meinen Nachforschungen konnte ich unter anderem folgendes feststellen: in einem gutbürgerlichen Haus von Geschmack waren eines schönen Tages von heut auf morgen sämtliche Kissen mit dem flotten Hieb oder Scheitel versehen. Wer war der Täter? Der Sohn des Hauses! Auf Befragen gestand er, »es« bei Bekannten gesehen zu haben. Da haben wir's! Er wollte nicht für rückständig gehalten werden. Er ging mit der Zeit. Feine Leute lieben den Knick, meinte er. Man habe es jetzt allgemein so. Entsetzlich! Nun, es gibt verwandte Unarten, z. B. beim Hängen von Bildern. Man hängt sie nicht in gleicher Höhe, sondern gestuft. Das macht sich hübscher. Es ist kurzweiliger.

Was den Knick oder Hieb in den Kissen anlangt, so bin ich gerade dabei, auf einer Landkarte Fähnchen zu stecken, um festzustellen, wo überall in der Welt dieser Brauch geübt wird. Ich schmeichle mir, damit einen wertvollen Beitrag zur Entwicklungsgeschichte menschlicher Gewohnheiten oder Unarten zu leisten.

Der ursprüngliche Sinn in seiner gewiß tiefsymbolischen-psychologischen Bedeutung ist leider in Vergessenheit geraten. Irgend etwas wird wohl mit dem Hieb, den man dem wehrlosen Kissen versetzt, abreagiert werden.

(um 1950)

Sonnenuntergang

Eben ist die Sonne untergegangen in großer Pracht und Herrlichkeit. Ich will mich darauf besinnen, wie es war, und es für Dich aufschreiben, was ich sah; denn die Erinnerung daran verblaßt so schnell wie an die großen Augenblicke der Liebe oder an einen Traum. Es bleibt wohl wie bei einer Erzählung, einem Theaterstück, einer Symphonie, die man zum erstenmal gehört hat, der gesammelte Eindruck an etwas Wunderbar-Schönes und wirkt in uns noch lange nach. Aber das einzelne vergißt sich, das Nacheinander, die Übergänge, das allmähliche Vergehen. Wir vermögen es nicht wörtlich festzuhalten oder Ton für Ton genau wiederzugeben. Unser Gedächtnis ist nicht darauf eingerichtet. Es müßte denn eine Kugel sein, ein Spiegel in Kugelgestalt, wie sie in altmodischen Gärten stehen, der gleichzeitig aufnimmt, was in Wirklichkeit ringsum, rings über uns am Firmament geschieht, in dessen Mittelpunkt wir zu stehen meinen.

Ich sah die Himmelserscheinung erst durch das Fenster und trat dann hinaus in die leuchtende, schattenlose Luft. Vorher war der Himmel bedeckt gewesen mit nassen, grauen Wolken von unterschiedlicher Gestalt: von wehenden Schleiern, Nebelschwaden,

Schaumflocken, wolligen Schäfchen und blumenkohlähnlichen Gebilden in unaufhörlicher Bewegung und Verwandlung. Es war noch Tag und die Sonne noch empfindlich weiß.

Ganz allmählich aber kam Farbe in das grau in grau gemalte Gemälde des Himmels: erst ein kaltes, schweflichtes Gelb, ein smaragdenes Grün und die zarte Tönung eines welkenden Rosenblattes. So war's im Westen und gegen Süden. Nun begannen auch im Osten die fernen Wolkenberge ganz sanft zu erröten. Fast wolkenleer blieb der nördliche Himmelsraum. Wie soll ich dieses Blau beschreiben? Deine Augen haben manchmal diese Farbe, dieses stille, schwermütige Blau auf Silbergrund. Nur ein paar zierliche, dürftige, flamingofarbene Rosenwölkchen atmeten darüber hin. Friedlich war noch alles.

Doch auf einmal, als sei die Sonne, die rote Feuerkugel, zischend ins Weltenmeer gefallen, fing es im Westen an zu dampfen, zu wogen, unheimlich zu qualmen. Tiefliegende, finstere Wolken, braunviolett und tintenschwarz, zogen langsam herauf. Andere, ihnen vorüber, ihnen voraus, windzerzauste, unruhige, eilige, als wollten sie jenen entfliehen, schwebten auf, schwebten ab, ständig Gestalt und Farbe verändernd. Eben noch waren sie silbrig, jetzt perlmutterfarben, jetzt muschelrosa. Diese ballten sich, jene zerstoben. Die einen waren ängstlich, andere lustig. Zwischen dem reinsten Weiß und samtener Kohlpechrabenschwärze fandest Du alle Farben der Palette des Lichts: Schneeweiß, Milchweiß, Perlgrau, Aschgrau, Lavendel, Azur- und Violblau, Smaragd-, Apfel-, Spargelgrün, Strohgelb, Honigfarben, Zitronen- und Pomeranzengelb, Ziegelrot, Rosenrot, Kirschrot, Leber- und Kastanienbraun: alle metallischen und mineralischen Farben, süße und herbe, harte und weiche, matte und glänzende, liebliche und leidenschaftliche.

Wie wandelbar ist doch des Menschen Seele, daß sie alle Stimmungen der Wolken, all die sanften und stürmischen Gemütswallungen der Natur mitempfindet und mit Traurigkeit, mit Munterkeit, mit Schwermut oder Entzücken antwortet. Denn wahrhaftig: unheilvoll, alt und böse, zum Fürchten waren manche Wolken anzusehen, heiter und unbeschwert, noch jung zu sein schienen andere.

Was ging dort oben vor? Das war schon längst kein zufälliges Spiel der Farben mehr, es war das Sinnbild einer katalaunischen Schlacht in den Lüften, da die Geister der Erschlagenen noch weiterkämpften. Es war, als entscheide sich etwas Furchtbares uns zu Häupten. Denn nun stand der ganze Himmel in Flammen. Gespensterheere zogen gegeneinander. Die Wolken nahmen tierische und menschliche Gestalt an. Sie fraßen einander. Bisonhäupter unterschied ich, schnaubende Rosse mit flatternden Mähnen, geifernde, feuerspeiende Drachen, zornige

Göttergesichter, lockenumwallte goldene Engelscharen.
Was für ein aufregender Anblick! Welch ein erhabenschreckliches Schauspiel! Himmel und Hölle zugleich.
Im Widerschein der Lohe leuchtet die Luft, und alles wird überirdisch schön davon, auch die Gesichter und Hände der Menschen. Sie sind verklärt, sie sind verjüngt, sie leuchten von innen. Landschaft und Häuser schimmern wie Brokat. Samtschwarz sind die kahlen Bäume, regungslos, wie verbrannt. Sie werfen keine Schatten.
Nur eine Weile blutet der Himmel, glühen die Wolken, dann erkalten sie, werden dunkel. Und des Menschen Seele, die eben noch alle Farben widerspiegelte, frohlockte, hoffte, sich fürchtete, auch in ihr wird es finster. Sie denkt an den Tod. Es wird Nacht ringsumher, bildlose Finsternis.
Noch singt's und braust's mir in den Ohren. Denn obgleich alles scheinbar lautlos geschah, so war's doch, als hätte ich Posaunen gehört oder die gewaltige Musik der Himmelsorgel: helles, schmetterndes Gelb, das donnernde Rot der Pauken und sanfter Flöten liebliches Silberblau.
Ach, daß ich es mit Dir gesehen hätte! Aber nun bin ich müde davon, als hätte ich es getan, wie von einer übermenschlichen Anstrengung, müde und traurig, wie liebesmatt.

Noch ziehen die Wolken, die trüben Gedanken Gottes. Aber dazwischen funkeln schon die ersten Sterne, und bald kommt der Mond.

(1950)

Das Hermelin

Wie ein Fußabstreifer liegt die Wiese vor unserer jungen Siedlung am Rande der Stadt. Kaum mehr als hundert Schritte braucht man, sie zu überqueren, und doch scheidet sie säuberlich Stadt und Land. Von einem »Diesseits und Jenseits« der Wiese könnten wir Bewohner der kleinen Häuser sprechen, wenn wir unsere Eigenart gegenüber den Nachbarn in der schönen vielgeliebten Stadt betonen wollten, von der uns außer der Wiese übrigens noch andere natürliche geographische Grenzen trennen: zwei Bäche, ein Abhang und ein alter Park.

Was Wunder, wenn dem ländlichen Siedler, der morgens in die Stadt hinauf zur Arbeit geht, unterwegs noch allerlei Getier begegnet, das den Menschen der inneren Stadt fremd geworden ist.

Als ich dieser Tage über die vorerwähnte Wiese ging, die niemandem zu gehören scheint, sah ich ein Hermelin. Es gehört zur Familie der Wiesel und ist in der Naturgeschichte berühmt durch seine Anmut und seine persönliche Tapferkeit. Das mag auch einer der Gründe sein, warum diesem kleinen Tier die hohe Ehre zuteil wurde, daß mit seinem Pelz die purpurnen Krönungsmäntel der Könige verbrämt werden.

Das Hermelin kam hurtig-geschwind den Hang herabgesprungen, verharrte, als es mich gewahrte, machte ein artiges Männchen und sah mich mit der dieser Gattung eigenen reizend-unverfrorenen Neugier an, mißtraute, verschwand in einem Maulwurfbau, tauchte aber sogleich wieder auf und guckte, nun gleichsam bis zur Brust in die Erde gepflanzt, völlig regungslos zu mir herüber. Zu seinen Eigentümlichkeiten scheint es zu gehören, daß es (wie die Eidechsen) nur entweder völlig bewegungslos oder, ohne jeden Übergang, über die Maßen schnell sein kann. Ein gemächliches Dahinschlendern kennt es offenbar nicht.

Sein Fell war schneeweiß, bis auf die schwarze Schwanzspitze, was an sich schon ein höchst merkwürdiges Naturspiel darstellt und zu einer poetischen Deutung geradezu herausfordern muß.

Vielleicht hat das Hermelin einmal vorzeiten, als sein Pelz noch schwarz war, aus der ihm angeborenen unbezwinglichen Neugier sich in des Teufels Küche eingeschlichen. Der Teufel merkt das niedliche Tierchen, will's fangen und wirft die Tür zu, so schnell, daß dem Tier, das entfleucht, gerade noch die äußerste Schwanzspitze eingeklemmt wird. Vor Schreck sind ihm die Haare schlohweiß geworden – bis auf das eingeklemmte Schwanzende.

Sieht es nicht wahrhaftig so aus, als sei das Ende von der Natur aus Versehen nur weiß zu machen vergessen worden?

Das Weiße aber ist nur sein Winterkleid, sommers trägt es Braun und bleibt weiß bloß auf der »Unterseite«, zur Erinnerung.

Jetzt, da es überall zu lenzen und schon recht österlich zu werden beginnt, erschien mir das winterliche Tierchen geradezu als ein leibhaftiges Sinnbild der kalten Jahreszeit, gleichsam wie aus Schnee geschaffen und verlebendigt. Jedenfalls ist es eines der anmutigsten und possierlichsten Geschöpfe unserer Tierwelt. Es gilt den Menschen als nützlich, weil es die schädlichen Mäuse vertilgt, als schädlich, weil es, so sagt man ihm nach, die nützlichen Eier austrinkt.

Ohne Zweifel: es ist ein ganz gefährlicher kleiner Räuber, und zu alledem macht es sich noch unbeliebt, daß es ungeachtet seiner ungewöhnlichen körperlichen Reize, sobald es erschrickt, leider ganz abscheulich vor sich hinstinkt.

Aber als es so inmitten der Wiese saß, auf dem großen grünen Abstreifer, gerade groß genug, um aufzufallen, aber doch so winzig klein unter dem großen Himmel, da rührte mich die arme Kreatur. Es kam mir umstellt vor, gezwungen, immer auf der Hut zu sein, um seines entzückenden Balges willen von einem in seinen Waffen ihm weit überlegenen Gegner verfolgt, und es wußte sich dennoch in Ehren zu behaupten: eine Eigenschaft, die Achtung verdient, eine menschliche Eigenschaft.

Ja, bei Brehm kann man eine schier unglaubliche Geschichte lesen, darin ein Mann, der mit dem Stein nach einem Wiesel geworfen, von dessen Gefährten wütend angegriffen ward. Das gereizte Tierchen lief an ihm empor und versuchte, sich an des Mannes Hals festzubeißen. Der also für seinen Übermut Bestrafte wollte hernach beschwören, das Wiesel habe nach seinem Steinwurf entrüstet: »Mörder!« gerufen, was er wohl aus dem Geknurre herausgehört haben mag in seiner Angst.

Da saß es mir nun gegenüber auf der Wiese und guckte mich mit seinen schwarzen Schuhknopfäuglein (und dem dunklen nassen Schnäuzchen, gleichwie mit einem dritten Auge) kecklich an, und obwohl ich mich nicht von der Stelle zu rühren wagte, um des reizenden Anblicks möglichst lange teilhaftig zu bleiben, zuckte es plötzlich unter die Erde und war verschwunden. Nun ist der Winter endgültig in die Erde gekrochen, dachte ich bei mir.

Nicht ich, Soldaten hatten es erschreckt, die während des Krieges unsere Wiese als Exerzierplatz benutzen, langsamen Schritt üben, Wendungen, Laden und Sichern im Marsch und dergleichen. Singend marschierten sie über die Stelle, wo soeben die Erde gleichsam sich aufgetan und das Hermelin verschluckt hatte, das weiße, schlanke, graziöse Tierchen mit dem schwarzen Punkt am Schluß.

Ich weiß nicht, wie tief und wie weit die unterirdischen Maulwurfgänge reichen, die es benutzt, aber ich könnte mir schon denken, daß es ziemlich verschrocken im Dunkeln hockte, während über es hin der schwere Marschtritt genagelter Schaftstiefel dröhnte und weithin den kleinen Erdkreis erschütterte, in dem es behaust ist.
Ich hatte das unbehagliche Gefühl, daß das muntere Wesen, dieser zierliche königliche Hoflieferant mit dem überaus wohlklingenden Namen in seinem engen Stollen zerquetscht und gleichsam eingeebnet war. Aber sieh da: anderntags begegnete ich ihm wieder, als wäre nichts geschehen. Es lebte unterirdisch fort und ließ sich offenbar nicht stören.

(1941)

Gartenerde

Das letzte der vier klassischen Elemente: Feuer, Wasser, Luft und Erde, denen von ungefähr die vier Temperamente entsprechen, die schlichte, dunkle getretene Erde will ich preisen, die Gartenerde, die Gräbererde. Das beharrlichste Element und das unansehnlichste freilich auch, wollte man es mit der schönen, gefährlichen Herrlichkeit des Feuers, mit der erquickenden überströmenden Frische des Wassers und dem klaren Geist der Luft vergleichen. Welchen Charakter hat sie, welches Temperament? Soll man sie um ihrer Trägheit und Geduld willen phlegmatisch, soll man sie um ihrer freudlosen Farbe und ihres Grabeshauches willen melancholisch nennen?

Wie auch immer, sie ist von den wunderbaren Vieren das körperlichste Wesen, und es leuchtet ein, daß man daraus wohl Menschen bilden konnte, vollends, wenn man die übrigen drei zu Hilfe nahm, den lebendigen Odem, vor allem aber auch des Feuers liebende Wärme und die Flüssigkeit des Blutes. An Farben fand sich alles, um Rothäute, Bleichgesichter, Gelbe und Mohren daraus zu machen.

Wenn du eine Handvoll Erde aufnimmst und betrachtest, so magst du dich mit Recht verwundern, wie unscheinbar, wie gewöhnlich und gerade darum so geheimnisvoll das Wunder des Wachstums und der Fruchtbarkeit ist. Du siehst winzige Krumen Sand, Staub, kleinste, nicht unterscheidbare Zersetzungsüberbleibsel von Laub, von allerlei Getier, vielleicht vom Menschen. Denn die Erde nährt sich und lebt vom Tod der Natur.

Ist schon nichts daran zu sehen, so mag man wohl davon kosten, wie es unser gelehrter Herr Vetter aus Berlin allen Ernstes zu tun pflegt, der sie gleichsam ißt, wie eine Speise, sie kennerisch auf der Zunge zergehen läßt und abschmeckt, um ihre für die Landwirtschaft so wichtige »Bonität« zu bestimmen. Wir haben es als Kinder nicht anders gehalten und gern von der Erde gegessen, aus der wir gemacht sind und in die wir zurückverwandelt werden, bis in die letzten kleinsten Winzigkeiten aufgelöst, die wieder nichts anderes als Erde sind.

Warum sollten wir nicht davon essen? Zieht nicht alle Frucht, die wir essen, ihre Nahrung aus ihr?

Das schmucklose, stille, seßhafte Element, die Erde, was vermag sie nicht in ihrer schaffenden Ruhe, die uralte Zauberin, die große Künstlerin? Alle Formen, alle Farben, alle hohen Düfte sind in ihr. Winters freilich ist sie hart gefroren, fast scheint sie gestorben. Aber unter der Sonne taut sie auf und wird warm. Schaut, wie das frisch umgegrabene Beet in der Sonne brütet, wie es animalisch dampft und in allen Farben des Regenbogens schimmert, wie die Erde lebt, dich ansieht; wie sie strotzt von Fruchtbarkeit, wie sie verdaut. Und wer grübe nicht gern das Erdreich um?

Es gehört unstreitig zu den angenehmsten körperlichen Gefühlen, den Fuß auf den Spaten zu setzen und die Erde umzustechen. Es ist ein vertrautes, furchendes Geräusch, wenn Eisen und Erde sich reiben, ein gesundes männliches Geräusch; auch wenn mit dumpfem Klatschen Scholle auf Scholle fällt, tut's dem Ohr wohl. Es ist die rechte Adamsarbeit eines braven Erdensohnes.

Der Erdensohn nimmt allerlei Samen, kleine Körnchen, und vertraut diese der Erde an. Er, der fast alles kann, dieses letzte Geheimnis des Lebens muß er ihr überlassen. Da sind Erde, Wasser, Luft und Feuer: seine Sklaven, seine Haustiere, die für ihn fronen, den großen Herrn. Aber wenn er von den wunderbaren Vieren nimmt und sie mischt und kunstvoll verbindet, es wird bei ihm immer nur ein Ding daraus, eine künstliche Sache und kein lebendiges Wesen. Er kann keinen Baum, keine Blume machen, nicht einmal ein Radieschen.

Nun schaut er zu, wie es keimt in seinem Garten, und schüttelt das Haupt. Hier hat er den Samen in die Erde getan, stecknadelkopfgroß. An der Erde ist nichts Besonderes, eigentlich ist sie nur Schmutz und Dreck. Sie muß feucht sein, gewiß, und Luft muß

dabei sein – dieses unsichtbare Nichts –, und Wärme gehört dazu.
Und das genügt, um die Sehnsucht des Wachsens zu wecken! Freilich, es tut's kein Fingerhut voll Erde, und es braucht auch seine Zeit. Aber es ist kein Zweifel, die unscheinbare getretene Erde bringt das Wunder zustande. Wo aber hat sie das Holz, wo die Farbenpracht und den Duft und die Liebe? Das alles freilich sind auch nur irdische Dinge, und doch: der Herr der Materie, der kurzlebige Erdengott, der Mensch – er kann es nicht.
Wenn er all seine furchtbaren Künste spielen läßt, seine ganze Macht entfesselt hat, Mensch gegen Mensch, dann ist es immer wieder die schützende Erde, an die er sich schmiegt, in die er hineinkriecht, der *homo sapiens*, der aufrechtgehende Weise.
In Weimar, auf Goethes Arbeitstisch, befindet sich ein Schälchen mit etwas Gartenerde, die der Olympier wenige Tage vor seinem Tode mitgenommen hatte, um sie zu untersuchen.

(1939)

Ansichtskarte aus Kampen

Was doch die Leute für ein Getue mit Kampen haben! Wenn sie das Wort Kampen – gemeint ist das Dorf auf der bekannten Nordseeinsel Sylt –, wenn sie Kampen sagen, bekommen ihre Augen einen so schwärmerischen, sehnsüchtig-verklärten Ausdruck, daß man überzeugt ist: Kampen muß ein Paradies sein. Ich kann nichts Besonderes daran finden. Ich glaube, der sagenhafte Ruf dieses Ortes beruht auf reiner Einbildung.

Kampen besteht zum größten Teil aus nichts als Luft, Wasser und Sand. Bäume, die sonst einen wesentlichen Bestandteil vernünftiger Landschaften auszumachen pflegen, gibt es hier fast gar nicht, und die wenigen sind »vom Winde verweht«, haben nur eine halbe Krone und sehen sehr eilig, sozusagen fortstrebend aus. Wenn ich behauptete, Kampen bestehe größtenteils nur aus Luft, so hätte ich genauer sagen müssen: aus Wind. Es ist mir ein Rätsel, daß von dem Sand, sehr feinem Sand übrigens, trotz des jahrhundertelang fast unaufhörlich wehenden Windes noch so viel übrig geblieben ist, zahlenmäßig ungefähr noch genau so viel, wie vor zehn Jahren, als ich das erstemal hier war. Natürlich: das Meer ist immer etwas Schönes, Erhabenes, aber es gibt schließlich genug davon auf der ganzen Welt, wobei es mich, wenn ich den Globus so betrachte, stets gewundert hat, daß es nicht von der Erde abtropft ins All.

Vernünftigerweise habe ich meinen dicken, gesprenkelten Wollsweater mitgebracht und meine schwarze Lederkappe, die ich mit Rücksicht auf meine Familie zu Hause nicht aufsetzen darf. Ich sehe darin ganz so aus »wie'n ollen, ehrlichen Seemann«, wenn ich, die Hände in den Hosentaschen, schräg durch die Wiese wehe zu den Dünen oder zum Strand. Denn was will man sonst hier machen? Ein paar Schritte – vielleicht gefällt das den Kampenschwärmern? – und man ist weit weg. Die Dünen, eben scheinbar noch so fern, ein paar Schritte und sie sind ganz nah. Heute leuchtet ihr Sand so weiß wie Schnee; man kann diese lächerlichen Hügel, die kaum viel höher sind als das Baronsbergl in Schwabing, wo es freilich kein Meer gibt, die Imhofstraße bei Regenwetter vielleicht ausgenommen, ja, im Ernst, man könnte diese von Strandhafer und Dünengras bewachsenen kümmerlichen Bodenerhebungen gerade so gut für ein fernes Schneegebirge mit Viertausendern halten. Die Farben, das will ich zugeben, die Farben sind allhier bezaubernd, das heißt die Grundfarben: die braune Heide, die grünen Wattwiesen, das Silbergrün der Dünen, daran ist nichts Besonderes. Die Beleuchtung macht's, der unendliche Himmel, die aufgehende und untergehende Sonne, der Widerschein des Wassers. Es ist, rundheraus, so langweilig in Kampen, daß man (ich wenigstens) gar nicht zum Arbeiten kommt, sondern immer nur schaut. Denn das ist ja das Ärgerliche hier, wo so gar nichts ist, wo man gleichsam auf des Schöpfers flacher Hand gegen den Himmel gehalten ist, hier gibt es immer etwas zu schauen: das Meer vor allem, das immer wieder heranwogt, das, eigensinnig, durchaus aufs Land will und immer wieder zurückfluten muß – ich werde nicht müde, ihm zuzuschauen. Sieht es nicht aus, als wenn ein Verkäufer immer neue Stoffe vorlegt und über den Ladentisch hinrollt, den wundervollen Fall der Falten zu zeigen? Wie hübsch ist das, wenn auf dem heranwogenden Wasser Wasser der gleichen Art zurückläuft, wie es sich kräuselt, von dem herrlichen Wellenschlag gar nicht zu reden und dem, was das Meer als Mitbringsel vor meinen Füßen am Ufer zurückläßt an allerlei seltsamem Getier und an Muscheln, geformt und rosig wie der Eos Fingernägel.

Es gibt auch Häuser in Kampen, strohgedeckte, zottige, aus bordeauxroten Backsteinen gebaut. In der Dämmerung könnte man das Dorf für eine weidende Mammutherde halten. Es ist ein wahres Glück, daß ich mich ein wenig auf Tiere verstehe und das hiesige Geflügel bei Namen nennen kann: die schwarz-weiß-roten Austernfischer, die so schlau dreinblicken und wie kleine nationalistische Störche aussehen, die bunten Fuchsgänse, Goldregenpfeifer, Seeschwalben, Silbermöwen und wie diese unterhaltenden, anmutig fliegenden Tiere alle heißen. Man würde sich übrigens kein bißchen wundern, wenn einem bei einer Wanderung durch die Dünen plötzlich ein Rudel Gazellen, Löwen oder Giraffen begegnen würden. Zur Zeit blühen die Rosenhecken, weiß und rot, und die schnittlauchähnlichen Wattnelken in zierlich-steifer Grazie und, so reizend wie gefährlich aussehend: das Knabenkraut. Man sieht, ich versuche alles anzuführen, was den angeblichen Zauber Kampens retten könnte, dem auch ich mich, scheint's, nicht völlig entziehen kann, obwohl ich nicht zu sagen vermöchte, worin diese Verzauberung eigentlich besteht. Weil der Himmel hier größer, viel größer und abwechslungsreicher ist als irgendwo sonst auf der Welt? Weil das Meer und das Watt alle Farben meines Aquarellfarbkastens annehmen können, vom unheimlichsten, fast schwarzen Indigo bis zum durchsichtigsten, wangenzartesten Rosa, in alle Metalle, Seidenstoffe und Edelsteine sich verwandeln können? Oder weil man hier wie nirgends so ganz genau weiß, welche paar Menschen man hier haben möchte, als wäre dieser seltsame Ort der eigentliche natürliche Maßstab für menschliche Sympathie, die, ach, so wählerisch und oft so schrecklich ungerecht ist?

Gestern abend sah ich zweien Pferden zu, einem Rappen und einem kupferbraunen mit blonder Mähne und blondem Schweif, wie sie miteinander scherzten und spielten, wie Liebende, Hals über Hals schmiegten oder nebeneinander hertrabten, wobei sie sich herzlich ansahen, dann sich mit ihren Mäulern ineinander verbissen, als küßten sie sich, mit ihren von Atem betauten, dampfenden Nüstern und schlaffen Mäulern, diese großen, warmen ernsthaften, starken, die Mähne lustig aus der Stirn schüttelnden, kindsköpfig zärtlichen Tiere. Kaninchen gibt es auch. Heute früh saß eines vor meinem Fenster, mümmelnd und mit seinen lidlosen Augen sehr wachsam und auf der Hut. »Was machst du denn da, Häschen?« fragte ich. Da lief es kreuz und quer durch die Heide, zutiefst erschrocken vor des Menschen Stimme. Gegenwärtig ist Vollmond. Auch schön. Ach, Kampen hat schon seine Reize. Ich möchte ganz gern so ein zottiges, kleines Häuschen haben, das aussieht wie aus einem Kaffernkral, und so einen Wall drumherum, aus Wackersteinen und Wasen, und manchmal geräucherte Flundern! Es ließe sich schon aushalten hier.

(1948)

Von den Muscheln

Über die Zoologie der Muscheln (und Schnekken), die man hier in Kampen am Strand findet, weiß ich wenig, aber ich liebe und sammle sie, oder besser ihre Schalen, die als allerliebste Denkmäler ihres schleimig-schlüpfrig-fleischlichen Daseins übrigbleiben, wenn sie das Zeitliche gesegnet haben. Ich sammle sie, obwohl sie zu Tausenden am Strand liegen. Selbst die gemeine Miesmuschel bezaubert mich immer wieder durch ihr unterschiedliches Blau und ihren Perlmutterglanz. Ich habe mir eine eigene Genesis der Muscheln ausgedacht, die wissenschaftlich nicht haltbar sein dürfte, aber mich vollständig zufriedenstellt: das in seinen Farben und Formen ewig wechselnde Meer will in den Muscheln und Schnecken feste Gestalt annehmen. Es tut es in der Tat. Die sogenannte Herzmuschel gibt die Idee der sich überschlagenden Wellen in klassischer, in antikisch-stilisierter Form wieder, die Wellhornschnecke dagegen nicht minder anschaulich den Wasserwirbel, das Sinnbild des Strudels. Die Farben aber gucken sie sich ab, aus allen Tönen vom tiefen bedrohlichen Nachtblau bis zum sanftesten zartesten Rosa oder Gelb. Denn es gibt keine Farbe, die nicht irgendwann, irgendwo im Meer und am Himmel spielte.

Davon nehmen sie eben, was sie brauchen, denn es ist ja da, wenn auch nicht alle dabei die gleiche Phantasie und den gleichen Geschmack entwickeln. Ich gebe es zu, manchen fällt gar nichts Hübsches ein. Aber einzelne von ihnen wissen, was sie dem Anblick schuldig sind. Die Buntheit freilich allein machts nicht. Ich habe da eine Herzmuschel, eben eine solche, darin sich für mich, aus Millionen und Abermillionen Wiederholungen geläutert, der reine Begriff der Woge verkörpert. Sie ist ziemlich schlicht in der Farbe, ein dunkles Bleigrau und doch vollkommen schön. Man meint, ungefähr die Stelle zu ahnen, wo sie begonnen hat, sich zur Schale zu wölben, unendlich langsam, aber nicht so schlampig und unordentlich wie etwa die Auster, die meint, sich keine Mühe geben zu müssen, weil sie ein gesuchter Leckerbissen sei, sondern in unbeirrbarer, gelassener, hellenischer Harmonie und der Demut, den ihr zugedachten anmutigen Gedanken sichtbar zu machen. Ich glaube, ihr ganzes Lebensglück besteht im Wohlgefallen ihrer Gestalt, in dem angenehmen Gefühl des sich Umwölbens, der Molluskensehnsucht nach unsterblicher Form. Einzig durch diese Formensprache verstehen einander Muschel und Mensch.

Eine Schneckenart fand ich auch, die von außen gesehen nicht viel aus sich macht, aber innen ist sie mit purpurner Smalte ausgegossen. Von Gestalt gleicht sie von ungefähr einer Schaukelbadewanne oder auch wieder einem Kahn mit einem eingebauten weißen Sitz aus feinstem weißen Porzellan. Als ich mich bückte, sie aufzuheben, enteilte, hurtig seitwärts laufend, ein kleiner Caliban, böse nach mir schielend, ein Taschenkrebs.

Ehe es Segel gab, war schon die Muschel, die einem windgeblähten weißen Focksegel gleicht, und andere (sie haben schrecklich einfallslose Namen, wie Sandmuschel, Plattmuschel, Stumpfmuschel) sind im Wasser, was für die Luft die Schmetterlinge sind. Ich behaupte kühn, sie seien mit ihnen verwandt, über hundert Ecken jedenfalls.

Ich habe eine Handvoll davon auf meinem Miniaturstrand auf dem Fensterbrett ausgelegt und stets vor Augen, während ich schreibe: zitronengelbe, rosige, blaßblaue und alle Misch- und Zwischentöne, oft an einer Muschel wie Lebensringe abwechselnd, und habe meine Freude dran. Da ist eine, die hat nahe am Schloß ein kreisrundes, sauber gearbeitetes Loch, und ich weiß, woher das kommt. Es gibt da nämlich gewisse hungrige Meerschnecken, die physisch-chemisch so eingerichtet sind, daß sie eine scharfe Säure produzieren, mit der sie das artige Löchlein in die kalkene Muschel ätzen, ihren Inhalt vorverdauen und herausschlürfen, ohne Rücksicht darauf zu nehmen, wie reizend gefärbt sie sei.

Ich las von einem Lehrer im Ruhestand, der sammelte jahrelang solche Müschelchen, ordnete sie sorgsam nach Farben, um in hingebender, kunstvoller Mosaikarbeit eine Kopie der bekannten büßenden Magdalena von Battoni in der Dresdner Galerie herzustellen. Das muß schön sein! Ich meinerseits sammle nicht in dieser Absicht, doch versuche ich, die Muscheln zum Beispiel als Zierat meiner Bilderbriefe abzukonterfeien, was gar nicht leicht ist, aber ungemein erzieherisch. Mit der Handschrift zusammen sieht das sehr, sehr hübsch aus.

(1948)

Sand

Ehe die Sintflut kommt, denn es regnet seit sieben Tagen ohne Unterlaß, will ich Dir noch einmal schreiben.

Es hat eine gute Weile gedauert, bis mein kleines Haus mir vertraut wurde, bis es mich annahm. Vielleicht hat es noch nie ein Liebender bewohnt. Man fühlt es, ob in einem Haus schon geliebt wurde oder gehaßt. Vielleicht muß erst jemand darin geboren oder gestorben sein, damit es einen Sinn bekommt.

Aber nun ist es doch schon etwas von mir durchwohnt. Auch der Tisch, an dem ich Dir schreibe, beginnt fruchtbar zu werden, dank einer gewissen Unordnung aus Zetteln, Büchern, Bleistiften, der schöpferischen Unordnung, die ich brauche, ohne die ich mich nicht darauf zurechtfinden könnte. Sie hat etwas von dem natürlichen, harmonischen Durcheinander einer Landschaft. Wehe, wenn jemand käme und wollte die Flüsse strecken und in Reih und Glied nebeneinander-, die Seen und Städte aufeinanderlegen: ich würde nichts mehr finden in solcher keimfreien Ordnung.

Obenauf liegt Dein Brief, als wäre er unter Umgehung der Post durch die Luft hierhergeflogen (denn

so müßte es ja eigentlich sein zwischen uns, daß wir unsere Briefe dem Wind anvertrauen) wie ein weißer Vogel, wie eine Möwe und hätte sich hier niedergelassen. Seine Schwingen sind von Deiner Hand beschrieben.
Ich liebe Deine Schrift.
Ich kann mir keine Schrift denken, die Wesen und Gestalt der schreibenden Person so sichtbar macht wie Deine. Die Zeichen auf dem Papier sind die Schatten der Worte aus Deinem Munde. Jeder Buchstabe ist ein kleiner Mensch und Dir ähnlich. Manche Zeilen stürmen dahin wie Gazellen, andere gehen gemächlich einher. Dein Haar ist darin, die schlendernde Unbekümmertheit Deines Ganges, die Schwünge, Schleifen, Schweifungen der Buchstaben haben ganz Dein Gehaben und Deine Anmut. Es würde mich nicht wundern, wenn sie nachts lebendig würden und im Mondschein umherspazierten, Arm in Arm oder umschlungen, und erst morgens auf ihre Plätze zurückkehren würden.
Du fragst mich, was ich so den ganzen Tag tue. Nichts. Davon bin ich von früh bis spät vollauf in Anspruch genommen. Es bleibt mir kaum Zeit, etwas anderes zu tun. Ich lebe, das ist alles.
Meine Uhr ist stehengeblieben. Es muß wohl Sand ins Werk gekommen sein. Aber ich brauche sie hier nicht. Ohne Uhr hat man immer Zeit. Denn die Zeit richtet sich nicht nach der Uhr. Manchmal eilt sie,

manchmal verweilt sie. Sie ist aus ähnlichem Stoff gemacht wie der Wind. Was ist die Zeit? Ihre Dauer richtet sich nach unserer Liebe.

Bei schönem Wetter bin ich den ganzen Tag am Strand, in den Dünen, im Wasser, im Wind unter Gottes freiem Himmel, bei den Elementen also, aus denen er Dich und mich und die übrigen Menschen geschaffen hat. Denn wenn irgendwo, dann hat er es hier vollbracht. Hier fand er alles, was er dazu bedurfte: Sand und Lehm für die Gestalt, Wind genug für den Atem, die Sprache und die Seele, Feuchte genug für Tränen, Bläue genug für die Augen, Steine für das Herz in der Brust. Die Hügel und die Hänge der Dünen enthalten Formen für Millionen von Geschöpfen. Und das Meer ist voller Gedanken, dunkler und heller, voll Unruhe und unergründlicher Trauer. Ich möchte dabei sein, wenn Du zum erstenmal das Meer siehst. Ich kenne es schon lange. Ehe Du auf der Welt warst, kannte ich es schon. Wo warst Du damals?

Wenn ich allein am Strand bin – ich bin ja nicht allein, denn ich lebe, als wäre ich zu zweit –, dann ist die weite Welt ganz nahe. Es ist alles da.

Die glückliche Insel besteht aus Sand und Lehm, darein wie Rosinen in einen Kuchen Steine und Muscheln gebacken sind, aber vorzüglich aus Sand. Es ist ein Wunder, daß er nicht schon längst in alle Winde geblasen ist von den Stürmen der Jahrtau-

sende. Er ist beharrlicher, seßhafter, als es den Anschein macht, so als zöge ein Körnchen das andere an, als suchten sie einander und fänden wie winzige Lebewesen doch immer wieder zueinander. Wenn man eine Handvoll trockenen Sandes aufnimmt und in den Wind hält, dann fangen die Körnchen an, hurtig durcheinander zu wirbeln und aufzufliegen wie Samen. Aber der Wind, der sie zerstreut, kehrt sie auch wieder zusammen, das Meer, das sie fortspült, bringt sie auch wieder zurück. Wenn man Sand durch die Lupe betrachtet, so sieht man ein Geröll von kleinen Felsblöcken, manche durchscheinend, manche glitzernd wie Glassplitter, andere goldgelb, ziegelrot oder grau, einander ähnlich alle, doch keines dem anderen gleich. Sie liegen locker beieinander, aber Wind und Wasser können sie so fest zusammenfügen, daß dem Wanderer, der darüber hingeht, die Sohlen schmerzen. Keine Spur bleibt darin zurück.
Ein hilfloses Spiel für Wind und Wellen, je nach Laune hin und her geworfen und geblasen, unfruchtbar und unverweslich scheint der Sand zu sein. Dennoch muß ihm eine geheime, lebenspendende Kraft innewohnen. Aus ihm holt der Strandhafer seine Nahrung, Stiefmütterchen wachsen darin, bunte Wicken ziehen leuchtende Farben aus ihm. Sie müssen wohl darinnen sein. Ist es das fruchtbare Licht, das nicht aus den Gestirnen zu kommen

scheint, sondern in jedem Sandkorn wohnt, wie denn die Dünen des Nachts weithin leuchten, mondenhell – ist es dieses Licht, das die Pflanzen bestrahlt, ist es das Salz, ist es der Quarz, von dem die Wurzeln essen?

Tierchen so klein, daß jedes Sandkorn ein Felsblock für sie sein muß, rote Spinnen, Ameisen und graue Rüsselkäfer, wie winzige Elefanten anzusehen, leben in den Dünen, und Sandflöhe, die sich ganz wie ihre unruhigen Vettern, die Gletscherflöhe, benehmen. Sie haben wie diese etwas Plötzliches, Springlebendiges. Sie sind sandfarbig, lebendig gewordene Sandkörnchen, und treten rudelweise auf. Zarte blaue Schmetterlinge, von der Farbe der Männertreu, gaukeln ungeachtet der steifen Brise leicht und munter umher. Der Wind, gegen den der Wanderer ankämpft, zerreißt sie nicht, der Sturm entführt sie nicht übers Meer.

Wie finden die Ameisen heim in dieser Wüste? Und die Vögel, die Seeschwalben, die in den Sand ihre Eier legen, ungeschützt in ein nur durch einen lockeren Kranz von Halmen kaum angedeutetes Nest? Welche Trübsal bringt ihnen der Regen und die Finsternis? Wo sind sie, was empfinden sie nachts?

Diese Berge von Sand, erstarrten Wogen nachgebildet, haben manchmal eine schwache Stelle, wo sie der immerwährende Wind, der übers Meer kommt, anfrißt. Er fegt über den Dünenkamm und bläst eine Mulde in den Sand. Der Sand beginnt zu wandern, fliegt auf und sammelt sich jenseits der Mulde. Zuerst ist es nur eine kleine Vertiefung, eine hohle Hand, aber der ewige Wind gräbt tiefer, höhlt gewaltige Krater aus, und die wandernde Düne wächst wie ein Gletscher in die Heide, langsam Korn bei Korn. Sandwüsten bilden sich, Formationen, die denen des Schnees in den Bergen gleichen. Man könnte von Pulversand und Harsch sprechen.

Ich habe mir die Mühe gemacht, bäuchlings am Strande liegend, den Sandgrieß ein wenig durchzusehen, auszulesen und zu ordnen. Ich habe dabei Körner gefunden, klar und rund wie Tautropfen, wert, einen Ring zu zieren. Manche gleichen Rauchtopasen, andere dem Rosenquarz, wieder andere schimmern bernsteingolden. Die einen erkennt man ohne weiteres als Absplitterungen von Gestein, zerrieben in der Brandung, aber jene wasserhellen sehen aus, als seien sie als Sandkorn erschaffen. Natürlich sind Muschelreste, kleine Metall- und Kohlenteilchen dareingemischt. Ich habe von jeder Art, nach Farbe und Schliff gesondert, je etwa eine Mandel in weiße Muschelschalen getan, darin sie allerliebst aussehen wie winzige Edelsteine.

Vielleicht wird, wenn die Sonne darauf scheint, der Sand so heiß, weil die Körner wie Linsen von Brenngläsern wirken. Es ist ein wunderbares Gefühl, nackt darin zu liegen, und die Haut wird schön samten davon. Ich glaube an die Heilkraft des Sandes. Wenn ein Sandkorn in eine Auster gerät, bildet sich eine Perle. Sein Reiz, sein Kitzel ist es, der das schimmernde Wunder hervorbringt. Auch von den Muscheln wäre viel zu sagen. Manche gleichen rosigen Fingernägeln, manche kleinen Schmetterlingen, und die Malermuscheln sind wie große Sonnenblumenkerne.

Es hat zu regnen aufgehört. Die Sonne ist hinab, und der Mond kommt herauf, unser Mond, von dem gesagt wird, er sei den Liebenden feindlich gesinnt. Mond und Sonne, sie müssen eines Tages ineinander stürzen wie Liebende. So ist es gemeint. Das wird der Welt Ende sein. Nun funkeln die Sterne. Ich habe einen nach Dir benannt. Er ist keiner von den größten, aber sie sind alle nicht sehr groß. Sie sind so, wie wir sie sehen, und ich werde nie glauben, daß sie gewaltige Himmelskörper seien. Der Stern, der Du bist, wird vom Winde gedreht wie ein Federrädchen. Gute Nacht!

(1938)

Sturm

Die Nacht war sternenklar und windstill. Aber gegen Morgen erhob sich der Sturm. »Er erhebt sich«, sagt man, also wie ein Mensch oder ein Tier von seinem Lager sich erhebt. »Man weiß nicht, von wannen er kommt und braust.« Wo ist der Ort seiner Geburt, wo verlebt der Sturm seine Kindheit, wann und wo wird er sich legen und einschlafen? Wächst der sanfte Windhauch, der kaum unser Haar bewegt, zum Sturm heran, der heute mit Windstärke neun über die Insel rast? Man spürt und hört ihn, aber ihn persönlich sieht man nicht. Wohl bildet er sich ab etwa in dem blondgrünen Gras, das nachgibt, aber, wäre der Sturm auch noch so stark, sich ständig bewegt. Es schmiegt sich seinem Rhythmus an. Er atmet, er zittert am ganzen Leib, vor Zorn oder aus Furcht oder Anstrengung. Es ist, als befände er sich auf der Flucht vor etwas. Das Warnsignal, die rote, zerfetzte Fahne neben der grünen Treppe am Kliff, flattert. Sie müßte, wäre der Wind stetig, doch eigentlich still stehen wie aus Blech geschnitten.
Heute zum Strand zu gehen, ist sehr beschwerlich. Schräg, die Schulter vorne, mit vorgelegtem Körper, hin- und hergerissen, im Gang eines Betrunkenen, stemmt man sich vorwärts. Man legt sich in den

Wind. Man schlottert und der Regenmantel knallt einem um die Beine. Es verschlägt einem den Atem. Es ist ratsam, nicht zu sprechen.
Der Sturm ist unberechenbar. Eben muß man alle Kraft aufbieten, einen Fuß vor den andern zu setzen, da fällt man fast vornüber in eine Luftlücke, die keinen Widerstand bietet. Was da im Sturm mit einem geschieht, gleicht »stürmischen« Umarmungen unsichtbarer Liebender. Das Loslassen, Zupfen und Zerren, es ähnelt stark der Leidenschaft, den Vertraulichkeiten, den Launen und der Heimtücke des Meeres wie es der Badende erlebt. Vielleicht, wenn der Wind gefärbt wäre, würde man Wogen und Wirbel sehen wie im Meer. Am heftigsten, unwiderstehlichsten fegt er über die Kante des Steilufers, das ihn aufhält in seinem Rennen. Nur ein kurzes Stück Wegs hat er die gesammelte Kraft. Man muß die Hand vors Gesicht halten. Wie mit Nadeln, schmerzhaft stechen die Sandkörner, die der Wind mit sich führt.
Das Meer ist völlig außer Rand und Band. Es ist zum Fürchten schön. Wer es so zum ersten Male sieht, den überkommt, wenn er natürlich antwortet, mit Recht die Angst. Es hat etwas Verzweifeltes, Gepeinigtes, bäumt sich auf wie vor Schmerz, wie ein gepeitschter Mensch. Es ist zutiefst aufgewühlt. Es leidet.
Die See brandet bis an die Dünen. Wie der Wind

scheint sie auf der Flucht vor etwas Entsetzlichem zu sein, so wie sich die Sprotten vor den Makrelenschwärmen ins Seichte flüchten und lieber am Strand verenden als gefressen zu werden. Die Brandung ebnet mühelos die Sandburgen der Badegäste ein, und die durch die Sirene alarmierte Ortsfeuerwehr muß die gefährdeten Strandkörbe in Sicherheit bringen. Schon drei hat das Wasser mitgenommen, viele unterspült und mit Sand verschüttet. Sie müssen ausgegraben werden.

An den freien Stellen des Strandes jagt dicht am Boden der feine Flugsand hin. Große irisierende Schaumknäuel treiben, sich überkugelnd und zitternd, im Wind.

Nicht in regelmäßigen Reihen wie an andern Tagen rollen die Wellen heran. Sie sind in Unordnung geraten, sie genieren einander, sind sich ständig im Wege, wissen nicht mehr, wo ein und aus. Ihr Benehmen erinnert ein wenig an den Sturm des Publikums an einer Theatergarderobe. Es herrscht rücksichtslose Panik im Meer. Die eisernen Buhnen, durch menschliche Vorsicht den Sand zu befestigen, alle paar hundert Meter errichtet, schlitzen die Wogenleiber auf. Hoch spritzt der weiße Gischt und geifert die Buhnen entlang.

Die sonnengebräunten Gesichter der Neugierigen werden weiß vom Salz. Man schmeckt es, wenn man mit der Zunge über die Lippen fährt.

Unaufhörlich rauscht das Meer. Man hört die einzelnen Instrumente nicht heraus, hört nicht den Sturz einzelner Wellen. Unisono wie ein Wasserfall braust es. Es ist nicht dunkel, nicht blau, wie sonst zuweilen: es ist blond und weiß, weit hinaus.
Unbeirrt schweben im Gleitflug, vom Aufwind getragen, die Silbermöven den Grat der Dünen entlang. Ihre Flügel zittern wie die Tragflächen der Flugzeuge. In unheimlicher Geschwindigkeit ziehen, quer zum Sturm, Schwärme von Strandläufern ein paar Meter nur über das entfesselte Wasser dahin, diese kleinen, zerbrechlich wirkenden Vögel. Im Hui sind sie vorüber.
Wenn man dann ordentlich durchgeblasen, nun den Wind im Rücken und sich an ihn lehnend, den Mund und die Ohren voll Sand, mit brennendem Gesicht sich nach Hause wehen läßt, ist einem nach einem steifen Grog zumute.
Nach zwei Tagen liegt die Nordsee ruhig wie ein nasser Lappen, als wenn nichts gewesen wäre.

(1951)

Eine Vogelfeder

Als ich jüngst durch den Englischen Garten spazierte, fand ich eine Vogelfeder. Sie stammte aus der Schwinge eines Eichelhähers und trug, sonst von schlichter nächtiger Farbe, an einer Stelle am Rande das allerliebste blau-weiß-schwarzgemusterte Merkmal der Art, nicht anders, als wäre dem Schöpfer der Pinsel ausgefahren, als er die kleinen Zierfederchen malte.

Wenn ich unterwegs eine Feder liegen sehe, muß ich sie aufheben. Auf meinem Schreibtisch steht schon ein ganzer Strauß davon. Taubenfedern, Krähenfedern, Entenfedern, auch ein paar tropisch bunte Papageienfedern sind dazwischen, die ich geschenkt bekam. Der Federschmuck verleiht dem Schreibtisch eine indianische Note.

Es gibt kein zierlicheres Spielzeug für die Hand des beschaulichen Wanderers, kein zärtlicheres Gefühl, als mit der kühlen, geschmeidigen Fahne die Wange zu streicheln oder sie zwischen den Fingern hindurch gleiten zu lassen und sie zu glätten. Man kann sich daran freuen wie an einer Blume.

Welch ein vollkommenes Gebilde, wie geistreich in der Erfindung ist doch eine Vogelfeder, wie untadelig ist sie gewachsen, wie edel geschwungen! Im

Plane der Schöpfung, nach ihrer Entstehung scheint sie den gefiederten Eisblumen verwandt, aber auch den Pflanzen, denn das Gefieder ist gleichsam das Laub der Vögel, nur kunstreicher und unverwelklicher.

Wie wunderbar, wie einfach und unvermittelt ist die Verbindung aus dem Harten zum Zarten gefunden, von dem glatten, nüchternen Kiel zur sammetweichen Fiederung der Fahne, wie genau, wie mühselig sind Flaum in Flaum gefügt, und wie mühelos lassen sie sich, wenn sie getrennt und gesträubt waren, nur durch sanftes Streichen wieder miteinander vereinigen!

Meine Lupe erlaubt mir die nähere Einsicht in das gewachsene Gefüge der Feder und lehrt mich, wie der zwar biegsame, aber feste Körper des Schaftes seinen fast reibungslosen weichen Übergang findet zum leichten, durchsichtigen Element der Luft und daß die Fahne jeder Feder aus lauter einzelnen Federchen besteht, die wiederum gefiedert sind, hauchzart mit dem unbewaffneten Auge nicht mehr erkennbar, so winzig, so leicht wie Staubfäserchen, die leichter scheinen als die Luft, darin sie schweben.

Federn haben eine schöne Vorderansicht und eine schlechtere, rauhere Kehrseite, nicht anders als die Blätter, der Sammet, Teppiche oder Theaterkulissen, woraus man auf eine gewisse hausfrauliche Knick-

rigkeit der Natur schließen müßte, vielleicht sogar, daß auch sie nur auf den äußeren Schein bedacht sei.
Die Welt ist mit den Augen geschaffen, als rechte Augenweide, aus göttlichem Wohlgefallen, und so auch die im übrigen so nützlichen Federn.
Für ein aus Rinde geschnitztes Schiffchen dient sie vortrefflich als Segel. Schöne Frauen, Indianer und Soldaten brauchten sie von jeher gern als Schmuck, nicht bloß wegen der Pracht und Schönheit ihrer Farben, der Eigenart ihrer Zeichnung, sondern auch weil sie so etwas Flottes haben, jenen gewissen Schwung und Schick, wie etwa die Spielhahn- oder Gockelfedern, so etwas Schillerndes, Wippendes, Wehendes, Zierliches, Streichelndes, was Liebende zu betören und zu verwirren, nicht übel gewählt erscheint.
Die Pfeile des Liebesgottes (und der Wilden) sind damit gefiedert. Dem Verstorbenen legt man ein Flaumfederchen auf die Lippen, daß man sehe, ob sich's nicht rege und ob noch ein Hauch von Leben in ihm sei. Mit der Kielfeder schrieb der Dichter einst, und er hatte gewiß eine andere, eine poetischere Beziehung zu ihr, die aus dem Fittich eines Genius oder dem Flügel des Pegasus stammen konnte, als man zu dem Füllfederhalter aus Kunstharz oder zur Schreibmaschine haben kann.
Federn sind luftdurchlässig, aber ziemlich wasser-

dicht. Ein Wassertropfen bleibt darauf liegen oder rollt daran herunter wie eine Tauperle von einem Rosenblatt. Nasse Federn aber bieten einen kläglichen Anblick.

Fällt eine Feder aus der Luft, so schaukelt, wirbelt oder quirlt, segelt, schwankt oder schwebt sie herab: die Feder ist das Sinnbild des Fliegens, und jede einzelne, ob es nun eine Schwung- oder Schwanzfeder sei, stellt für sich schon eine Art Flügel oder Schwinge dar. Ungeachtet der Insekten, Fledermäuse und fliegenden Fische, richtig fliegen können nur die Vögel, zum Beispiel: Schwalben, Mauersegler, Möwen. Der Mensch kann nicht fliegen, außer in Engelsgestalt. Es muß herrlich sein, Flügel zu haben und schwingenschlagend aufzufliegen zum Himmel!

Um so befremdender ist es, daß manche Vögel sich der großen Gnade des Fliegens freiwillig begeben, wie unser Hausgeflügel etwa, zugunsten einer fußgängerischen Erdgebundenheit. Noch mehr, daß die Ameisen, denen die Natur auf besonders wunderbare Weise und für die kurze Dauer ihres Hochzeitsfluges Flügel verleiht, diese nach Vollzug, wie man's beobachten kann, offenbar nicht schnell genug loswerden können und mit ihren Schultern so lange am Boden scheuern, bis sie der hauchzarten, durchsichtigen Flügelchen ledig sind, wie eines lästigen, störenden Anhängsels, um dann sichtlich erleichtert in ihren Bau zu wuseln.

Welch ungeahnte Fluggeheimnisse, welch unnachahmliche Vorteile mögen noch in der Feder ruhen oder offen zutageliegen? Die Flugmaschine der Menschen in allen Ehren – man braucht nur eine Vogelfeder daneben zu halten!
Ganz abscheulich finde ich es, Federn als Pfeifenputzer zu verwenden.

(1941)

Heilsamer Schlaf

Der beste Arzt ist der Schlaf. Die Sünde wider den Schlaf ist ein großes Verbrechen; denn er ist heilig. Er muß wohl ein Überbleibsel aus dem Paradies sein, aus einer friedlichen Zeit, da man noch vor niemand Furcht zu haben brauchte. Denn er macht uns wehrlos, er gibt uns gleichsam unsern Feinden preis. Dennoch geben wir uns ihm mit einem grenzenlosen Vertrauen hin. Die Stellung schlafender Kinder macht es uns glauben, daß es mit dem »in Morpheus Armen ruhen« schon seine Richtigkeit hat. Sieht es nicht ganz so aus, als hielte sie ein zärtlicher Gott umfangen und sie ihn? Zuweilen scheinen sie das Kopfkissen für ihn zu halten und umarmen es statt seiner. Sie lächeln ihn an, und manchmal möchte man meinen, er füttere sie mit Süßigkeiten; denn sie schmatzen und schnalzen. Man sagt: »Sie essen den Schlaf.«

Ich weiß wohl, wie es tut, wenn man vor großen Schmerzen nicht schlafen kann. Allein gegenwärtig tut mir nichts weh. Aber wenn ich auch von einer angenehmen Erschöpfung befallen bin, so fehlt mir doch das Herzhaft-Müdesein zu einem satten schönen Schlaf.

Ein Junge, den es verdroß, daß er zum eigentlichen

Genuß dieser wunderbaren Gottesgabe gar nicht komme, weil man während des Schlafes eben leider schlafe, ließ sich nachts wecken, um doch wenigstens das angenehme Gefühl des Einschlafens voll auskosten zu können.
Aber es gibt einen Halbschlummer, bei dem die Erdenschwere schon aufgehoben ist, bei dem man ohne Zeitbewußtsein und ohne Alter ist, ja seiner selbst vergißt. Es ist jenes unbeschreibliche Wohlgefühl des nackten Lebens. Der Körper liegt in tiefem, schmerzlosem Schlaf, nur das Leben ist allein wach und empfindet sich. Es ist ein Gefühl reinen Behagens, ohne Hunger und Durst, ohne Furcht, ohne Verlangen, freilich auch ohne Liebe und ohne Traum.
Ich träume gern, und zuweilen lege ich es geradezu darauf an, mit Willen einen Traum zu beschwören. Es gelingt mir auch am hellen Tag. Ich brauche nur die Augen zu schließen, dann dienen die herabgelassenen durchscheinenden Lider gleichsam als Leinwand, auf der die Bilder entstehen, die ich mir einbilde. Sehr leicht sind Sonnenuntergänge, ein Feuerwerk, Sternennächte und überhaupt Himmelserscheinungen. Bei einiger Übung gelingt es, die Gesichter geliebter Menschen hervorzuzaubern, auch von Toten. Wenn man darüber einschläft, kann es geschehen, daß die also herbeigerufenen Gestalten im Traume sich selbständig machen und weiterspielen. In einem Traume, darin ich einen längst verstorbenen Freund mit einem

gegenwärtigen bekanntmachte, empfand ich nicht nur während des Traumes, sondern noch lange nach dem Aufwachen die große Freude, daß die beiden sich nun doch noch kennengelernt und aneinander Gefallen gefunden hatten.
Ein Traum freilich ängstigte mich dieser Tage. Ich träumte von einem gewaltigen Flugapparat, der den Namen ›Großes Münchner Städtewunder‹ trug. Das Städtewunder hatte oben auf den Tragflächen, die dem Deck eines Schiffes glichen, ein richtiges Aussichtscafé mit weißen Tischen und Stühlen und bunten Sonnenschirmen. Ich dachte mir im Traum, das kann nicht gutgehen, das heißt ja Gott versuchen. Und schon neigte sich das Flugzeug ganz bedenklich, Tische und Stühle samt den sommerlich gekleideten Gästen kamen, wie Kaffeegeschirr auf dem Servierbrett eines ungeschickten Dienstmädchens, ins Rutschen, das Städtewunder stürzte herab auf die Dächer und zerschellte lautlos.
Natürlich hatte ich auch einen jener Schulträume, von denen Erwachsene bis in ihr hohes Alter von Zeit zu Zeit heimgesucht zu werden pflegen, mit allen Qualen des Unvorbereitetseins. Die Aufgabe, die mir gestellt wurde, war nicht eben leicht. Sie lautete ›Erschaffung der Welt‹. Dabei war zu berücksichtigen, daß der Schüler nicht auf schon bekannte Schöpfungsergebnisse zurückgreifen dürfe, sondern sich etwas durchaus Neues, noch nicht Dagewesenes

auszudenken hatte wie der Herr am ersten Tag. Allein es wollte mir beim besten Willen nichts einfallen, was es nicht schon gab. Ich nagte verdrießlich an meinem Griffel. Das Schönste war schon geschaffen: Sternennacht und Mondenschein, das Meer, der Wald, Blumen, Liebe und Mensch. »Wenn ich die Welt zu schaffen hätte...«, begann ich, und auf einmal fiel mir der Rauhreif ein. Ich war sehr glücklich, aber als ich das Wort auf die Schiefertafel schrieb, sah ich, daß es ja auch ihn schon gab. Die weißen Worte auf dem schwarzen Grund glichen Bäumen mit Rauhreif. Meine Mitschüler kritzelten mit Emsigkeit. Einer nach dem andern gab sichtlich befriedigt seine Tafel ab. Die Schulglocke tönte, ich erwachte mit dem Gefühl, in einem großen Augenblick völlig versagt zu haben.

In jenen magischen Nächten zwischen Traum und Wachen aber meinst du, spielend die Rätsel der Welt lösen zu können. Wirklich, du glaubst auf einmal, wie durch eine Offenbarung dem Sinn und Ursprung alles Seins auf die Spur gekommen zu sein. Ja, so denkst du beseligt, nun hast du es, es ist ja alles im Grunde so einfach, so mühelos. Sei nicht traurig, wenn du dich am Morgen vergeblich plagst, die beglückende Erkenntnis der Nacht zurückzurufen; denn ein anderer bist du am Morgen, ein anderer, wenn dich der Mond anscheint. Aber es bleibt doch ein Schimmer des Trostes in dir für den ganzen Tag.

Heute nacht fiel mir ein anmutiges und nachdenkliches Erlebnis ein. Ich hatte, ehe ich in die Klinik kam, in einem Zirkus dressierte Seelöwen gesehen. Die Sicherheit, die drollige Grazie, mit der diese sympathischen Tiere Bälle auf der Spitze ihrer Schnauze auffangen, balancieren und einander in regelrechtem Ballspiel zuwerfen, scheint nur aus einer Naturanlage erklärbar. Der Zuschauer hat das Empfinden: es macht den Tieren selber Spaß. Ihre borstigen Gesichter scheinen zu lachen, sie können es kaum erwarten, bis sie sich, ungeachtet ihrer Unbeholfenheit und im eigentlichen Begriffe ›tolpatschig‹, auf ihren als Flossen ausgebildeten Gliedmaßen von ihren Hockern ins Spiel stürzen. Sie sehen aus, als hätten sie zu lange Ärmel und Hosen an, die harlekinhaft über ihre Hände und Füße schlappen.
Nun ich des Nachts darüber nachsann, schien mir ein Geheimnis der Natur aufs anschaulichste offenbar. Alle Spiele und Künste sah ich vom Schöpfer vorempfunden und als lebendigen Keim in alle Kreatur gelegt, das Fliegen, das Schwimmen, das Bauen, das Jonglieren. Ich meinte, es in mir selbst zu spüren, wie die Elemente des Lebens, Wasser, Luft und Erde, jeweils die in allen Wesen lauernden Fähigkeiten hervorkitzeln, damit sie sich frei darin tummeln können. Ich selber meinte teilzuhaben an dieser Sehnsucht, welche aus Pfoten für den Gebrauch im Wasser und in der Luft Flossen und Flügel zu for-

men imstande ist und umgekehrt, wie bei den Robben, Fledermäusen und fliegenden Fischen. In der Stille der Nacht schien es mir durchaus möglich und vom Anbeginn so vorgesehen, daß auch mir die Sehnsucht Flügel wachsen lasse, Adlerschwingen, Engelsfittiche, man müsse es nur richtig wollen. Es mag freilich sehr lange dauern, bis der Wesenskern ganz überzeugt ist, bis etwa zwischen den Fingern und Zehen – man glaubt, genau zu spüren wo – sich Schwimmhäute spannen und bis sich die erworbene neue Gestalt forterbt. Das nicht Gebrauchte verkümmert, verödet, schrumpft ein, das Notwendige wächst und entfaltet sich.
Ich weiß wohl, daß solche Gedanken törichte Spielereien und Träumereien, daß sie kindisch und eines Erwachsenen unwürdig sind. Aber wenn man nachts ein paar Stunden wach gelegen hat, mag es verzeihlich sein. Genug, ich nahm meine ganze Einbildungskraft zusammen, sammelte sie gläubig auf meine Schulterblätter, dort, wo die Engel ihre Flügel haben, und meinte, alsbald wirklich etwas zu spüren, eine kribbelnde Unruhe des Wachstums, dem Jukken in einer Wunde vergleichbar, die heilen will. Ich war sehr glücklich darüber. Ja, ich schaute am anderen Tage vor dem Spiegel nach, ob noch nichts zu sehen sei. Aber es war nichts zu sehen.

(1937)

Vom Träumen

Vergangene Nacht hat mir von Dir geträumt, zum erstenmal, seit wir uns kennen.
Ich wußte nichts von Dir bis zu dem Augenblick, da ich Dich zum ersten Male sah, obwohl wir doch in der selben Stadt wohnten, die manche »die Stadt der Verliebten« nennen (womit sie nicht ganz unrecht haben mögen) –, aber sogleich hatte ich das Gefühl, als kennten wir einander schon von Anbeginn der Welt. Unsere erste Begrüßung war wie ein Wiedersehn, und wirklich sagte jemand: »Ihr kennt euch wohl schon?«
Warum beteuerten wir beide, es sei nicht der Fall. Warum eigentlich?
Ich will es ganz nüchtern betrachten, wie es zuging. Eine Sekunde, ehe Du ins Zimmer tratest, wußte ich nichts von Dir. Und eine Sekunde danach wußte ich, daß ich mein ganzes Leben lang nur auf diesen Augenblick gewartet hatte.
Was vor diesem Augenblick geschehen war, erschien mir auf einmal völlig unwichtig und nicht der Mühe wert. Vielleicht war es nie geschehen. Ich glaube, ich habe vorher nicht gelebt. Du und ich wurden geboren, als wir uns sahen.
Und nun bist Du mir zum erstenmal im Traum er-

schienen. Das dünkt mich ein sehr bedeutsames Ereignis in unserer jungen, noch scheuen Beziehung. Ich habe es sogleich in meinem Taschenkalender besonders angemerkt, so wie man den ersten Zahn eines Kindes oder den ersten Schnee aufschreibt. Denn ich glaube: nun bist Du meinem Herzen einverleibt und wohnst in mir. Es hat gleichsam die Hochzeit unserer Seelen stattgefunden.

Als ich klein war, bildete ich mir ein, die Geträumten müßten es ihrerseits spüren, sie müßten sich doch abhanden gekommen sein, während sie in meinem Schlafe spukten. Ach, wie schön wäre es, könnte man sich so, unter Ausschluß der Wirklichkeit, gegenwärtig im Traum besuchen und nach Herzenslust liebhaben, ungesehen von den Blicken der Mißgünstigen und Argen.

Die Vernunft möchte mir's einreden, daß Träume vom Monde kommen oder vom Magen, wie man sagt – gleichviel, Du warst im Traum bei mir!

Natürlich benahmst Du Dich ganz anders als bei Tage. Was ich mir im Wachen nicht einzugestehen wagte, das war nun selbstverständliche Voraussetzung. Du gehabtest Dich auf eine gewisse reizendverschlagene, zärtlich-zutrauliche Weise, als wolltest Du sagen: ich tat ja sonst nur so.

Das Merkmal des Traumes war ein Spiel, wie es in der Wirklichkeit freilich nicht sein kann. Wir gingen mit tänzerisch-federnden, fast schwebenden Schrit-

ten aufeinander zu und durcheinander hindurch. Wir fanden das sehr hübsch. Sobald wir körperlos wie Geister oder Schatten durcheinander hindurchgegangen waren, kehrten wir um und wiederholten das Spiel von neuem.
Natürlich kamen nun Leute. Immer wenn es am schönsten ist, dachte ich, und war sehr traurig auf einmal. Aber nun geschah etwas, was Traumkundige nicht weiter verwundern wird: die poetische Erfindung wurde durch eine humorige abgelöst. Denn Du fordertest die Zuschauer listig auf, es uns nachzutun, was sie denn auch mit großem Ernst sogleich versuchten. Allein obgleich sie mit feierlicher Grazie einander entgegentanzten, stießen sie im entscheidenden Augenblick höchst unsanft gegeneinander, worüber Du ganz unbändig lachen mußtest. Wie im Wachen standest Du dann, den Mund schon halb geöffnet in Lachbereitschaft, den neuen Zusammenstoß erwartend. Das ziemlich hoch sitzende Grübchen Deiner rechten Wange zuckte und vertiefte sich, die Fältchen in den Augenwinkeln runzelten sich, und während Du Dir auf die Schenkel schlugst, lachtest Du, wie nur Du lachen kannst, daß mir vor Entzücken das Herz aufging. Das helle Haar stürzte Dir vornüber in die Stirn.
Du warst aber auf einmal bis in jede geliebte Einzelheit so deutlich, so blühend, daß ich fürchtete, es würde uns nun bei dem Spiel nicht anders gehen als

den fremden Leuten. Auch Du schienst es zu wissen. Trotzdem kamst Du, noch lachend, auf mich zu, unaufhaltsam, unentrinnbar, und im lautlosen Zusammenprall erwachte ich. –
Wenn wir uns morgen im Wachen begegnen, wie wirst Du zu mir sein nach solch traumlich-zärtlicher Vertrautheit?

(1941)

Epistel über das Briefeschreiben

Gestern noch hast Du mich gefragt, ob Du zum Sonntag wieder einen Brief von mir bekommen würdest; so sehr hast Du Dich schon daran gewöhnt, daß ich Dir schreibe, obwohl wir doch am selben Ort wohnen, getrennt nur durch das rote Meer der Dächer; in zwanzig Minuten längstens mit dem Rad könntest Du bei mir sein. Warum schreiben wir uns dann eigentlich, was wir uns sagen könnten?

Ist es nicht überhaupt verwunderlich, daß sich von den Menschen so viele Liebesbriefe erhalten haben (und erst Liebesgedichte, die ja auch eine Art Briefe sind)? Man müßte danach eigentlich auf eine fast ständige und, verglichen mit der Kürze des Erdenlebens, recht betrübliche Entferntheit der Liebenden voneinander schließen. Man möchte an der Allmächtigkeit des Eros zweifeln, da es doch so viele, offenbar stärkere, entfernende Kräfte zu geben scheint.

Ohne Zweifel: Auch jetzt, während ich dies an Dich schreibe, bin ich nicht bei Dir. Warum eigentlich?

Wenn ich rein gefühlsmäßig die Zeit überrechne, die Du und ich miteinander verbringen, so kommt ein geradezu lächerlicher Bruchteil der uns zustehenden

Lebensdauer heraus. Wenn es hundert Stunden sind, von den beiläufig neuntausend Stunden des Jahres, dürfen wir noch froh sein.
Es gibt halt so viel Unwichtiges zu tun im Leben!
Wie auch immer: Statt bei Dir zu sein, sitze ich hier allein und schreibe Dir einen Brief über das Brieschreiben. Das kommt daher, weil es Menschen gibt, die befürchten, in unserem raschlebigen, schnellen, sozusagen motorisierten Zeitalter müßte auch die artige Kunst des Briefeschreibens abhanden kommen. Nicht wahr, da müssen wir beide lachen!
Es gibt freilich genug Menschen, die leben nicht, sie erledigen nur noch. Auch Briefe schreiben sie nicht, sie erledigen Briefe.
Was kümmert's uns! Du und ich, wir wissen, daß es Augenblicke glücklichsten Beisammenseins geben kann, da wir uns dennoch schon auf die Stunde freuen, wann wir uns schreiben werden.
Ich habe einmal irgendwo eine antike Gemme gesehen, darauf ein Putto oder Engelein abgebildet war, das einem briefschreibenden Mädchen die Hand führt, ein halbwüchsiges, munteres Flügelwesen, vielleicht Amor sogar selbst, diese fragwürdigste Erscheinung unter den Göttern, fragwürdig allein schon durch die Tatsache, daß er allerorten Liebe erregt, obwohl (oder weil) er bei seinem jugendlichen Alter doch selber kaum recht viel Erfahrung darin haben wird.

In der reizenden Darstellung des hilfreichen Genius sehe ich das Sinnbild auch dieser Zeilen. Er steht hinter mir, während ich dies schreibe, und schaut mir dabei über die Schulter. Er führt mir die Hand. Von ihm kommen meine Eingebungen. Er trägt Deine Züge.

Freude über Freude schenkt uns der Genius der Briefe: während ich schreibe, wenn Du es liest, während Du antwortest und ich es lese, wenn wir uns wiedersehen und davon sprechen.

Wir schreiben uns mit der Hand. Jeder Buchstabe ist ein kleiner Mensch, jedes Wort eine kleine Familie und der Brief eine ganze Welt. Die Schriftzeichen sind die Schatten unserer Worte. Darum wird die so nützliche Schreibmaschine von uns verschont bleiben. Geht es Dir nicht auch so, daß Du Dich selbst scheust, den Briefumschlag zu zerreißen, wenn er geliebte Züge trägt? Und der Postbote, ach, er ahnt ja nicht, wie er manchmal umstrahlt ist von einer Aureole der Liebe und daß er rosenfarbene Flügel hat.

Es kommt vor, daß ein alter, vergilbter und verblaßter Liebesbrief, dessen Schreiber längst unter der Erde ruht, wildfremde Nachkommen lächeln und weinen macht, obwohl er doch nur für zwei Augen gedacht war, für ein geliebtes Herz.

Ist es Dir schon aufgefallen, daß Tinte und Blut von ungefähr ganz ähnlich schmecken?

Ich glaube bestimmt, daß der erste Brief, der je geschrieben wurde, ein Liebesbrief gewesen ist. Vielleicht war es nur ein Wachstäfelchen mit dem Abdruck eines Mundes, darein der Empfänger seine Lippen betten konnte. So entstand Schreiben und Lesen.

Unsere Briefe freilich haben etwas Besonderes. Sie sind mit Zeichnungen versehen. Das sieht ganz allerliebst aus, besonders wenn sie mit etwas Farbe getönt sind.

Solange es Liebende unter den Sterblichen gibt, wird die Kunst des schönen Briefes nicht vergehen; und solange es Dich und mich gibt, werden Briefe geschrieben werden.

(1941)

Betrachtung über die Augen

Deine Augen sind es, an die ich immer denken muß. Ich liebte Dich schon eine gute Weile, ehe ich Deine Augen wirklich sah: ich hätte, nach ihrer Form und Farbe gefragt, nichts Rechtes zu antworten gewußt. Ich sah sie eigentlich zum ersten Mal erst gestern abend, als ich mich über Dein Gesicht neigte, aus jener Nähe, die ihnen ein weiser Gott zugemessen hat, aus der sie angeschaut werden wollen, weil sie nur so am schönsten sind.

Das Gesetz des schönsten Abstandes scheint in der Tat nirgends so gültig als eben in Betracht der Augen: es gibt nur eine Entfernung, in der ihr Anblick, in der ihr Zauber vollkommen ist. Jeder Liebende wird ihn neu für sich entdecken, mancher wird die Augen davor verschließen, mancher innehalten und in stummem Verzücken verharren, sich selbst dabei vergessend.

Denn wir meinen da etwas zu erblicken, was wir sonst nirgends in der Welt wahrzunehmen vermögen, des andren Seele nämlich meinen wir zu schauen.

Man kann freilich die Behauptung hören, der seelische Ausdruck der Augen liege lediglich in ihrer Umgebung, in den Lidern, Wimpern, Brauen also,

in den Zweckbewegungen der Muskulatur, in den Fältchen, Zusammenziehungen und Verzerrungen, was bedeuten müßte, das Auge selbst sei seelenlos, lieblos, freudlos.
Es ist nicht so; selbst wenn es exakte Versuche erwiesen haben sollten: sie werden unscharf bleiben, weil sie dabei einen heiligen Bezirk berühren, in dem sie notwendig unwirksam werden müssen, weil es dort keine Versuchsreihen und Beweise mehr gibt, sondern nur die Gewißheit von Angesicht zu Angesicht.
Gesicht kommt vom Sehen. Und es ist nicht von ungefähr, daß es in der Sprache – und nicht nur in der unsern – Sehvermögen und zugleich Antlitz bedeutet. Gesicht ist, was uns anschaut. Es ist beherrscht vom Doppelkönigtum der Augen, in die Mensch wie Tier, wenn sie einander begegnen, unwillkürlich schauen. Es gibt freilich einen Dialektausdruck im Bairischen, der auch das Gesicht meint, aber sich von einem anderen mehr materiell gerichteten Sinn herleitet, nämlich das »Gefries«. Allein es sind doch vor allem die Augen, die sich suchen.
Auch die Tiere wissen darum. Auch das Tier sucht unsern Blick, der Löwe wie der Spatz oder das Reptil, und wir den ihren. So will es die Schöpfung. Sie schauen nicht auf die Hand, die ihnen das Futter reicht, die sie streichelt oder straft, sie sehen uns in

die Augen. Sie suchen unser Auge, dort ist der Sitz ihrer Erwartungen, und sie sehen mitten hinein. Man kann es wohl unterscheiden, ob sie auf unsere Nase, den Mund oder selbst ganz dicht nebenhin sehen.

Von den Augen erwarten wir Gunst und Zorn, sie sind die höchste Instanz, der wir glauben. Denn wir wissen, daß sie nicht so zu lügen vermögen wie der Mund, daß sie nicht so leicht zu betrügen sind wie das bestechlichere Ohr. Wir vergewissern uns bei den Augen, ob sie mitlachen, wenn der Mund lacht. Sie sind es, die uns zuerst und gegen unseren Willen verraten, ob wir lieben, fast als wüßten sie es früher als unser Herz. Wir haben über sie am wenigsten von allen Sinnen Gewalt.

Auch in dem ungeschlachten Tiergebirge des Elefanten bestimmen die Augen, so klein sie sind, das Gesicht, und auch da, wo sie fern oben sitzen, am äußersten Ende eines gewaltigen Körpers, wie bei der Kirche unter den Tieren, der Giraffe, oder beim Strauß, den man die Giraffe unter den Vögeln nennen könnte. Das Geschau macht das Gesicht, nicht das meist viel umfangreichere Maul oder der Schnabel. (Freilich: Nur der Mensch hat einen Mund.)

So verschieden alle Kreaturen voneinander sind, Mensch und Fisch, Vogel und Fisch, Fisch und Säugetier, nach Form und Verwendung der Gliedmaßen, in Gestalt, Lebensweise und Zeugung, die

Augen sind uns allen gemeinsam, gleichsam am verwandtesten. Sie schauen einander an und erkennen sich darin. Bei keinem Tier übrigens ist so viel vom Weißen des Auges sichtbar wie beim Menschen.
Die meisten Menschen scheuen sich, das Auge eines Tieres zu essen, obwohl es Leute gibt, die behaupten, es sei ein Leckerbissen wie Austern etwa, so zum Beispiel vom Karpfen. Das Herz oder Gehirn eines Tieres zu essen, scheuen sich nur wenige.
Es hat schon seine besondere Bewandtnis damit, seitdem der Schöpfer zum ersten Male Auge dachte und es wurde. O herrlicher Gedanke, welch eine Erfindung! Die Erkenntnis des Plotin hat Goethe in seinen Zahmen Xenien wörtlich verdeutscht:

»Wär nicht das Auge sonnenhaft,
die Sonne könnt es nie erblicken« …

Erklärer der Gesänge des Homer meinten, es entschuldigen oder verschlimmbessern zu müssen, wenn eine Gottheit vom Dichter stieräugig, kuhäugig, eulenäugig genannt wird. Die Augen nicht nur der griechischen Rinder sind schön. Wie schön sind die Augen der Gazellen, schöner noch die der seltenen und anmutigen Giraffenantilope. Freilich: Der Seewolf ist ein Fisch »mit tückischem Auge und ebensolcher Gemütsart« (Brehm).
Ich habe kürzlich einen Arzt allen Ernstes und mit bewegten Worten die Schönheit der Schweineaugen loben hören. Er meinte nicht die im Fett verschwin-

denden Schweinsäuglein, sondern das eigentliche Auge mit Iris und Pupille.

Nun könnte freilich ein Spötter aufstehen und kecklich behaupten: das Auge sei gar nicht schön. Er könnte es zu beweisen versuchen und es mit dem Objektiv einer photographischen Kamera vergleichen, auf die Einfachheit der Form und Zeichnung hinweisen. Es ist nun freilich erstaunlich, wie man sich daran gewöhnt hat, etwas so Unsinnliches, ja fast Abstraktes wie das Auge als schön zu empfinden. Denn in Wahrheit ist nichts in der Natur so unvergleichlich und ohne Maßstab wie das Auge. Auch die Bilder beweisen es, die wir dafür haben, wie Stern und Regenbogenhaut, der Vergleich mit Diamanten und die Umkehrung dieser Vergleiche. Es ist eine Schönheit von der Art, wie sie Winckelmann in seinem tiefen Paradoxon meint: »Das Schöne besteht in der Mannigfaltigkeit des Einfachen.« Dabei mag es uns wundern, wenn er an anderer Stelle sagt: »Noch mehr als die Stirn sind die Augen ein wesentlicher Teil der Schönheit und in der Kunst mehr nach ihrer Form als nach der Farbe zu betrachten, weil nicht in dieser, sondern in jener die schöne Bildung derselben besteht, in welcher die Farbe der Iris nichts ändert.«

Sind es nicht aber gerade Iris und Pupille, das Augenlicht also, darin in gesegneten Augenblicken ein Widerschein der Seele schimmert? Es ist der einzige Ort, wo sie sich zuweilen zeigt. Man könnte meinen, dann müsse sie wohl sehr klein, sehr leise, sehr scheu und zum Umblasen zart sein. Allein sie lebt in einem Bezirk, in dem nicht mit Größen und Zahlen gemessen wird. »Alle Dinge sind gleich groß.«

Wenn man Stirn an Stirn mit einem geliebten Antlitz ruht und ganz nahe Blick in Blick taucht, dann kommt ein Augenblick, da man nur *ein* Auge sieht, unermeßlich groß, fast unheimlich, wie eines Gottes Auge. Oder betrachten wir das Innere des Auges mit dem Augenspiegel in jener gewaltigen Vergrößerung, die uns die moderne Untersuchungsmethode ermöglicht: für den Laien, der zum erstenmal in diese rote Hölle schaut, rot wie die untergehende Sonne, was für ein unvermuteter, ein erschreckender Anblick! Denn er schaut in eine Art glühendes Erdinnere, landkartenhaft von Flüssen und Nebenflüssen durchzogen.

Das sogenannte Augenleuchten, das dem nächtlichen Autofahrer oft begegnet, ist bei den Katzen grün, beim Menschen rotgelb. Alle Menschenkinder kommen mit blauen Augen auf die Welt.

Man könnte sich denken, daß eine andere Sybille Merian ihr Leben damit verewige, nicht nur Blumen und Schmetterlinge und Käfer zu malen, sondern die schönsten Augen dieser Welt, jene hellen, fast eisfarbenen, wie man sie bei den Seeleuten findet, oder jene gefährlichen von bedrohlicher Bläue, der Bläue von Schieferdächern bei nahendem Gewitter – ihre schillernde Iris ist am Rande dunkler und wird heller nach der Pupille –, die seltenen goldgelben, die smaragdenen und die schwarzbraunen, oft nur scheinbar so unergründlichen Samtaugen, jene frommen braunen Kuhaugen, die olivgrünen, die mit der rosenwolkenzarten Sklera und die mit der bläulichen, an Delfter Majolika erinnernden, die feurigen und die traurigen, die mit dem scharfen, spitzen Glanzlicht, die mit dem weichen Schimmer, die glanzlosen, verschwommenen, die leicht gerührten, die schmachtenden, auch die mit dem seligsatten Blick, wie ihn Brueghel auf dem Bilde vom Schlaraffenland malte, und alle Tieraugen, wie sie beim Menschen vorkommen, die kalten Reiheraugen, die Schildkrötenaugen und die Goldfischaugen.

O über den Narren (von dem Montaigne berichtet), der ein Weiser zu sein glaubte und sich die Augen ausriß, um durch die Herrlichkeiten dieser Welt nicht in seinen philosophischen Gedankengängen gestört zu werden! Ich möchte sie nicht kennen.

(1936)

Das Bett

Das wichtigste Möbel ist das Bett, das theatrum mortis et amoris. Von den vier Pfosten getragen, ruhen wir darin zwischen Himmel und Erde, der Erde freilich näher, aber doch ein weniges über sie hinausgehoben. Früher hatte es noch mehr das Ansehen und den Anspruch eines Heiligtums, darin man sich verschloß zu schlafen, zu träumen, zu lieben, des aufrechten Wandelns und Wachens müde, dem Gebot des waagrechten Daseins in uns, und der Nacht zu gehorchen.
Ein Baldachin oder Betthimmel war darüber getan mit schweren Vorhängen. Man ging ins Bett wie in ein Zelt. Man stieg ein wie in einen Reisewagen. Aber der Wagen fuhr nicht. Er war der einzige Ort der Welt, der sich nicht bewegte, er war ihre ruhende Mitte. Was hatte es dann aber für einen Sinn, das Bett mit kunstreichen Schnitzereien aus edlen Hölzern zu zieren, wenn es der Schläfer doch nicht sehen konnte und eigentlich nichts davon hatte? Es geschah nicht ihm zu Gefallen, es bedeutete eine Huldigung an unser zweites Leben, an das stille Wirken im Schlaf, an den Traum, die Liebe und den Tod. Wir sind geneigt, dem wachen Leben viel zuviel Recht auf uns zuzugestehen. Wir fürchten, etwas zu versäumen, wenn wir

nicht überall mit dabei sind. Wir meinen, jede Stunde Schlaf sei Zeitverschwendung.
Nein, wir versäumen nichts. Es war ganz in der Ordnung, wenn die alten Meister jenes andere, das liegende Leben ehrten und ihm einen kostbaren Tempel bauten. Sie schufen Denkmäler zu seinem Gedächtnis, Betten aus Stein, mit steinernen Kissen und Tüchern, auf denen Fürsten und Heilige ruhen, im Schlafe die Hände faltend und betend. Sie gleichen nicht Toten, sondern andächtig Schlafenden. Manche von ihnen haben die Augen offen, aber es gelingt uns nicht, ihren Blick zu fangen. Sie schauen uns nicht in die Augen, wie Bildnisse es tun, sie sehen an uns vorbei oder durch uns hindurch, als wären wir nicht vorhanden. Sie nehmen uns nicht wahr. Wer schaut, was sie schauen, bedarf nichts weiter.
Meine Bettstelle in der Klinik aber ist aus Metall, weiß gestrichen, abwaschbar, ein schmuckloses klinisches Gerät, ohne Geheimnis, dem Feldbett verwandt, soldatisch. Für ein Krankenlager muß es wohl so beschaffen sein. Es darf keine Erinnerungen haben wie jene Himmelbetten, in deren Holz die Totenuhr tickt, in deren Vorhängen die Träume wohnen. Nicht einmal ein paar Bauernblumen sind darauf gemalt, auch keine roten Herzen wie auf das Bett meiner Kindheit. Für Krankheitskeime bietet es keine Möglichkeit, sich einzunisten. Es dient ledig-

lich zur Aufbewahrung des Patienten. Aber man liegt ausgezeichnet darin.

Warum hat man dem Erfinder des Bettes noch kein Standbild gesetzt? Die alten Spartaner in allen Ehren, aber es geht doch nichts über ein gutes Bett. Ich möchte nicht der Verweichlichung das Wort reden, aber wer keine Beziehung zu einem guten Bette hat, ist gewiß auch kein guter Mensch. Als mir einmal ein Engländer versicherte, in Deutschland gäbe es die besten Betten der Welt, war ich nicht wenig stolz, obwohl ich eigentlich nichts dafür konnte. Die Engländer übrigens, so ließ ich mir sagen, lieben es, wenn die Bettdecke am Fußende möglichst stramm hineingestopft ist. Ich mag es locker einschlagen, damit meine Zehen die Annehmlichkeit haben, mit dem kühlen, glatt gebügelten Kanten des Leinenüberzugs zu spielen. Dagegen schlafe ich besser ›beschwert‹ von einem gewichtigen Deckbett als unter einer noch so molligen, aber allzu leichten Daunendecke. Mein Kopf will eine harte Unterlage, ein kleines Roßhaarkissen ist ihm am liebsten. Das ist wohl bei jedem Menschen so verschieden wie das Zubettgehen. Manche kriechen ins Bett, etwelche steigen ins Bett. Ich kenne jemanden, der springt ins Bett mit beiden Füßen zugleich wie in einen Weiher. Das Nachthemd gilt heute als altmodisch, ich ziehe es jedoch dem sogenannten Schlafanzug bei weitem vor. Ich glaube sogar, daß es gesünder ist. Zudem haben die Beinkleider das lästige Bestreben, sich während des bewegten Schlafes über die Waden zum Knie heraufzuschieben. Es bedarf beim Aufstehen eines Schlenkerns der Beine, sie wieder zum Hinabrutschen zu bringen. Immer sind sie zerknittert und verkrumpelt. Auch das Oberteil verschiebt sich gerne, so daß in der Kreuzgegend eine nackte Stelle klafft, dort, wo ich gegen Frösteln besonders empfindlich bin. Das weite lange Nachthemd dagegen ist das klassische Gewand des Schlafes und der Träume, das rechte Priesterkleid der Nacht. Es ist kindlicher vielleicht als der Bettanzug, aber werden wir nicht alle im Bett zu Kindern? Und vollends die Kinder, wenn sie in ihren langen Hemden barbüßig, zärtlichschläfrig, engelgleich zum Gutenachtsagen unter die Erwachsenen treten, unter die Bekleideten und Gestiefelten, wen rührte es nicht? Am liebsten sind mir freilich die Hemden, die schon oft gewaschen und gehörig abgetragen sind, wenn sie beginnen, dünne Stellen zu kriegen. Ich trenne mich nur ungern davon.

Das Essen im Bett ist noch nicht zur vollsten Zufriedenheit gelöst. Das accumbare, das Bei-Tische-Liegen der Alten, wollte mir nie recht einleuchten. Gewiß, es ist herrlich, im Bett zu frühstücken, den Kaffee oder die Schokolade ans Bett gebracht zu bekommen und zwischenhinein die Post zu öffnen. Aber angenehm zu Mittag essen kann man nicht im

Bett. Der ideale Bettisch ist noch nicht erfunden. Eine geeignete Körperhaltung ohne unnatürliche Anspannung der Bauchmuskulatur, den richtigen Abstand für ein müheloses Zusichnehmen der Speisen wenigstens annähernd herbeizuführen, ist nicht leicht. Für diesen wichtigen Akt wäre ein verstellbares Bett, darin man während der Mahlzeit natürlich und entspannt wie etwa in einem Lehnstuhl säße, vonnöten. Nach dem Essen gar, das man von der Seite her einnimmt, sinkt man meist ziemlich erschöpft in die Kissen zurück. Brösel im Bett sind etwas ganz Abscheuliches. Noch kümmert es mich freilich wenig. Ich bekomme vorläufig nur sanfte Milch, und es ist ein wahres Glück, daß ich sie leidenschaftlich gern trinke. Schon nach kurzer Zeit habe ich das wohltuende Gefühl der Entgiftung. Meine Natur hat sich verwandelt. Ich bin milchblütig geworden.

Mein Leben gleicht einem frommen Fasten, und mein Krankenzimmer hat etwas von einer Klosterzelle. Ich bin der Welt abhanden gekommen.

Ich habe meine Ruhe und genieße sie. Wenn man so liegt, lang ausgestreckt, dann empfindet man auf einmal, wie weit weg von einem die Füße sind und wie nahe man dem Gesicht ist. Der Mensch hat schon ungefähr ein Gefühl dafür, wo er gleichsam sich selbst am nächsten ist, wo also sein Ich sitzt oder doch wenigstens, wo nicht.

(1936)

Vor einer Operation

Es ist Winter geworden, noch ehe der Herbst erfüllt war. Ins noch Grüne und Bunte hat es plötzlich hereingeschneit. Eine zwitterhafte Jahreszeit, eine unnatürliche Landschaft wurde daraus. Mit Nebel hatte es angefangen, der auch ein zwittriges Element ist, nicht Luft und nicht Wasser. Wenn ein rotes Blatt sich vom Zweig löst, dann gleicht es einem Goldfisch, oder es scheint gar einer neuen Tiergattung anzugehören, die im Nebel lebt, halb Vogel, halb Fisch, halb schwimmend, halb fliegend. Die Sonne ist blaß wie der Mond. Mich fröstelt.

Ich stehe vor einer Operation, vor einem blutigen Eingriff in mein Eingeweide. Ein lebenswichtiges Organ ist krank. Meine Daseinsfreude ist dadurch stark beeinträchtigt, mein Gesicht hat einen leidenden Zug bekommen, ich habe Schmerzen.

Ich weiß, der Eingriff ist nicht ganz harmlos oder doch immerhin derart, daß es sich vorsorglich empfehlen dürfte, »sein Haus zu bestellen« und sich mit dem Gedanken vertraut zu machen, daß für Stunden und Tage notwendigerweise eine gewisse Lebensgefährdung bestehen wird. Als ob sie nicht immer bestünde! Zum mindesten wird in einer vorbestimmten Zeitspanne meinem Körper einiges zugemutet werden. Ich werde im Schlaf eine tiefe Wunde empfangen. Wahrscheinlich soll der erkrankte Teil entfernt und statt dessen nach dem Vorbild der Natur auf künstlichem Wege eine Art Umleitung geschaffen werden. Ich sage mir, daß dabei, wenn auch nur für kurze Zeit, lebendige Zusammenhänge unterbrochen werden müssen. Unversehrt ist noch die zartbeflaumte Haut. Es wird nötig sein, sie zu durchtrennen, will man dem Übel zu Leibe rükken.

Unter solcher Voraussicht ist es wohl angezeigt, ein wenig nachdenklich zu werden.

Wie ist dir zumute, mein Ich? Hast du etwa Angst?

Nein, wunderlicherweise, ich habe gar keine Angst. Im Gegenteil. Der durch meine Ärzte mir mit Vernunftgründen nahegelegte Entschluß zur operativen Behebung des Schadens hat mein Herz nur freier gemacht, mein Gemüt heiter gestimmt, meine Daseinsfreude gehoben.

Ich mache die Erfahrung, daß die Möglichkeit des Abschiedes – aber warum soll ich dem Wort ausweichen? –, daß die Gelegenheit zum Tode etwas unendlich Beruhigendes hat.

Oder lebe ich am Ende nicht mehr gern? Ich kenne jemanden, der mir darin mißtraut, der mir gern mit dem Finger droht und mich im geheimen Verdacht hat, es möchte mir vielleicht nicht ganz unlieb sein,

auf diese Weise von gewissen Verpflichtungen mich drücken zu können, die mir von oben aufgetragen und größtenteils noch unerledigt seien. Ach, diese schreckliche verdammte Pflicht und Schuldigkeit!
Es gibt eine Anzahl Menschen, von denen ich ungern gehe. Dum vivo, amo. Aber ich bin nicht ganz unvorbereitet. Denn der Abschiede sind in diesen Jahren so viele gewesen, daß sie einer Vorübung auf den Tod gleichkommen. Grausamer oft als er, gleichsam bei lebendigem Leibe trennt die herzlose Welt die Liebenden.
Ich scheine doch noch recht am Leben zu hangen. Ich fange an, mit meiner Zeit zu geizen, als könnte ich schließlich etwas versäumen von den Herrlichkeiten dieser Erde, von den Freuden an irdischen schönen Dingen, die man nun einmal »nicht mit hinübernehmen kann«. Ich bin sehr wählerisch in meiner Lektüre. Ich suche mir die geliebtesten Gedichte der Sterblichen zusammen und beklage es, nur so wenige auswendig zu können, so als würde mir drüben etwas fehlen, behielt' ich sie nicht im Gedächtnis.
Was bin ich doch für ein Heide! Ist das nicht die ganz gewöhnliche, törichte, zärtliche Sehnsucht nach dem Diesseits, die kindliche Angst vor dem Paradies, darin ich am Ende die Dinge nicht mehr finde, an denen hier mein Herz hängt.
Es muß da doch etwas in uns lebendig sein, das dem

Jenseits nicht ganz traut, das sehr klein denkt von Gott.

Die Griechen legten ihren Abgeschiedenen einen Obolus unter die Zunge, das Fährgeld für den Bootsmann Charon. Ein Obolus ist ein winziges Geldstück (ich besitze einen), kleiner noch, aber dikker, als unsere Kreuzerlein waren, und wie sie von Silber. Ich weiß nicht, warum mich dieser Brauch von je so rührte, so sehr, daß ich wünschte, auch mir geschehe danach. Es hat etwas Märchenhaftes, ohne Zweifel. Und man möchte doch drüben nicht gern in Verlegenheit kommen.

Ich wüßte schon, was ich mit hinübernehmen wollte. Aber ich fürchte, es sind nichtige Dinge. Es gibt so wenig Menschenwerk, das vor dem Gesicht des Todes in Ehren zu bestehen vermag.

Ich glaube fast, ich verwechsle wieder einmal das sterbliche Herz (mit seinem zärtlich-weltlichen Verlangen) und die unsterbliche Seele (mit ihren heilig-jenseitigen Erwartungen).

Würde es mir in der gleichen Lage aber viel anders gehen als dem jungen, im Jenseits noch nicht ganz eingewöhnten Engel in der Legende, der im himmlischen Chor falsch sang, weil er in eine geliebte irdische Melodie hineingekommen war, aus bloßer Unaufmerksamkeit. Denn zwischen den Wolken, darauf sie standen und sangen, klaffte ein kleiner Spalt, durch den der Engelnovize ein bißchen von

der Erde sehen konnte, wenn er den Hals reckte und, über die Schulter weg am rechten Flügel entlang, nach abwärts guckte, verstohlenerweise. Er sah dann gerade das Stückchen »Geographie«, worauf er als Mensch glücklich gewesen war. –
Ich wohne bereits in der Klinik. Es ist ein hübsches Zimmer, leicht boudoirhaft im Geschmack einer Molière-Inszenierung eingerichtet. Ich habe die »kleinen Weihen« empfangen, durch die man in die Ordensbruderschaft der Leidenden aufgenommen ist. Soeben wurde die Blutentnahme vollzogen. Ich fühle mich angezapft. Gleich einem Brünnlein von rotem Wein floß es in den gläsernen Kelch.
Nicht lange, so werde ich völlig zum Ding. Mit Messer, Scher' und Nadel wird man an mir, dem fühllos Gemachten, hantieren und schließlich das Entzweigeschnittene wieder zusammennähen. Man wird mir »am Zeuge flicken«.
Vor etwa einem Jahr, kurz ehe ich in meinen zweiten Krieg zog, sagte eine weitgereiste, menschenkluge Frau über mich: Wenn sie es recht bedächte, so sei ich von allen Sterblichen, die ihr begegnet seien, der glücklichste.
Ich erschrak darüber ein wenig. Ich fand, daß dies eine anmaßliche und sehr kühne Behauptung sei.
Aber ich brachte es nicht übers Herz, es zu leugnen. Es macht ein sehr wohliges Gefühl, für glücklich gehalten zu werden. Es ist beinahe wie glücklich sein.

Mit einem Male fällt einem alles Schöne dieser Erde ein, verklärt, geläutert in der Erinnerung, ganz ohne Makel. Ich möchte mit niemandem mein Leben tauschen.
Natürlich blieben mir manche Wünsche unerfüllt, ein sehr äußerlicher zum Beispiel: nämlich immer sehr gut angezogen zu sein. Ich bin nicht gerne notig dran. Dann: ein eigenes Atelierhäuschen zu besitzen, in einem Garten gelegen, eine »Arbeitsklause« gewissermaßen, darin man leidlich sorglos die Möglichkeit gehabt hätte, »aus dem vollen« zu arbeiten, aber ohne Muß, ohne materielle Verpflichtung, ohne Ehrgeiz, nur aus Wohlgefallen, dem Wohlgefallen der Weihnachtsbotschaft, und mit der Berechtigung: Hie und da ganz allein sein zu dürfen.
Man sagt mir nach, ich sei im ganzen immer recht fleißig gewesen. Und doch wohnte in meinem Herzen stets das ungestillte Verlangen, einmal im Leben mit gutem Gewissen durchaus nichts tun zu müssen.
Vielleicht ist das der Tod.

(1940)

Rekonvaleszenz

Wenn es einen Verein gäbe, der sich die Pflege und Erhaltung im Aussterben begriffener lebenswichtiger Fremdwörter zur Aufgabe machte, so müßte er sich meiner Meinung neben anderen unübersetzbaren Begriffen, wie etwa: Genie, Charme, Appetit, ganz besonders des freilich ziemlich verschnörkelten und zeitraubenden Wortes Rekonvaleszenz annehmen.
Klingt es nicht wie eine altmodische Anrede, klingt es nicht nach Exzellenz und Reverenz? »Seine Rekonvaleszenz geruhten soeben die Schokolade zu sich zu nehmen«, das hört sich nicht eben übel an.
Rekonvaleszenz drückt schon in seinem Wortgefüge eindeutig einen Zustand von längerer Dauer aus. Es ist ein Wort, auf dem man sich gewissermaßen behaglich ausstrecken kann. Es versinnbildlicht ordentlich den Vorgang des allmählich Wiedererstarkens unseres durch Krankheit oder Verwundung geschwächten Körpers. Ihre zeichnerische Darstellung zeigt einen langsamen Anstieg und eine immer steiler werdende Kurve nach oben. Man kann Rekonvaleszenz nicht schlankweg etwa mit Genesung übersetzen, obwohl das gewiß auch ein ganz hübsches, aber doch ziemlich langweiliges, schmucklo-

ses Wort ist. Ihm fehlt die Farbigkeit und Melodie.

Ganz abwegig ist die poesielose Übersetzung mit: Wiederherstellung, so, als handle es sich dabei um ein zerbrochenes Fahrrad und nicht um einen Menschen aus Leib und Seele.

Man bilde sich auch ja nicht etwa ein, großtuerisch von Rekonvaleszenz reden zu dürfen, wenn man einen lächerlichen Schnupfen oder Hexenschuß gehabt hat. Sie setzt unbedingt eine schwere, ernste Erkrankung voraus. Es ist ein Ehrentitel, der verdient sein will, zum mindesten durch eine Lungenentzündung oder durch eine große Bauchoperation.

Die ideale, die klassische Rekonvaleszenz aber bezeichnet den wunderbaren Zustand, der zwischen einem mit knapper Not dem Tod Entronnensein und der völligen Wiedergenesung liegt.

Ich sage bewußt: es ist ein wunderbarer, ein ganz herrlicher Zustand.

Du mußt Dich vielleicht (so ungefähr erging es mir einmal) einer lebensgefährlichen Operation unterziehen, beispielsweise einer Gastroenterostomie – das Wort sagt genug wohl schon. – Du hattest Dein Haus bestellt und ungeachtet eines Fünkchens Hoffnung bereits mit diesem Leben abgeschlossen. Das gab dir eine gewisse gelassene Ruhe. –

Und nun erwachst Du vom künstlichen Schlaf und

stellst mit freudiger Verwunderung fest, daß das, worauf Dein Blick zuerst fällt, wohl kaum dem Himmel (oder der Hölle) zugehören dürfte, sondern nur der Erde. Da wäre ich also wieder, denkst Du bei Dir und freust Dich dessen. Denn alles, was nun noch kommt, ist Dir ja rein geschenkt.

Das liebe Leben, man hat sich im Lauf der Jahre doch recht daran gewöhnt und trennt sich nur ungern davon. Aber noch bist Du schwer krank, es wird noch dauernd an Dir herumgepflegt. Ein fremdes, geisterhaftes Gesicht blickt Dich aus dem Spiegel an.

Noch ist Deine Seele reisefertig. Sie sitzt gleichsam auf den Koffern und wartet. Aber endlich hat es sich entschieden: Sie kann bleiben.

Der Arzt hat es Dir selbst gesagt: Du bist über den Berg. Du hast kein Fieber mehr, die schmerzlosen Tage beginnen. Du wirst nicht mehr mit Schleimsüppchen gefüttert, sondern bekommst bereits knusprig geröstete Semmelscheibchen mit Butter und gewiegtem zartem rosigem Schinken darauf. Wein bekommst Du freilich noch nicht, solchen alten Bordeaux, wie ihn die Rekonvaleszenten auf jenen Bildern kredenzt bekommen, wo sie versonnen lächelnd in Decken gehüllt in einem geflochtenen Korbstuhl unter einem blühenden Baum sitzen.

Gleichviel: es beginnt für Dich eine Zeit genießerischen Nichtstuns.

Anfangs ist die Rekonvaleszenz so etwas wie eine zweite Kindheit, Du befindest Dich bei erwachsenem Leibe geradezu in einer Art Säuglingsstadium.
Du dämmerst vor Dich hin, schläfst viel und läßt Dich von lieben Menschen verwöhnen. Du hast so viele Blumen geschenkt gekriegt, daß es beinahe einer Probebeerdigung gleichkommt. Ja, Du hast Dich an Alpenveilchen nachgerade sattgesehen.
Mit einem gewissen diebischen Vergnügen stellst Du fest, wie manche Leute sich offensichtlich doch freuen, daß Du noch da bist.
Wann fühlst Du Dich so in Deinem Wert bestätigt wie als Rekonvaleszent?
Dann kommt die Zeit, da Du viel liest. Endlich hast Du wieder einmal Muße, die homerischen Epen zu lesen, was Du Dir schon so lange vorgenommen hattest. Es sind 27610 Verse. Aber Du hast ja Zeit. – Vor allem zum Nachdenken, Du bist um eine große Erfahrung reicher: Du hast den Augenblick, da Du dem Tode am nächsten gewesen warst, da es auf Spitz und Knopf stand, gar nicht wahrgenommen. Das heißt, das Wichtigste, worauf Du beinahe ein wenig neugierig warst, ist Dir völlig entgangen. Und weiterhin: Ohne menschenkluger Beweise zu bedürfen (das war ohne Zweifel auch der Grund, warum Du so gar kein bißchen Angst vor »drüben« hattest), warst Du des festen Glaubens an etwas Unzerstörbares, an das Unverlierbare in Dir.

Es gibt nichts Wunderbareres als diese einfache Gewißheit. Das wiedergeschenkte Leben erscheint Dir jetzt noch einmal so schön.
Nein, nun möchtest Du auch nicht mehr sterben, obwohl Du dazu bereit warst.
Vieles, was Dir vor dem Durchgang durch das dunkle Tor so bewundernswert oder zum Fürchten groß erschien, hat seine Größe und seine Schrecken für Dich verloren. Du bist freier und unbefangener geworden.
Deine Rekonvaleszenz, dieses beschauliche, glückselige, ins Leben verliebte Dasein des Genesenden, hört dann auf, wenn Du anfängst Dich zu langweilen. Es ist das sicherste Zeichen, daß Du bald ganz gesund sein wirst. Du ärgerst Dich wieder, Du schaust häufiger auf die Uhr, und es kommen Dir manchmal Zweifel an der frommen Gewißheit, die Dir vor kurzem so selbstverständlich und tröstlich erschien.
Vielleicht bist du am Ende ungeeignet zur Rekonvaleszenz. Es gibt solche Leute. Es sind sehr ungemütliche Menschen. Es sind dieselben Leute, die sich für unentbehrlich halten, die meinen, ohne sie ginge es nicht, und die womöglich noch unser Mitleid zu erregen suchen, indem sie behaupten, sie könnten sich kein bißchen Ruhe und Erholung gönnen. Die Armen! Sie sollten einem wirklich leid tun.
Ja, nun ist's heraus: Die Kunst der Rekonvaleszenz ist

nicht einem jeden verliehen. Nicht jeder hat etwas davon. Sie setzt etwas voraus. Man muß es bloß in seiner eigenen Gesellschaft eine Zeitlang aushalten können, ohne sich zu langweilen. Wer es aber schon in seiner eigenen Gesellschaft nicht aushalten kann, in dessen Gesellschaft leben zu müssen ist grauenvoll.
Du bist genesen. Wie war es eigentlich mit der schweren Krankheit, mit den unerträglichen Schmerzen, den schlaflosen Nächten? Besinne Dich, war es wirklich so schlimm?
Ehrlich gesagt: ich hab's vergessen. Es gibt keine Erinnerung an Schmerzen. (Sie müßte sehr schmerzhaft sein.) Aber an die Rekonvaleszenz, an das Gefühl, wie zum ersten Male die Sonne warm auf Deine Hände schien und der müde Körper endlich wieder mit der gleichen Empfindung antwortete, an das Erlebnis des Unverlierbaren, an die wachen, gedankenvollen Nächte und auch an die knusprigen kleinen Schinkenbrötchen, diese Erinnerung bleibt unvergeßlich.
Du erhebst Dich vom Lager. Du trittst wieder unter Menschen. Sie finden, daß Du gut aussiehst, sogar besser, jünger als vor der Krankheit. Manche meinen, Du seist sogar netter geworden. Ja, und Du bildest Dir ein, Du hättest etwas geleistet.
Du bist ein neuer Mensch.

(1940)

Nachruf auf ein Haus

Vor einigen Tagen bekam ich einen Zeitungsausschnitt zugesandt, in dem berichtet war, daß das Haus Güterhallenstraße Nr. 12 der Spitzhacke verfallen sei und abgebrochen werde. Der Ausschnitt enthielt nichts anderes als die Todesanzeige des Hauses meiner Kindheit.

Wenn wir mit unseren Eltern vom Ferienaufenthalt in den bayerischen Bergen heimreisten und der Zug schon bremste des nahen Bahnhofs wegen, dann standen wir, gewöhnlich viel zu früh zum Aussteigen fertig, am Fenster des Abteils, um im Vorüberfahren das graue Haus zu grüßen, unser Haus. Nun wird man es nicht mehr sehen, es wird von nun an nur ein gedachter Raum sein.

Die Arbeiter, die es abtragen, werden vielleicht noch unter den Schichten der Tapeten auf den Rest eines Musters stoßen aus der Zeit, da wir dort wohnten, auf eines jener Ornamente, die mich, wenn ich krank war, verführten, allerlei Gesichter und Fratzen darin zu sehen. Die letzten Bäume werden gefällt werden, die uns noch gekannt haben, als wir klein waren.

Ehedem war es ein freundliches Haus, aus dem weißen Sandstein gebaut, wie er dortzulande gebrochen wird, aber auf dem Bild, das jenem Zeitungsausschnitt beigedruckt war, sieht es düster, fast unheimlich aus, geschwärzt von Ruß und Rauch der Lokomotiven. Es ist ein einfacher, fast quadratischer Bau mit Schieferdach. Als einziger Zierat läuft ein gotischer Vierpaßfries unter dem Dach entlang. Es ist nur neunzig Jahre alt geworden, kein Alter für ein rechtschaffenes Haus.

Von der Bahn aber und von der alten Stadtmauer erhielt es seinen unverlierbaren Zauber. Garten und Haus bebten unter der eiseren Wucht der vorüberfahrenden Züge. Nachts, wenn ich wach lag, wanderten die Lichter durchs Zimmer, in entgegengesetzter Richtung, was mich lange Zeit beunruhigte, knickten um die Ecken und geisterten eins nach dem anderen zum Fenster hinaus. In den fahlen viereckigen Lichtflecken regten sich die Schatten der Reisenden wie in einer Camera obscura. Ich sah, wie an stillen Herbsttagen die Blätter plötzlich losließen und von den Bäumen fielen, wenn ein Zug vorüberlärmte. Dampf und Rauch wehten greifbar und mich umhüllend in den Rosengarten. Am Rande des Gartens befand sich ein steinerner Auslug, ein Überbleibsel der Stadtmauer, den wir die Kanzel nannten. Von dort konnte man bis zum Bahnhof schauen, Abreise und Ankunft der Reisenden miterleben, die Mechanik der Weichen, des Rangierens beobachten: kurz, das ganze romantische Theater der Eisenbahn mit ihren Rauchphantasien, allnächtlichen Illuminationen, dem Pfeifen der Lokomotiven, dem Tuten des Bahnwärters und dem grillenhaften Zirpen und Zwitschern der Drähte. An unserer Kanzel ist einmal Bismarck vorübergefahren, und ich bin nicht ganz sicher, ob ich es nur aus Erzählungen anderer weiß, aber ich habe ein deutliches Bild davon in meiner Erinnerung, wie der alte Herr groß und breit im Fenster des Salonwagens stand, während wir Hurra riefen und winkten und stolz waren, daß er uns gesehen hatte.

In der Stadtmauer war auch ein Pförtchen, das in die Stadt führte, und das Dach des Hauses war gekrönt von einer umgitterten Plattform, von der aus man die ganze Welt sah. Im östlichen Teil des Gartens wuchsen uralte Ulmen um einen ovalen steinernen Tisch, an dem wir meines Wissens nie saßen. Er hatte etwas von einem Opferstein oder schien für eine Tafelrunde von Riesen bestimmt. Immer lagen auf der bemoosten rauhen Fläche ein paar Blätter und Spelze. All das gab dem kleinen Besitz etwas Schloßartiges und Märchenhaftes, ungeachtet des prosaischen Namens der Straße, an der er lag, der Güterhallenstraße.

Im Erdgeschoß befand sich das Wartezimmer für die Patienten, das Eßzimmer und meines Vaters ärztliche Gelehrtenstube, ein geheiligter Bezirk, den ich als Kind nicht ohne Scheu betrat. Am Boden lag ein großes Bärenfell mit ausgestopftem Kopf. Zwischen dem weit aufgesperrten, furchterregenden Gesicht bleckte eine appetitliche fleischfarbene Zunge aus Papiermaché. Ich war nicht gern allein mit diesem Untier und wagte nur in Gegenwart Erwachsener meine winzige Hand in den rosigen Rachen zu stekken. Auch dann, wie sehr es mich lockte, es immer wieder zu tun, zog ich sie rasch zurück, aus Furcht, der Bär könnte doch am Ende zubeißen, wie die Bocca della verità in Rom.

Auf einem Gestell standen Reagenzgläser, wie eine kleine gläserne Orgel anzusehen, zuweilen mit goldgelber Flüssigkeit angefüllt. Daneben lagen zierliche Glastrichter mit plissierten Papierfiltern und eine Onyxschale mit rosa und blauen Lackmuspapierstreifen, von denen ich lange Zeit glaubte, es seien Reste von Luftschlangen.

Auf dem großen billardähnlichen Schreibtisch, den nur meine Mutter abstauben durfte, stand ein Globus, von der stark verkleinerten muskulösen Bronzefigur des Riesen Atlas mit sichtlicher Anstrengung auf den Schultern getragen. Mein Vater belehrte mich, daß dieser bunte Ball mit den seltsamen Gesichtern, wofür ich die Länder bisher gehalten, ein getreues Abbild unserer Erde sei. Er zeigte mir die Meere, darauf auf punktierten Linien kleine Dampfer fuhren, die Kontinente, Europa, Deutschland vor allem (es war kleiner als mein Ohr), und machte endlich mit dem Bleistift einen winzigen Punkt. Hier etwa, sagte er, sei die Stelle, wo Erlangen liege, unser Haus an der Bahn, darin ich geboren war, und dies Zimmer mit ihm und mir und dem Globus, dem Abbild der Erde.

Das gefiel mir über die Maßen. Ich benützte den nächsten unbewachten Augenblick, um, mit Mamas Opernglas bewaffnet, heimlich in die Studierstube zu schleichen, meinend, ich könnte mit Hilfe der Vergrößerung unsere Stadt, unser Haus und vielleicht mich selber auf dem Globus sehen. Allein es wollte mir nicht glücken. Ich versuchte es mit Vaters Lupe, und als sie versagte, mit den Augen, bis ich fast mit der Nase auf den geographischen Ort meines Daseins stieß. Wirklich glaubte ich nun, ein Gesicht zu sehen, den Widerschein meines eigenen Gesichts, und ich erschrak davor, denn es war ungefähr, wie wenn man sich in einer Gartenkugel spiegelt.

Warum bewegte es mich so sehr, daß dieses Haus an der Bahn nun dem Erdboden gleichgemacht wird? Ich habe doch nur sechs Jahre meines Lebens dort verspielt, freilich die ersten. Ich könnte nicht einmal mehr von allen Möbeln sagen, wo sie einst standen, nicht von allen Bildern, wo sie hingen. Aber an den großen Amerikanerofen im Kinderzimmer erinnere ich mich deutlich und an seine Fenster aus Marienglas (als wohnte jemand darin). Er war von einem Gitter umgeben wie ein Hundezwinger, damit wir uns nicht verbrennen sollten. Auch an das dunkle Kämmerchen erinnere ich mich, vor dem ich mich fürchtete, obwohl nur Besen und Eimer darin standen, und auch an die blasse Wachsbüste des Mädchens von Lille, die ich einmal zerbrach. Im oberen Stock des Hauses lagen die Schlafzimmer. Dort bin ich geboren. Aber die Stelle, wo es geschah, ist nun sichtbar, ist gleichsam Luft geworden.

Wenn ich wieder einmal in meine Heimat komme und mich jemand fragt, wo bist du eigentlich geboren, dann werde ich mit dem Finger nach oben zeigen und sagen, dort ungefähr, fünf Meter vom Erdboden, wo eben der Zitronenfalter fliegt, dort etwa muß es wohl gewesen sein.

(1941)

Phantasie

Es gibt Menschen, die keine Spur Phantasie besitzen. Ich will mit dieser Behauptung niemandem zu nahe treten, denn merkwürdigerweise wird es meist als kränkend empfunden, wenn man jemandem die Gabe der Phantasie abspricht. Keine Phantasie haben zu müssen, scheint mir indessen ein beneidenswerter Zustand zu sein. Vermutlich sind es sogar recht glückliche Naturen. Der Mangel an Phantasie braucht ja nicht gerade eine Untugend zu sein, und ich möchte zweifeln, ob ihr Besitz als Tugend gelten darf. Ich bin mir auch nicht sicher, wer in der Welt mehr Unheil anrichtet, die Menschen mit oder die ohne Phantasie.

Was ist aber Phantasie? Wo hat sie ihren Wohnsitz, im Kopf oder im Herzen? Woraus besteht sie? Ist sie ein Körper, ein Geist, ein Fluidum? In dem Worte ist der Begriff »Schein« enthalten mit dem Beiklang des Unwirklichen, Eingebildeten, ja Trügerischen bis zur Wahnvorstellung. Die gebräuchlichsten Beiwörter blühend, schöpferisch, krankhaft, überhitzt, erregbar, üppig, deuten darauf hin, daß sie mindestens pflanzliche, besser animalische Eigenschaften besitzt. Sie empfindet. Aber sie ist nicht den fünf Sinnen beizuordnen, auch nicht den vier Temperamenten. Ihre Natur ist elementar. Ihr Geist übersinnlich. Wollte man sie versuchsweise in den faustischen Monolog einfügen, so sagt es uns etwas: Im Anfang war die Phantasie. Besser würde es mir freilich gefallen zu sagen: Im Anfang war die Liebe. Die menschliche Phantasie jedoch, ob wir sie auch voller Stolz schöpferisch nennen, womit wir ihr eine einzig und allein der Gottheit zugehörige Eigenschaft zumessen, vermag sich nichts vorzustellen und auszudenken, was nicht schon wäre. Selbst die ausschweifendste Phantasie, etwa die eines Hieronymus Bosch, vermochte der Schöpfung kein wirklich neues Wesen hinzuzuerfinden, ohne vorhandene Formen zu benutzen, durch die sie für uns sichtbar und lebensfähig werden. In der Tat – die menschliche Phantasie vermag nichts sich auszumalen ohne Zuhilfenahme und Bezug auf das vom Schöpfer Vorgebildete, vom Schöpfer, der zum ersten Male – Sonne dachte, Mond, Stern, Baum, Liebe, und es wurde.

Zum ersten Male, ohne Vorbild aus dem Nichts, dem Leeren, das nach etwas schreit. Sollen wir also sagen: Im Anfang war das Nichts? Oder um das Spiel fortzusetzen: Im Anfang war das Auge, das Auge Gottes? Die Welt sei mit den Augen geschaffen, zu dieser Einsicht kam ich einmal bei Betrachtung einer Vogelfeder. Die Schmetterlinge, die Blumen, Sterne, Wolken, alle Schönheiten der Welt

verlangen das Auge, um wahrgenommen zu sein, und das Auge verlangt nach ihnen. Im Anfang war die Schönheit? Oder die Sehnsucht? Oder die Einsamkeit? Oder die Langeweile? Die sanfte Gier oder der Spieltrieb? Das Spiel der göttlichen Phantasie, deren Spielraum unendlich ist! Sie nimmt einen nüchternen Stein und bildet einen Menschen, sie nimmt Farben und malt ein Paradies, nimmt Töne und macht Engelsmusik damit. Stein, Farben, Töne bleiben, was sie sind. Sie haben nur den Schimmer der Phantasie. Sagen wir nicht so, der oder jener habe keinen Schimmer von Phantasie? Sie ist wirklich nur ein Schimmer, der nur mittelbar wahrzunehmen ist, gleichsam behelfsmäßig durch Illusion. Sie selber aber, die schauende, vorausblickende, kompositorische Kraft mit der Fähigkeit, Gegebenheiten und Möglichkeiten zueinander in harmonische Beziehung zu setzen, sie selbst ist unsichtbar wie das wollende Bewußtsein vom künftigen Bild der Pflanze, das in einem Samen träumt (wie sehr wir auch suchen, wir finden es nicht darin!), in einem Sonnenblumenkern etwa.
Vielleicht ist sie ein Same, den die Wärme des Gefühls zum Keimen und Wachsen bringt. Sie drängt zum Gebilde, zur Erscheinung. Sie liebt den Glanz, den Schmuck, Phantasie ist Luxus. Der Körper bedarf ihrer nicht. Aber der Geist kann nicht leben ohne sie. Beneidenswert, sagte ich, seien die Men-

schen ohne Phantasie. Ach, die Ärmsten! Sie leben nicht, sie existieren nur. Oft leben sie von der Phantasie der anderen, finden schön, was andere zum ersten Male schön sahen, lieben, was ein anderer erst geliebt haben mußte, daß es liebenswert erschien, die kleinen Nutznießer! Man spricht vom Reichtum der Phantasie. Allein sie ist nicht Gnade allein, sondern auch Verhängnis, da sie nicht nur das paradiesisch Schöne, sondern auch das Grauen und Entsetzen der Hölle sich auszumalen imstande ist. Darin aber liegt die Würde der Phantasie, und die, die sie haben, sind Auserwählte. Sie können alles verlieren, selbst die Freiheit, und wären dennoch freier als ihre Kerkermeister. Denn sie vermögen sich aufzuschwingen mit den Flügeln der Phantasie hoch über das Untermächtige.

(1943)

Magie der Namen

Name‹, so las ich unlängst, ist eines der ältesten und ehrwürdigsten Wörter unserer Sprache. Das leuchtet ein. Das Kind identifiziert sich mit dem Namen, schon ehe das Ichbewußtsein erwacht. Man könnte in der Vermutung so weit gehen, daß mit diesem Wort etwa in der altindischen Form ›nama‹ vor Urzeiten erstmals ein Mensch einen anderen oder sich selbst so ›bei Namen‹ nannte und unterschied. Es war ein großer Augenblick, der Beginn eines zahllosen Geschlechts von Vor- und Zunamen und zugleich die Geburt der Persönlichkeit. Vielleicht ist Name sogar ursprünglich ein von einem Liebenden erdachtes Kosewort gewesen und damit zugleich die kürzeste Prägung eines Gedichts. Es war ein schöpferischer Vorgang jedenfalls und gewissermaßen der Anfang der Weltliteratur.

Der Satz ›nomen est omen‹, sagt uns, daß es sich dabei um mehr als nur eine sachliche, standesamtliche Bezeichnung handelt oder um eine fortlaufende Numerierung. Die nüchternen Römer freilich kannten so etwas ähnliches. Es gab einen Secundus, Quintus, Sextus, übrigens auch in der die Zahlenfrostigkeit auflockernden Koseform Quintillus etwa, was denn zu Deutsch ›Fünferlein‹ hieße. Die Griechen dagegen und andere Völker, die Juden und Germanen gaben ihre blumigen, klangvoll-heldischen Namen wie einen Vorschuß oder eine Beschwörung künftigen Lebensruhmes den Kindern mit in die Wiege, Namen, die in der Übersetzung oft ziemlich geschwollen ›Weltberühmtheit‹ und ähnliches bedeuten.

Die Kinder scheinen es zu wissen und mit ihnen die Dichter, daß, wenn die Namensgebung durch die Eltern zuweilen willkürlich und zufällig sein mag, eine höchst geheimnisvolle, sympathetische Beziehung zwischen den Namen und ihren Trägern lebt. Kinder und Liebende finden sich nicht ohne weiteres mit der gleichsam aufgezwungenen Benamsung ab. Hölderlins Zögling Henri Gontard gab diesem natürlichen Verlangen nach. ›Lieber Holder‹ redete er den Dichter an in jenem unsterblichen Brief bei Hölderlins Weggang in Frankfurt.

Ein Zauber wohnt dem Namen inne, und der Schriftsteller, vor die Frage gestellt, wie er seine Geschöpfe heißen solle, erlebt es immer wieder, was diese Taufe bei seinem Handwerk bedeutet, und daß sie oft maßgebend für ein glückliches Gelingen einer Erzählung und für ihren Erfolg sein kann, ob er nämlich auch den richtigen Namen gefunden hat. Meine eigene Erfahrung ist die: ehe ich nicht den ›passenden‹ Namen erahnt habe, kann ich überhaupt nicht beginnen. Dabei ist es keineswegs geraten, ausgefallene Wortgebilde wie etwa Hotzenplotz, Bekkenbruch, Schweigestill zu nehmen, wozu bekanntlich die Anfänger neigen, aber auch die Fortgeschrittenen. Selbst große Meister wie Thomas Mann bewahren sich bis ins Alter eine kindliche Freude an absonderlichen, abstrusen Familiennamen mit jener legitimen Naivität, die eines der Hauptmerkmale des Genies ist.

Welch ein Vergnügen, wenn man bei einem so großen Kunstverwandten die poetische Namensfindung, noch dazu in liebenswürdigster Gestalt, literarhistorisch nachweisen kann. Eines von Thomas Manns Lieblingsmärchen war nach seinem eigenen Bekenntnis ›Die Schneekönigin‹ von Andersen. In den ›Buddenbrooks‹ benutzt er die Vornamen Kai und Gerda, die seinem Ohr lieb und angenehm waren von Kindheit an.

Bei der schöpferischen Namensfindung geht es, wie immer in der Kunst, oft um Haaresbreite. Es ist eine ›Beimessung‹, für die es kein Rezept gibt. Und doch hat es fast etwas mit der Zubereitung einer Speise zu tun. Die Zunge ist dabei beteiligt, aber auch das Ohr und das Auge. Mit Alchimie darf man den Vorgang vergleichen.

Ein Mensch geht in seinem Zimmer oder Garten auf und ab. Seine Hände scheinen etwas Unsichtbares zu wägen – und zu verwerfen –, seine Finger einen Stoff abzufühlen, sein Mund etwas abzuschmecken,

zu kosten, seine Lippen im Selbstgespräch ein Wort zu bilden. Es kann sich nur um einen Schriftsteller auf der Namensjagd handeln. Natürlich wird er sich ein Namensbüchlein zur Hilfe nehmen, vielleicht auch das Telefon- oder Adreßbuch wälzen. Das sei ihm durchaus gestattet. Ein Vorname ist noch verhältnismäßig leicht, schwieriger schon sind Vor- und Familiennamen, die zusammengehen müssen, falls nicht der Charakter der Person sogar einen Mißklang erfordert. Gegensätzlich erscheint mir etwa die Verbindung ›Seraphin Pümpel‹. Das habe ich nicht erfunden, sondern auf einem Firmenschild gelesen. Manchmal hat der Schriftsteller Glück, und sein freundlicher Genius sagt ihm das erlösende Wort ein. Oft aber dauert es lang, wochenlang, bis er den rechten Namen hat. Er weiß es dann, er ist's, und freut sich sehr. Es ist ein Grund zum Feiern.
Wir sagen in unserer Berufssprache: der oder jener Name ›gibt nichts her‹. ›Pickwick‹ scheint mir sehr geglückt für die Hauptfigur jenes komischen Romans von Charles Dickens. Wenn man heute meint, er könnte gar nicht anders heißen, so glaube ich nicht, man habe sich nur daran gewöhnt. Es ist Vorbestimmung. Nicht weniger passend ist der Name seines Dieners ›Sam Weller‹, gerade weil es ein gängiger, abgenutzter Name ist. Schlichte Namen zu finden und lebendig zu machen, daß sie unverwechselbar sind, ist gar nicht leicht in der Literatur wie

im öffentlichen Leben. Carlo Schmid halte ich vom Namen her für ein treffliches Beispiel zu meiner These.

Erzählende Namen sind mit großer Vorsicht zu gebrauchen, obwohl es auch Shakespeare tat, z. B. ›Sir Andrew Aguecheek‹, verdeutscht ›Junker Christoph von Bleichenwang‹. Tugendhafte Erzählungen für die Jugend wimmelten einst von solchen Namen wie ›Herr Wohlgemuth‹ oder ›Frau Pfiffig‹. Für einen rechten Unsympath fiel mir einmal der Name ›Viktor Gelbes‹ ein, und ich ließ es dabei. ›Uriah Heep‹, was Haufen bedeutet, würde meinem Gefühl nach auf deutsch nicht die gleiche Wirkung haben wie das englische ›heep‹. Es hat einen anderen Beiklang. Darum hat Martin Luther mit Recht in dem Bibelwort: ›Wer zu seinem Bruder sagt Racha‹ usw., das hebräische oder aramäische Wort stehenlassen und nicht mit Spitzbub, Lump oder ich weiß nicht was übersetzt. Auch wenn ich die Bedeutung von ›Racha‹ nicht kenne, im Klang schon liegt der Schimpf. ›Achatius Vierzigmann‹ hieß ein trefflicher Schuhmachermeister in meiner Heimatstadt. Der Name könnte bei Jean Paul stehen wie ›Siebenkäs‹.

Hat sich ein Name für eine Gestalt im Autor festgefressen und steht zu befürchten, ein gleichnamiger Zeitgenosse könnte die poetische Verwendung übelnehmen, so läßt er sich schwer ohne weiteres mit einem anderen vertauschen. Es läßt unbefriedigt,

auch den Leser, der doch gar nichts von dieser Vertauschung weiß. ›Hamlet‹ läßt sich nicht durch ›Emil, Prinz von Dänemark‹, ersetzen.
Kommt es einem nicht wie ein schaler Witz vor, wenn der Vorstand des Bundes der Kinderreichen ›Storch‹ hieß? ›Schmierer‹, Reichsapothekerführer, auch das gab es einmal. Und nur ein bedeutender Gelehrter kann sich den Namen ›Windelband‹ leisten.
Zum Glück gibt es genug positive Beispiele für die Harmonie von Name und Persönlichkeit, wohltönende Namen wie ›Friedrich Hölderlin‹ oder ›Johannes Brahms‹ und ›Novalis‹. Bei der Wahl von Pseudonymen verfallen viele Schriftsteller auf den Vornamen ›Sebastian‹. Das meine lautet ›Fritz Fliege‹. Es hat sich ganz gut eingeführt.
Ein akustisch schöner Name kann, aber muß nicht, optisch ebenso einprägsam sein, doch ist dies für den Titel eines Buches nicht ganz unwichtig. ›Mao‹ von Friedrich Huch scheint mir in beider Weise sehr geglückt und vollends in der Ehe zweier Namen entsteht zuweilen geradezu ein Gedicht: ›Jorinde und Joringel‹, ›Fastrat und Faramund‹, ›Romeo und Julia‹, worin alle fünf Vokale erklingen, ist eine klassische Wortverbindung, nicht nur, weil sie durch das Stück unsterblich wurde.
Wenn ich gleich zu Beginn und immer wieder zu zeigen versuchte, daß es sich bei der Namensgestal-

tung um einen schöpferischen Akt handelt, bei dem man geradezu von Metrik sprechen darf, von Rhythmus und Alliteration, wie bei ›Tartarin von Tarascon‹, ›Horribilicribrifax‹, ›Nicholas Nickleby‹, so habe ich mir das Beste doch bis zum Schluß aufgehoben: Welch ein schwermütig-zärtlich-dunkler, echt lyrisch empundener Name ist ›Traumulus‹. Dabei spielt zweifellos die Klangverwandtschaft des Wortes ›Romulus‹ als gymnasiale Erinnerung mit. Durch gleichsam traumwandlerische Sicherheit wurde der Spitzname einer tragischen Gestalt erdichtet, wie es nur in ganz seltenen Fällen so beispielhaft gelingen mag.

(1953)

Über den Humor

Dionysios, Tyrann von Syrakus, bat einst den Philoxenos um ein Urteil über seine Gedichte und schickte ihn, der sie herzlich schlecht gefunden hatte, in die Latomien, jene berühmten Steinbrüche, die heute wegen ihrer romantischen Schönheit gern von Fremden besucht werden, damals aber als Gefängnis dienten. Ein Jahr später läßt er ihn abermals zu sich rufen und liest ihm seine neuesten Gedichte vor. Philoxenos hat nicht lange zugehört, so steht er auf und wendet sich zum Gehen. »Wohin«, fragt der Tyrann. »Wieder in die Latomien«, antwortet Philoxenos.

Diese antike Anekdote vermag uns heute noch zu erheitern, weil sie echte Elemente des Humors besitzt: Geist, Freiheit des Herzens und Melancholie.

Wie die Geschichte endet, ob der dichtende Tyrann dem wahrheitsliebenden Philoxenos verziehen hat oder noch mehr über ihn ergrimmt war, bleibt gleichgültig. Eine höhere Instanz, gegen die von jeher Latomien, Verbannung und selbst der Tod als machtlos sich erwiesen haben, hat hier rechtskräftig entschieden: der Humor.

Die einen nennen ihn golden, andere gottbegnadet

oder unsterblich, was nichts anderes sagen will, als daß er unabhängig von der Menschen Witz und Willen in der Welt wirkt als ein Elementargesetz.

Der Humor ist allgegenwärtig und souverän, den lebendigen Wesen und den Dingen gleich eigentümlich. Niemand entrinnt ihm, er ist das himmlische Maß, mit dem alle Würde und Eitelkeit der Welt gemessen wird. In ihm durchschaut die Welt sich selbst.

Ich erinnere mich – es war im Ersten Weltkrieg – eines schwerverwundeten Offiziers im Keller von Fontaine, der die Ärzte, während sie seine Wunde versorgten, durch seinen Humor so zum Lachen brachte, daß sie fast nicht weiterarbeiten konnten. Auch die übrigen Verwundeten hoben die Köpfe und lächelten unter Schmerzen. Furchtlosigkeit ist ja gerade die erhabenste Tugend des Humors.

Andersens Märchen von des Kaisers neuen Kleidern ist ein anmutiges Gleichnis für diese Tugend: wie auf alten Gemälden zuweilen eine Person sich aus dem Bilde an den Beschauer wendet und auf den dargestellten Vorgang mit gestrecktem Finger weist, über den Rahmen hinaus als Vermittler figurierend, so deutet bei Andersen ein kleines Kind auf den würdig wandelnden König und ruft mit heller Stimme: »Er hat ja gar nichts an!« Dieses Kind ist der Putto des Humors, das, was Amor in der Liebe ist. Es läßt sich nichts weismachen. Es gibt die Erlaubnis zum befreienden Lachen. Ihm ist im Märchen die Aufgabe zugefallen, auszusprechen, was die Großen in ihrer Angst, für dumm zu gelten, kaum sich zu denken trauten: »Er hat ja gar nichts an!« Er gibt den gefangenen Herzen die Freiheit wieder und öffnet Augen und Münder.

Es macht das Märchen besonders liebenswert und persönlich, daß der König weder erzürnt noch die Haltung verliert, sondern in Würde weiterschreitet. Er ist eben doch ein König.

In den Hofnarren und lustigen Räten gaben einst einsichtige Fürsten und geistliche Herren dem Humor am Hofe sein Recht, vielleicht aus einer ähnlichen Überlegung, aus der die Holzknechte Mäuse füttern, damit sie ihnen nicht an die Vorräte gehen. Die Einschätzung des Humors in der geistigen Verfassung der Völker ist ein sichtbarer Gradmesser ihres guten oder bösen Gewissens, ihres Gesundheitszustandes und ihrer Widerstandsfähigkeit!

Ich las einmal in einem Aufsatz des Engländers Harold Nicolson über sein Vaterland folgenden Satz: »Selbst über den besterzählten Witz lacht kein Engländer laut, er sei denn ein Mitglied der königlichen Familie oder beschwipst.« Eine Beobachtung, über die der König von England sicher laut gelacht hat.

Im Dritten Reich während einer Kindervorstellung in einem Kino erschien auf der Leinwand Goebbels als Redner, der zum Entsetzen der anwesenden Erwachsenen von den Kleinen mit unverhohlener Heiterkeit empfangen wurde, die sich zu schallendem Gelächter steigerte, als durch einen technischen Fehler plötzlich der Ton ausblieb, so daß man, wie einst im stummen Film, lediglich die Mundbewegungen des Sprechers sah. Das war wohl wirklich zum Lachen, und das taten die Kinder in aller Unschuld. Die Großen hatten diese beneidenswerte Unschuld nicht mehr, die eine Voraussetzung für den Humor ist und für seine Halbschwester, die Komik: jene naive Unvoreingenommenheit, die das Kind bei Andersen rufen ließ: »Er hat ja gar nichts an!« Die Erwachsenen hatten Angst.

Sinn für Humor war von je und zu allen Zeiten eine Eigenschaft nicht allzu vieler. Schöpferischer Humor war stets die Gnade einiger weniger. Er läßt sich nicht kommandieren, er kommt zu seiner Zeit. Dagegen spricht nicht die Entstehung des ›Zerbrochenen Kruges‹ im poetischen Wettstreit mit Zschokke und Wieland. Daß ein und derselbe Dichter die Komödie und die Tragödie beherrschen müsse, fordert Sokrates im Gastmahl. Ein Blick auf Lessings Totenmaske genügt, daß man sehe, hinter welchen Stirnen der Humor zu wohnen liebt.

Als vor vielen Jahren ein Luftschiff bei einer Pressefahrt havarierte und nach gefährlichem Sturz aus den Lüften die Gondel höchst unsanft auf die Erde aufschlug, sprach ungeachtet der allgemeinen Panik der Feuilletonredakteur der Frankfurter Zeitung Geck, die klassischen Worte: »Meine Herren, ich glaube, wir sind da!« Ein erlösender Ausspruch ohne Zweifel von bewundernswerter Geistesgegenwart. Allein es brach ein Sturm der Entrüstung los, ob solcher Frivolität in der Stunde der Gefahr. Denn: der Humor hat zahllose Feinde.

(1935)

Der Kapellmeister

Mein verehrungswürdiger, musikalischer Freund sagt zwar, er für seinen Teil schlösse bei einem Symphoniekonzert die Augen, um den Dirigenten nicht zu sehen, damit er sich ganz dem musikalischen Erlebnis hingeben könne, ich aber behalte sie lieber offen, um bei dem einzigartigen Schauspiel körperlicher Beredsamkeit keine seiner geistvollen Attitüden zu versäumen. Ich freue mich jedesmal darauf, wenn dem Meister die Tür des Künstlerzimmers von unsichtbarer Hand geöffnet wird, wenn er erscheint und, sich, denn er ist wohlgenährt, ein wenig in die Brust werfend, die paar Stufen zum Orchester hinabgeht, fast wie man ins Bad steigt. Sich schmal machend strebt er mit einer gewissen Hurtigkeit durch die Gasse der Notenpulte dem Dirigentenpodium zu, verneigt sich mit korpulenter Grazie für den Begrüßungsbeifall und wendet sich ohne Aufenthalt seiner Arbeit zu, indem er den Taktstock ergreift, der einem spanischen Röhrchen gleicht. Jetzt steht er eine Weile ruhig, sich sammelnd und das Orchester mit raschen Blicken überprüfend, diesen lebendigen Orgeltisch. Auch jeder Pianist macht es so: er begrüßt gleichsam die Tasten, und jeder Zauberer betrachtet so sein magisches Gerät, bevor er ans Werk geht. Die »Vergewisserung«, so möchte ich es nennen, ist vorüber, diese notwendige Pause (denn mit einer gedachten Pause beginnt und endet alle Musik), der Meister hebt den Kopf aus dem Kragen und beginnt. Es wäre nun verdienstlich, wenn ich der Choreographie seiner oft tänzerischen, dann wieder kämpferischen Bewegungen die Partitur einer bestimmten Symphonie unterlegen könnte, wozu mir leider das musikalische Gedächtnis fehlt. So muß ich versuchen, aus der Erinnerung einige charakteristische Stellungen nachzuzeichnen.

Mit der schönen Gebärde eines opfernden Priesters hebt der Meister die Arme, vereinigt die Blicke seiner Musikanten auf sich und hebt an, fast unbeteiligt, so als ginge es auch ohne ihn, zunächst ruhig vor sich hin skandierend. Noch begnügt er sich hier mit einer knappen Blickwendung, dort mit einem ermunternden Zunicken, um einen Einsatz zu geben, so daß ein Unkundiger glauben könnte, er dirigiere mit der Nase mehr als mit seinem Stabe. Noch macht er den Eindruck eines Pariser Verkehrspolizisten, nur, daß er den musikalischen Verkehr regelt. Jetzt aber ist es Zeit einzugreifen. Die Streicher linker Hand bedürfen des Rütchens.

Als Hörer bin ich leider darauf beschränkt, nur die Rückenansicht beschreiben zu können. Denn der Ausdruck des Gesichts, vor allem das beredte Spiel der Augen und des Mundes, bietet sich nur zuweilen im Profil dar, wie eben, da der Meister sich nach der Seite wendet, die stabfreie Linke erhoben, als wolle er bitten, doch ja recht leise zu sein, als gelte es, einen Schlafenden nicht zu stören. Aber schon wendet er sich von den Streichern, indem er lächelnd die Augen schließt, und während er den Arm nach rückwärts renkend jenen noch Ruhe gebietet, tut er einen plötzlichen Ausfall zu den Bläsern hin. Er sticht nach ihnen. Und jetzt scheinen unsichtbare Geister von allen Seiten auf ihn einzudringen, deren er sich florettfechtend heftig erwehren muß. Er duckt sich, er weicht gewandt Schlägen aus, aber er scheint zu siegen. Sein Körper hat sich mit einer spiralischen Windung schraubenartig aus einer musikalischen Umklammerung befreit, er wird für einen Augenblick zum Monument eines siegreichen Feldherrn. Nun aber gleicht er mehr einem leidenschaftlichen Volksredner, der es seinen Zuhörern einmal ordentlich besorgt oder sie beschwört. Hinter dem Handrücken vorbei scheint er ihnen ein Geheimnis zuzuflüstern, dann wieder, wie bei dem Spiele ›Taler, Taler du mußt wandern‹, hinter seinem Rücken jemandem etwas verstohlen zuzustecken, ohne hinzusehen, dann wieder, nachdem er deutliche Anstalten machte, im Walzerschritt vom Podium zu tanzen, winkt er mit der Linken über den stabführenden Arm greifend fast unwillig jemandem ab. Dabei ist die unbewaffnete Linke ein Kapellmeister für sich.

Es scheint, daß jeder Finger ein Wort einer Zeichensprache bedeutet, wenn etwa der Kleine und der Zeigefinger bei eingezogenen Mittelfingern gestreckt wird oder alle Fünfe sich zusammentun, als hielten sie eine Frucht. Oder die Hand ballt sich zur Faust, als sei ein Vogel darin verborgen, und öffnet sich wieder, ihn fliegen zu lassen. Manchmal hat es etwas von der Geste eines Zauberers, wenn er dem Publikum, das wähnt, das zu verzaubernde Ei befinde sich noch in seiner Hand, zeigt, daß die Hand leer ist. Oder ist er ein Lehrer mit Schülern, die er aufruft und sich setzen heißt? Dich meine ich, dort, rechts in der hintersten Bank!

Eben noch in leidenschaftlicher Erregung, »dem Knaben gleich, der Disteln köpft«, mit seiner Gerte über die Häupter der Musikanten hinfuchtelnd, beherrscht er sich plötzlich, wird ganz sanft, fast verschämt, wie ein junges Mädchen, sich in den Hüften wiegend. Er scheint mit rasch gekrümmtem Finger jemanden herbeizurufen, ja zu necken, denn er wendet sich mit wegwerfender Handbewegung schon einem andern zu, lockt auch ihn, um ihn sogleich in seine Schranken zu weisen und dann mit maulwurfartigen Bewegungen über das Pult hinwegzuwollen, die Welt und alles hinter sich werfend.

Ich vergaß ganz zu sagen, daß die Bewegtheit seines Körpers, seiner Hände, die Zeichen, die er gibt, verstanden und befolgt werden, ja daß er wirklich ein

Instrument spielt und beherrscht und alles noch dazu aus dem Kopfe, auswendig, was eigentlich besser inwendig hieße. Er tut es geschmeidig, tut es mit harten, bestimmten, ruckhaften Bewegungen, als ziehe er eine Schublade auf und stoße sie wieder zu, er gebietet, beschwichtigt, er hebt die Faust wie ein Athlet, der seinen Bizeps zeigen will, er schüttelt sie, läßt einzelne Finger gerade oder anmutig gekrümmt emporschnellen, strafft sich, lockert sich, kriecht in sich hinein, als wolle er in sich selbst untertauchen, schleicht sich auf leisen Sohlen an, macht sich klein und riesengroß, um endlich, mit umfassender Gebärde die geliebte Musik umarmend, sie gleichsam an die Brust zu ziehen.

Ein geschulter Beobachter könnte vielleicht mit zugehaltenen Ohren allein aus dem bewegten Marionettenspiel des Dirigenten ablesen, welches Werk gerade gespielt wird. Er könnte es mit den Augen hören, und, wenn ich vorhin sagte, eigentlich müßte ich der Beschreibung die entsprechenden Noten unterlegen, so wäre es einem geschickten Zeichner ebensogut möglich, die Partitur mit den Umrissen des Meisters zu zieren. Das müßte sich recht hübsch ausnehmen.

Wenn er fertig ist und das Stäbchen weggelegt hat, zieht er sein Kinn ein. Bescheidentlich ist seine Haltung, bis ihn der wohlverdiente Beifall herumschwingt zur harmonischen Kurve der Verbeugung.

Dann aber tut er noch etwas. Er bedeutet durch eine einladende Geste der Hände den Musikern, sich von den Sitzen zu erheben und weist auf sie, als sei das Gehörte vor allem ihrer gehorsamen Kunst zu danken.

(1943)

Gestalten des Reiseverkehrs

Es gibt Leute, die sich ein Vergnügen daraus machen, auf den Bahnhof zu gehen, um ein wenig zuzugucken. Der Bahnhof ist für sie eine Art Schaubühne des Reiseverkehrs. Sie lehnen gleichsam im Fenster der Welt, einer Welt, die andere Sitten und andere Gesetze hat als die der Seßhaften. Das ist es, was sie anzieht, was sie mühelos und billig unterhält. Reisen verwandelt. Schon auf dem Bahnhof beginnt diese seltsame Verzauberung, der sich niemand zu entziehen vermag: Sie beginnt mit dem Lösen der Fahrkarte. Jeder Mensch bewegt und benimmt sich, sobald er im Besitze seines Fahrscheins ist, auf einmal ganz anders als daheim. Er blickt unternehmerisch um sich, und obgleich er noch auf dem Boden der Heimat steht, ist er schon unterwegs, sieht er die Welt mit anderen Augen und wird mit anderen Augen betrachtet. Er ist bereits »Fremder«. Vollends, wenn er durch die Sperre geschritten ist, durch das Tor zur Ferne, die unmittelbar hinter dem Gitter liegt, hat er das Gefühl, dem Zuhause meilenweit entrückt zu sein. Die Zuschauer am Gitter bemerken, wie der Reisende mit einer gewissen Hast und Erregtheit, als sei er ein Millionendieb, dem die Polizei hart auf den Fersen ist, den Zug entlang eilt und einsteigt. Allein wenn er den »guten Platz« gefunden und die kultische Handlung des Belegens vollzogen hat, die ihm die schöne Überlegenheit über alle Nicht-Reisenden verleiht, wird er sich noch etwas auf dem Bahnsteig ergehen, müßiggängerisch, schlendernd, einen Zug von Freiheit im Gesicht. Er pfeift leise vor sich hin. Eine Zeitung schaut aus seiner Tasche. Er ist umweht vom Parfüm der Reise. Denn er hat sich, wie es sich gehört, Kölnischen Wassers bedient, das wie jene leckeren Kekse, die gebackenen Briefmarken gleichen, untrennbar mit dem Begriff Reise verbunden ist. Er sieht sich nach dem Speisewagen um, den er bestimmt in Bälde aufsuchen wird, um sich auch dort ganz anders zu verhalten als in einer Gaststätte, die nicht fährt. Er wird etwas bestellen, was er sich sonst und um diese Stunde nicht gönnt. Der Reisende in ihm verlangt es. Auch wird er mit einer Unbefangenheit Reisebekanntschaften anknüpfen, die ihm auf festem Boden fremd sind.

An seinem Reiseziel angelangt, kostet er voll das Erlebnis der Ankunft aus. Umsichtig-lässig, ganz der Rolle des Vielgereisten, des Mannes von Welt verfallen, trifft er seine Anordnungen und wird, ohne es sich merken zu lassen, von Herzen dankbar sein, wenn der Portier »seines« Hotels, auf das er schwört – man wohnt nirgends so gut – ihn wiedererkennt. Er wird, nachdem er den bewußten Zettel ausgefüllt und damit erst so recht die Reisebürgerschaft erworben hat, selbst für kurze Strecken sich ausschließlich des Lifts bedienen. Er wird das Gefühl nicht los, sich auf einem Luxusdampfer zu befinden, dessen Steuermann der Portier, dessen Schiffsjunge der Liftboy ist, und er denkt darüber nach, wie sinnvoll sich die kleidsame Tracht, die adrette Uniform der Bemannung aus einem uralten Herkommen entwickelt hat. Welche Würde und Zuverlässigkeit verleiht sie dem Schlüsselbewahrer, wie schmuck steht die seekadettenhafte Livree dem Jungen, die grüne Schürze und die Ärmelweste dem Hausdiener, das weiße Häubchen dem Zimmermädchen. Der Genuß, Post zu erhalten, ist an und für sich groß. Er wird übertroffen von dem Gefühl, im Hotel danach zu fragen, sie im Brieffach des Schlüsselbretts liegen zu sehen und durch den Portier ausgehändigt zu bekommen, nebst dem Zimmerschlüssel, der mit einer Art Rettungsboje oder einem anderen umständlichen Anhängsel versehen ist, das verhindern soll, ihn einzustecken.

Nicht jeder Mensch ist gewohnt, täglich zum Frühstück ein weiches Ei zu essen. Auf der Reise wird er es tun. Vermutlich wird er sogar kalten Aufschnitt befehlen, rosige Kalbsbratenschnitten mit goldblonder Sülze und Fächern aus Gürkchen geziert. Die Butterkügelchen oder Butterflöckchen, betaut wie Blumen, die röschen Hörnchen und Salzstangen,

Honig und Marmelade: das ist das rituelle Hotelfrühstück, und der Gast würde mit Recht enttäuscht sein, wenn man mit dieser Gewohnheit brechen würde. Wenn dann der Direktor oder der Besitzer selbst durch den Raum geht, unhörbar Anweisungen gibt und, den Tisch leicht mit den Fingerspitzen berührend, den Gast begrüßt, wer wüßte das nicht zu schätzen? Der Gast empfängt ein Telegramm. Der Junge, der es bringt, nimmt die Mütze ab, während er es dem Gast reicht, der sich bewußt ist, daß die Blicke der andern Gäste mit respektvoller Bewunderung auf ihm ruhen. Er macht kein Wesens daraus, legt es scheinbar achtlos neben den Teller, nachdem er einen flüchtigen Blick hineingeworfen hat, und beendet in aller Ruhe das Frühstück. Der Märchenzauber des Hotels hält ihn gefangen. Er ist vollkommen glücklich.

(um 1937)

Die Kunst, sich feiern zu lassen

Geburtstagsfeiern haben in unserem Haus eine erprobte Tradition. Ich spreche jetzt von den normalen Feiern, nicht von den außergewöhnlichen, die früher mit Recht erst mit dem siebzigsten Geburtstag begannen. Es ist bei uns Brauch, daß der Geburtstäger, nachdem er durch die alte Kuhglocke, die auch zu den Mahlzeiten erklingt, herbeigerufen wurde, mit Musik begrüßt wird, mit einem nicht zu schwierigen Stück, das er schon kennt, denn es wurde an den Vortagen fleißig geübt. Ein Sessel steht vor dem Gabentisch bereit, worauf der Gefeierte Platz, aber, was nicht leicht ist, von den Geschenken noch nicht Kenntnis nimmt. Nach dem Präludium wird das Geburtstagsgedicht verlesen, dann erfolgen die gebotenen familiären Zärtlichkeiten, die Besichtigung und das festlich-leckere Frühstück. Das ist alles so hübsch und nett, daß man es sich gern gefallen läßt.

Ganz anders aber verlaufen die hohen Geburtstage, zum Beispiel der 60. des Familienvaters. Er beginnt wie ein schleichendes Fieber. Es verlangt vom Jubilar viel Takt und Geschicklichkeit, wenn er wirklich überrascht werden soll. Er hat natürlich längst gemerkt, daß die Vorbereitungen im Gange sind, und die Kunst besteht darin, sich nichts merken zu lassen. Wie listig doch seine Angehörigen sind! Sie haben übernächtigte Gesichter. Denn wirkliche Geschenke müssen selbstfabriziert, müssen Opfer sein. Geschenke kaufen kann jeder. Die Geheimnistuerei ist so demonstrativ, daß schon eine abgefeimte Heuchelei dazu gehört, um die Schenkenden in dem Glauben zu lassen, man sei völlig ahnungslos. Denn in dem übereifrigen Bestreben, Geheimnisse zu verbergen, laden sie die Luft wie mit verräterischer Elektrizität, und man muß den von der Feier Betroffenen ehrlich bewundern, wenn ihm etwas entgangen sein sollte.

Ein Junge mit ausgeprägtem Tatsachensinn erhob sich in der Nacht vor seinem Geburtstag, wohl wissend, daß der Gabentisch schon gedeckt war, begab sich leise in das Geburtstagszimmer, um in aller Ruhe die Geschenke bei angezündeten Kerzen zu betrachten, die seiner warteten, daraufhin ging er sehr befriedigt zu Bett und spielte am andern Tag den Überraschten.

Das mache ich nicht. Aber ich stelle fest, daß ich störe, daß ich überflüssig geworden bin. Ich komme in ein Zimmer. Entsetzensschreie empfangen mich: Du darfst nicht herein. Ich habe keine Bleibe mehr. Es gibt nichts Ungemütlicheres als diesen Zustand. Ich soll doch überrascht werden und bin dauernd der Überraschende. Ich werde gemieden, ich bin überall

im Wege. Ich schrecke zusammen, wenn die Hausglocke ertönt. Ich darf nicht öffnen. Es könnte ja etwas abgegeben werden, was für mich bestimmt ist.
Es ist bei uns einmal vorgekommen, daß das Hauptgeschenk vorher so gut versteckt worden war, daß niemand mehr wußte, wo. Das war eine Aufregung! Und der damit zu Überraschende hätte es so gut sagen können!
Soll man sich feiern lassen? Ich bin dafür. Denn das Schenken macht nach meiner Erfahrung fast noch mehr Vergnügen als das Beschenktwerden. Ich habe ein Mißtrauen gegen Leute, die mit anmaßender Bescheidenheit sich dem Gefeiertwerden entziehen. Ich halte es mit dem Onkel, der telegraphierte: »Ankomme dann und wann. Bitte macht Umstände!«
Man soll kein Spielverderber sein und sich alle Mühe geben, den andern die Freude zu lassen, und ich bin so leicht zu beschenken mit Vogelfedern, Zeichenutensilien, mit Nachrichten über die Kelten, mit Spielzeug. Wenn man dann völlig zerfeiert ist, empfiehlt sich ein Erholungsaufenthalt zur Erledigung der Bedanke-mich-Briefe. Leider ist es nicht üblich, bei Glückwunschschreiben Rückporto beizulegen. Je beliebter einer ist, um so kostspieliger wird es. Das hat sich jeder selbst zuzuschreiben. Es geschieht ihm ganz recht.

(1952)

Schlüsselroman

Ob es das in allen Familien gibt wie bei uns, übrigens schon seit Generationen, nämlich die Schlüsselsammlung? Immer wenn ich auf die Reise gehe, fehlen natürlich die Kofferschlüssel. Da bleibt nur die eine Möglichkeit, im Schlüsselsack (in manchen Häusern ist es ein Körbchen oder eine alte Zigarrenschachtel) nachzusehen. Unser Behältnis für herrenlose Schlüssel und Vorhängeschlösser besteht aus festem Leinen. Es klirrt und klimpert, wenn ich den Sack ausgieße, um aus der reich assortierten Sammlung das Passende auszusuchen. Das Wort: Urväterhausrat fällt einem dabei ein; denn manche Exemplare zeigen deutliche Stilmerkmale des vorigen Jahrhunderts. Wo mögen die Schränke, Kästchen, Koffer, Türen sein, zu denen die Schlüssel mit und ohne Mündung gehören? An einigen befinden sich Anhänger mit verblichenen Aufschriften: hinteres Gartentürchen oder Truhe in der Diele. Aber es steht nicht dabei, welcher Garten gemeint ist, welches Haus. Unsere Sammlung hat sich schon mehrmals vererbt, es befinden sich angeheiratete Stücke darunter, und eine gewisse Ehrfurcht verbietet es, daß wir uns jemals davon trennen, obgleich bereits die Zahl von 113 erreicht ist. Sie haben gewissermaßen das Gnadenbrot. Doch trügt die Hoffnung, daß sich unter dieser beachtlichen Sammlung ausgerechnet der Schlüssel befindet, den ich brauche. Ich wußte es schon vorher. Aber es ist so ein reizendes Geduldspiel, darin zu wühlen, und ungewöhnlich phantasieanregend. Ich genieße das. Jeder Schlüssel ist eine Persönlichkeit von unterschiedlichem Charakter. Man möchte ihnen Namen geben, z. B. Claudius. Es sind winzige darunter, Puppenschlüsselchen könnte man denken, und solche von imponierender Größe, Gittertore damit zu öffnen, oder die Himmelspforte. Einen davon haben wir für wert erachtet, in unserer Vitrine zu liegen. Es ist in der Tat ein echter Barockschlüssel, zu dem nur leider der dazugehörige Schrank fehlt. Der Griff mit Schaft, Hals und Bart ist ein vornehmes kleines, mit Liebe geschaffenes Kunstwerk in durchbrochener Arbeit, vielleicht ein Gesellenstück, aus einer Zeit, die noch jedem Ding Würde zu geben wußte. Ich habe aber auch Verständnis für jene bieder-redlichen Schlüssel, deren Ring vielleicht noch eine Andeutung von Zierat aufweist, während der Bart geradezu lächerlich einfach anmutet. Für einen Einbrecher bedeutete der kein Problem. Das waren noch Zeiten! Daneben liegen andere Schlüssel, von schlauer, abgefeimter Gemütsart, sichtlich für Geheimfächer bestimmt. Ich mag sie nicht. Sie haben so etwas Kriminelles. Sie sind unsympathisch, eiskalt, amusisch, antikorrosiv. Sie drücken Geiz aus, Mißtrauen, Besitzgier. Beschämenderweise ist in unserer Sammlung auch ein Exemplar, das unzweifelhaft aus einem Hotel stammt, aus jenen Tagen, da man noch nicht auf den klugen Einfall kam, die Zimmerschlüssel mit Bojen und Ankern zu versehen, so daß es sich verbietet, sie in die Tasche zu stecken und sie aus Vergeßlichkeit mitgehen zu lassen. Wenn ich auch die gesuchten Kofferschlüssel nicht gefunden habe, so fand ich doch einen, den ich längst vermißte. Auf jeden Fall hatte ich das Vergnügen, das sich ein paarmal im Jahr wiederholt, mit den Schlüsseln gespielt zu haben, und ich bin beinahe überzeugt, daß ich nicht der einzige bin, der daran seine Freude hat. Nun sammle ich sie wieder ein und schütte sie in den Leinensack zurück. Wie das klirrt! Wie das erzählt!

Übrigens – man sollte es nicht glauben –, Schlüssel haben ihren eigenen Duft, wie Schlosserlehrlinge. Schlüssel sind lebendige Wesen, sie können einen faszinieren. Es sind Idole voller Erinnerungen. Wenn ich das gewichtige Säckchen mit beiden Händen halte und an seinen Platz zurückstelle, habe ich das Gefühl, es sei mit lauter Golddukaten gefüllt, und ich bin im glücklichen Besitz eines unermeßlichen Schatzes.

(um 1950)

Neujahrsbetrachtung

Als ein Kind stellt sich uns das neue Jahr vor, als ein müder, gebrechlicher Greis verabschiedet sich das vergangene. Wenn der alte Mann personengleich ist mit dem Kind, das wir vor einem Jahr begrüßten, dann ist es fürwahr erschreckend schnell gealtert. Ein Leben, das sonst »siebenzig Jahre währt«, würde dann in zwölf Monaten ablaufen – ein beängstigender Gedanke. Danach wäre das gute Kind schon im März etwa siebzehn. Nein, wir wollen den Stundenplan des Erdenlebens nicht ändern! Es muß wohl vom Schöpfer sehr weise und freundlich erwogen sein, daß die Lebenszeit im rechten Verhältnis zu unserer geistigen und körperlichen Aufnahmefähigkeit steht. Sie ist, im günstigsten Falle, gerade so lang, daß die Menschen in einiger Ruhe sprechen, lesen, schreiben, rechnen lernen und an einem guten Teil der Herrlichkeiten der Welt sich freuen können, der Herrlichkeiten der Natur und derer, die einige Menschen für alle, meist in einem Lebensalter, den Werken der Schöpfung hinzugegeben haben.

»Herrlichkeiten?« werden Tausende fragen, die das Dasein nicht mehr freut. »Willst du uns verhöhnen?« Trotz alledem muß es etwas geben, um dessentwillen es sich lohnt, ein Mensch zu sein und alle Heimsuchungen, alle Mühsal, Herzleid, Bosheit, Mangel, Neid, Hunger, Krankheit, Tod dennoch in Kauf zu nehmen, etwas, um dessentwillen der Mensch nicht mit den Unsterblichen tauschen möchte und was ihm seine besondere Würde verleiht.

Ein Kind scheint uns doch die rechte Allegorie des neuen Jahres zu sein. Es ist das leibhaftige und unmißverständliche Ja! Das lebendige Vertrauensvotum des Menschen zum Dasein. Freilich wollte es mir nie so recht einleuchten, warum die Menschen den Beginn des Jahres wunderlicherweise gerade in die kälteste Zeit gelegt haben und nicht in den Frühling. Das wäre doch »natürlicher«.

Was erwarten wir vom neuen Jahr? Wie wird es sich auswachsen? Es ist zum Glück so eingerichtet, daß wir es nicht wissen, daß es für uns das große Geheimnis bleibt. Nicht des morgigen Tages, nicht der nächsten Stunde sind wir gewiß, nicht einmal der nächsten Sekunde, in der es – wir wissen es nicht – urplötzlich »aus« sein kann.

Gleichviel, wie dieses Kind gerät, das wird an uns liegen. Das vergangene Jahr spiegelt das Gesicht der Menschheit wider, es trägt ihre Züge, es ist schauerlich ähnlich. Es ist kein gutes Gesicht.

Fragen wir nicht: Was bringt uns das neue Jahr? Fragen wir lieber: Was bringen wir ihm im Guten oder

Bösen, im Sinne des Spruches: »Was du dem Leben gibst, gibt dir das Leben. Wie du das Leben liebst, liebt dich das Leben.«

(1946)

Meine unmaßgebliche Meinung

I

Meine unmaßgebliche Meinung, das klingt bescheidenverschmitzt, klingt mit Absicht bagatellisierend, wie etwa »meine Wenigkeit«. Es soll bedeuten: da meldet sich jemand schüchtern zu Wort, weil er manchmal eine andere Meinung hat als die maßgebliche und gemeinhin übliche. Er lüftet sich mit vorsichtig erhobenem Finger nur halb von seinem Sitz, bereit, nötigenfalls unrecht zu haben. Er leitet das Wort »Meinung« von »mein« ab, unmaßgeblich. Er beruft sich lediglich auf sich und das, was er bei sich so denkt, wenn man es überhaupt denken nennen kann. Vielleicht wäre das Wort »Sinnen« hier besser am Platze, weil das, was er sagen möchte, nicht auf logischen Schlüssen beruht. Er läßt es sich einfallen, es sind reine Sinneswahrnehmungen, auf die er entweder sauer oder süß reagiert, wie die Zunge auf Zitrone oder Zucker. Es handelt sich also um eine Art sympathetischen Denkens, das verneint oder bejaht, ohne sich viel darum zu kümmern, warum.

Ein Beispiel: Kürzlich wurde ich befragt, ob ich für oder gegen die Todesstrafe wäre, und antwortete ohne Überleung: ich bin dagegen. Ach, ich kenne die Gründe derer, die dafür sind. Es mögen gewich-

tige Gründe sein. Aber was soll ich machen, wenn sich in mir immer wieder beharrlich dieses »Nein, nein, nein!« regt?
Dabei fällt mir jener beherzigenswerte Grundsatz eines Eidgenossen ein, der sagte: »Ich habe mein ganzes Leben lang bei jeder Abstimmung stets mit Nein gestimmt und bin sehr gut dabei gefahren.«
So leicht will ich es mir nicht machen. Als ich mit dem freundlichen Auftrag, den Lesern von Zeit zu Zeit in allen möglichen Fragen des kleinen und großen Lebens meine unmaßgebliche Meinung zu sagen, die Redaktion verließ, mit einem ähnlichen Gefühl übrigens, wie man einen Bahnhof, den Rundfunk, das Finanzamt oder ein Krankenhaus verläßt, sah ich mich einem Kran gegenüber, der Giraffe unter den Maschinen, wenn man von einer Zoologie der Technik sprechen darf. Er war blau angestrichen, in einem sehr schönen Blau übrigens, neben dem der Frühlingshimmel sehr blaß und unergiebig erschien. »Wie schön!« dachte ich, »wie schön, daß sogar ein Kran schön sein kann!« Es war kein beliebiges Blau, sondern eines, das die Zuversicht erweckte, daß es auch eine tüchtige Maschine wäre. Das Gewicht des Farbtons entsprach durchaus dem Gewicht des Krans.
Niemand wird es verwundern, daß ich mir daraufhin Kokoswürfel kaufte. Kokoswürfel sind mein längstes Denken aus der Bubenzeit. Sie sehen noch

genauso aus wie damals, schwarz-weiß-rot nämlich, und schmecken genauso nach Afrika wie einst, als das Stück noch einen Pfennig kostete. Ich habe noch keinen richtigen Mann getroffen, der diese Würfel verschmäht hätte, vorausgesetzt, daß er jemals ein Bub war. »Seine Kindheit essen«, könnte man das nennen, nach meiner unmaßgeblichen Meinung. Ich habe keine Ahnung, wer diese Würfel fabriziert. Aber der Erzeuger muß ein Gefühl für das Gefühl haben, das mich und andere bei diesem Wiedersehen befällt, ein zartes Gefühl für die kleinen Freuden, die oft stärker sind als die Weltgeschichte und die Politik. Man hat mehr davon. Als ich einem Bekannten aus der kleinen braunen, schon etwas fettigen Tüte anbot, sagte er nicht nein. Zwei Männer, Kokoswürfel essend, und ein blauer Kran! Wie schön ist doch das Leben! Austern, Hummern in allen Ehren, der, fast hätte ich gesagt, sentimentale Genuß jener gefärbten Süßigkeiten mit ihrer erinnerungsgeladenen Tütenklebrigkeit geht mir darüber. Ich würde mich ohne weiteres getrauen, sogar einem Schutzmann davon anzubieten, ja, dem Bundespräsidenten. Und ich bin ziemlich sicher, sie würden nehmen.

Wie sagte doch die etwas zu Geiz neigende Tante meiner Schweizer Freunde, wenn sie Konfekt anbot? »Nimm mehr, nimm zwei!«

Wer weiß, worauf ich hinaus will? Kokoswürfel haben ohne Zweifel etwas Verbindendes. Ich könnte mir denken, daß man einem Einbrecher, der einem den Pistolenlauf auf die Brust richtet, Kokoswürfel aus der Tüte anbietet, und die lebensgefährliche Situation wäre damit gerettet. Denn wessen Herz würde nicht weich bei diesem Anblick?

Wir hatten übrigens vor einiger Zeit – es war an einem naßkalten Novemberabend – Einbrecher im Haus, besser, zu ihrer Schande sei es gesagt, im Häuschen. Wir gelten gemeinhin als gastfreundlich, aber unangemeldete Besucher, die in unserer Abwesenheit kommen, haben wir nicht so gerne.

Wir waren bei einem literarischen Empfang gewesen, und Freunde hatten die Liebenswürdigkeit, uns in ihrem Auto nach Hause zu bringen. Natürlich baten wir sie, noch ein wenig mit hereinzukommen. »Bei uns ist es so gemütlich«, sagte meine Frau. Es war kein bißchen gemütlich. Die Tür vom Gang zum Wohnzimmer stand sperrangelweit offen, die Fenster zum Garten ebenfalls. Auch der Barockschrank, ein ehrwürdiges Familienerbstück, war geöffnet, und ein Teil seines Inhaltes, »unser Silber«, lag davor auf dem Fußboden, zum Mitnehmen hergerichtet. Es sah recht unwirtlich aus. Vermutlich hatten wir durch unsere zeitige Heimkehr die Diebe bei der Arbeit gestört. Sie waren offenbar durch das Fenster in die Nacht entkommen, nachdem sie vorher mit dankenswerter Sorgfalt die Blumentöpfe beiseite gesetzt hatten. Es fehlten ein paar »Patenbestecke« und alte Münzen.

Die Täter, das muß zugegeben werden, haben vorbildlich sauber gearbeitet, sogar mit Handschuhen, wie die herbeigerufene Polizei rühmend hervorhob. Es lag etwas wie Trost darin und zugleich Hochachtung, daß wir von gelernten, von besseren Einbrechern beehrt worden waren, von recht verwegenen Burschen übrigens. Selbst die vorbildlich rasch im Einbruchsgebiet erschienene Polizei konnte sie nicht abhalten, in nächster Nähe munter weiter in fremde Wohnungen einzusteigen, fast, als fühlten sie sich in polizeilicher Nähe am sichersten.

Ich schmeichle mir nicht, daß unsere Einbrecher beim Lesen dieser Zeilen, die ich vertraulich zu behandeln bitte, erröten und das Gestohlene zurückbringen werden, was ein schöner Zug von ihnen wäre. Ich vermisse so etwas wie Ritterlichkeit bei ihnen. Ich finde es, offen gestanden, nicht nett, bei einem Schriftsteller einzubrechen. Das müssen sich die Herren schon sagen lassen. Ich will damit beileibe nicht sagen: geht lieber zu denen, bei denen es sich mehr lohnt.

Wenn sie doch wenigstens ein Buch von mir mitgenommen hätten! Das hätte doch etwas Versöhnliches gehabt. Man sollte doch etwas von dem Schriftsteller gelesen haben, bei dem man einbricht.

III *Letztwillige Verfügung*

Vor vielen Jahren, als ich noch ein Bub war, bemerkte eine sonst sehr kluge Frau in Gesellschaft, als von einem plötzlichen Todesfall gesprochen wurde: »Momento mori, wie schon die alten Griechen (!) sagten ...« Momento statt Memento, das war eine reizende Fehlleistung, weil sie zu dem bloßen »Sei stets des Todes eingedenk« die Plötzlichkeit fügte, durch einen gedanklichen Druckfehler sozusagen. Und damit bin ich bei meinem Thema, das freilich nicht gerade erheiternd ist. Ich meine das Testament, die letztwillige Verfügung, eine ziemlich weit verbreitete Maßnahme, bei der von Erben, Anerben und Erblasser die Rede ist, was jedoch nicht von »erblassen« gleich erbleichen abzuleiten ist, wie naheliegend es auch wäre. Nach meiner unmaßgeblichen Meinung und Erfahrung scheint in der Welt nichts so verteufelt schwierig zu sein, wie ein Testament zu machen, Friedensverträge vielleicht ausgenommen. Denn wie man's macht, macht man's falsch. Ich weiß von Erbschaften, wo, damit es ja auch ganz gerecht zugehe, von den hinterlassenen Gesamtausgaben der Klassiker dem einen Erben

Band 1–3, dem nächsten Band 4–6 und so fort zugeteilt wurden. Wie ärgerlich und zugleich belustigend ist das doch!
Oder: Was fängt der lachende Erbe unserer Tage mit den $4^1/_2$ prozentigen Moskau-Kasan-Eisenbahn-Gesellschafts-Obligationen von 1911 an, die einst besorgte Eltern zur Sicherung der Zukunft ihrer Kinder um ihr saures Geld erworben hatten, vielleicht weil Bismarck für Freundschaft mit Rußland war? Er, der Erbe, kann sich die nicht ganz »bombensicheren« Papiere an den Hut stecken, fürchte ich. Vielleicht haben sie heute Sammlerwert.
Und wie steht es mit den gutgemeinten Bedingungen, die der Erblasser nicht selten stellt, etwa die goldene Konfirmationsuhr des Urgroßvaters, ein reich verziertes Instrument von der Größe eines Gänseeies, stets in Ehren zu tragen? Der arme Erbe, der keine Weste mehr trägt! Ich möchte niemandem etwas Schlechtes nachsagen (das sagt man immer, wenn man es tut), und Bosheit liegt mir fern, aber ich habe bei manchen testamentarischen Verfügungen den zarten Verdacht, daß gewisse Menschen gar zu gern noch über ihren Tod hinaus in der Familie regieren möchten und danach ihre Bestimmungen treffen, als verlängerten sie auf diese Art ihr Leben.
Ich weiß nicht, ob es heute noch vorkommt, daß ein Ehegatte den Genuß der Erbschaft von einer Bedin-

gung abhängig macht, nach der seine Witwe nicht mehr heiraten darf. Das will mir nicht recht gefallen. Es ist schon beinahe boshaft.

Aber, besitze ich nicht auch ein paar besonders geliebte Dinge, an denen mein Herz so hängt, daß es mir nicht ganz gleichgültig ist, was mit ihnen nach meinem Tod geschieht? Ich kann es nicht erzwingen, daß sie dem Erben das bedeuten, was sie mir waren. Mit hinüber nehmen kann man sie nicht, diese Dinge, sagte unsere Großmutter und zog es darum vor, über neunzig Jahre alt zu werden.

Nun, was das Mithinübernehmen (oder nicht) angeht, so habe ich da meine eigene Meinung, weniger eine religiöse als vielmehr eine poetische, was freilich zuweilen kaum auseinanderzuhalten ist, nämlich, daß etwas Unverlierbares auch in den Dingen lebt, die man lieb hat. Ich denke an ganz bestimmte Gegenstände, von denen ich nicht recht weiß, ob sie den künftigen Besitzer nicht mehr ehren als er sie.

Man sagt auch jemandem etwas »vermachen«. Hat die Vorsilbe »ver« nicht etwas Verdächtiges, wenn man neben vermachen an vertun denkt?

Es ist kein Verlaß auf das Erben. Am glücklichsten ist doch der dran, der nichts zu vererben hat.

(1950)

Bildnis und Persönlichkeit

Neben dem Ahnensaal schlafen zu müssen, schien uns, wenn wir als Kinder im Schloß unserer Verwandten zu Gaste waren, ein unheimliches, gefährliches Unternehmen. Wir fürchteten uns vor den Bildern der Vorfahren, die dort hingen, und auch bei Tage vermieden wir es möglichst, mit ihnen allein zu sein. Ich kenne Erwachsene, denen es nicht viel anders geht, denen schon die bloße Vorstellung, etwa eine Nacht in einer Gemäldegalerie zubringen zu sollen, starkes Unbehagen bereitet. Die Erklärung, daß es sich nur um Bilder handelt, die niemandem etwas tun, um eine harmlose Farbschicht auf Leinwand, vermag sie nicht zu trösten.

Es ist das Übernatürliche im Bildnis, das sie beunruhigt, das gleiche also, was der mittelalterliche Brauch des »in effigie« Verbrennens oder Hängens treffen wollte, das gleiche, worauf auch die weitverbreitete Meinung beruht, daß man einem Feinde Schaden zufügen könne, wenn man sein Bild an der Stelle des Herzens mit einer Nadel durchbohre, so als wäre es ein lebendiges, verwundbares Stück von ihm. Ich kenne einen Soldaten, einen durchaus beherzten Menschen, der sich während des letzten Krieges nicht wollte photographieren lassen, »weil er sonst fallen werde«. Andere wieder glauben, daß man durch den Besitz ihres Bildes Macht über ihre Seele gewänne oder doch etwas ihnen wegnähme von ihrem Ich: ein Negeraberglaube (oder der Ausdruck natürlicher Scham), dem ich selbst bei sonst recht verständigen Menschen immer wieder einmal begegnet bin.

Seit dem großen Augenblick, da ein Mensch zum erstenmal sein Gesicht im Spiegel einer Quelle sieht und erkennt: das bin ja ich!, seit jener zarten griechischen Legende vom Ursprung der Malerei, danach die Tochter des Dibutades den Schatten des scheidenden Geliebten im Sand nachzeichnet, um sein Bild festzuhalten, hört die Sehnsucht nicht auf, dem vergänglichen Anblick geliebter Menschen sichtbare, greifbare Dauer zu verleihen.

Indem aber das verliebte Mädchen mit zärtlichem Finger den Umriß des Schattens ihres Freundes im Sande entlangfuhr, tat sie nichts anderes, als was zu allen Zeiten die Maler und Bildhauer taten und tun, wenn sie das Antlitz eines ganz bestimmten, einmaligen Menschen abzubilden trachten.

Welch ein Unterfangen! Sie bedienen sich dazu freilich nicht mehr des Sandes, sondern dauerhafterer Werkstoffe: des Holzes, des Steins, des Erzes, der Farben, des Mosaiks. Allein wenn wir zum erstenmal und völlig unbefangen die Mittel der Kunst betrachten und das Urbild aus Fleisch und Blut damit vergleichen, die Pfirsichhaut der Wangen, den duftigen Schimmer der Haare, den Schmelz und feuchten Glanz der Augen, den beseelten Blick, dann merken wir erst so recht, wie unzulänglich und arm doch in Wahrheit diese Mittel für ihre Aufgabe sind, Menschen darzustellen. Ist es nicht unnatürlich und eine rechte Zumutung für die Einbildungskraft des Beschauers (wir sind es nur schon gewöhnt), ein geliebtes Wesen in die platte Fläche einer Leinwand gebannt zu sehen, eine dünne Schicht, ein Gemisch aus Öl und Farbe dafür zu halten? Mehr noch: wenn wir das atmende, bewegte Geschöpf in kalten, unbewegten Stein hauen oder in Erz bilden. Was bleibt da noch von dem, was wir lieben?

Ein Bildnis, ein Gleichnis nur, ein Denkmal der Erinnerung, nicht anders, als das geschriebene Wort ein starres Porträt eines lebendigen Gedankens ist. Wir finden längst nichts mehr dabei, daß das schöne Gemälde eine höchst nüchterne Rückseite aufweist, und nehmen es ohne weiteres in Kauf, wenn bei der Plastik ein so wesentlicher Anreiz unseres Wohlgefallens, nämlich die Farbe, fehlt. Dennoch aber kann es sein, daß ein solches, aus so wesensfremdem Stoff geschaffenes Bild ergreifend schön und sprechend ähnlich ist.

Wie? Gibt es denn nicht ein artgemäßeres Material? Gibt es nicht zum Beispiel das warme, durchscheinende Bienenwachs, daraus wir ein täuschend lebenswahres Bildnis kneten könnten, mit echtem Haar und echten Wimpern? Dazu womöglich mit künstlichen, naturgetreuen Augen aus Glas? So müßte doch eine vollkommene Ähnlichkeit zu erreichen sein!

Die Erfahrung lehrt, daß auf diese Weise eine Nachbildung entsteht, die ins Wachsfigurenkabinett gehört, ins Panoptikum, etwas erschreckend Ähnliches vielleicht, aber kein liebenswertes Bildnis.

Denn das Bildnis will die Idee des Menschen festhalten, überliefern, »verewigen«, nicht seine Oberfläche. Schon die Bildhauer des ägyptischen Königs Amenophis haben Gipsabgüsse nach dem Leben gemacht, sie aber dann bewußt überarbeitet, umgeschaffen, in lebendige Kunstwerke verwandelt, aus der Erkenntnis, daß Abgüsse leer, welk, maskenhaft wirken, entseelt mit einem Wort.

Wie aber soll dann ein »wahrhaftiges Konterfei« eines Menschen beschaffen sein, des Menschen, der so oft seinen Ausdruck verändert, dessen Gesicht bald so, bald so beleuchtet ist, und von dem der Maler immer nur eine Teilansicht bieten kann, von vorn oder von der Seite und, ungeachtet der dazwischenliegenden, scheinbar unendlichen Möglichkeiten, eben doch jeweils nur eine einzige. Welche aber ist die richtige? Wir müssen uns wohl auch bemühen, alles nur Zufällige, Beliebige auszuschalten, alles für den reinen Wesensausdruck Nebensächliche wegzulassen, ohne daß zum Schlusse etwas fehle, und müssen aus der Fülle der Bewegungen, der Mannigfaltigkeit des Mienenspiels den gesammelten Ausdruck festhalten, wie er in unserer liebenden Erinnerung lebt, und der gleichsam alle übrigen enthüllt oder möglich erscheinen läßt.

Wir freilich ziehen das in sich ruhende, beschauliche Bildnis, in einer »zeitlosen« Beleuchtung etwa, dem bewegten vor. Wir haben gern die Hände mit darauf, die für uns ein Teil des Gesichtes eines Menschen sind. Dagegen vermochte uns manches Porträt aus der Zeit des Impressionismus dann nicht so ganz zu befriedigen, wenn es allzusehr von einer tages- oder jahreszeitlich bedingten Beleuchtung abhängig gemacht war, derart, daß etwa auf die Nasenspitze ein sehr zufälliges, wenn auch gewiß brillant gemaltes bißchen Sonnenschein fiel, das für das Wesen, den Geist und die Erscheinung der dargestellten Persönlichkeit aber ganz und gar unwichtig war. Nicht ganz mit Unrecht verlangte die Königin Elisabeth von England, »ohne Schatten« gemalt zu werden.

Das unbestechlich-wahrhaftige und zugleich künstlerisch vollkommene Bildnis gehört zu den Seltenheiten. Seine ihm innewohnende metaphysische Bedeutung ist ohne Zweifel während des vorigen Jahrhunderts mehr und mehr verlorengegangen, vielleicht als eine Begleiterscheinung der bedeutsamen Erfindung der Photographie. Mit Erstaunen jedoch stellte man fest, daß diese naturgetreue Bilderzeugung zuweilen sehr unähnliche Bilder hervorzubringen imstande ist. Mit der Momentaufnahme, der Liebhaberphotographie, dem Schnappschuß endlich, vor dem der Mensch in keinem Augenblick mehr sicher ist, mußte notwendig der ethische Begriff des Bildnisses sich lockern, der nicht das Flüchtige meint, sondern das Dauernde, bis, den Mangel doppelt fühlbar zu machen, es sich am Ende auflöst im gespenstigen Trugbild, in der mechanischen Scheinlebigkeit des bewegten, dann sprechenden und schließlich dazu noch farbigen Films, dessen Gestalten, wenn wir nach ihnen greifen wollten, unspürbar über unsere Hände geistern und in nichts zerrinnen.

(1941)

Das kleine Mädchen von Salonae

Auf einer Reise nach dem Süden sah ich in einem Museum unter allerlei Überresten antiken Hausrates, zerbrochenen Öllämpchen und Topfscherben, einen Dachziegel, darauf sich die flüchtige Fußspur eines Mädchens oder Knaben erhalten hat. Über viele Jahrhunderte hin behielt das irdene Gedächtnis den Eindruck eines Augenblicks. Die Spur, schmal und untadelig geprägt, jung und uralt zugleich, hat für den Beschauer etwas rührend Liebliches. Es war nun freilich nichts Bedeutendes geschehen, als eben nur, daß vor Zeiten ein Kind achtlos oder sogar mit Fleiß über zum Trocknen ausgelegte feuchte Tonziegel geschritten war, eine junge Hirtin vielleicht, denn andere Scherben tragen Fährten von Ziegen. Der Ziegelbrenner hatte also das gezeichnete Stück nicht verworfen; es war gebrannt und als einziges Zeugnis eines Menschen überliefert, von dem wir nichts wissen, als daß er gelebt hat, und der sich gewiß nicht träumen ließ, daß seiner zierlichen Fußspur die Ehre zuteil werden würde, einst in der Vitrine eines staatlichen Museums aufgestellt zu werden.

Das nachdenkliche Erlebnis kam mir unwillkürlich in den Sinn bei der Begegnung mit jenem reizenden

Mädchenköpfchen, das, in Salonae ausgegraben, im Museum zu Zagreb in aller Stille aufbewahrt wird. Ich kannte das Bildnis schon lange, allerdings nur von einer kleinen Photographie, aber es schien mir durchaus der Mühe wert, seinetwegen einen Umweg über Zagreb zu machen, um das Original zu sehen. Nicht aus kunsthistorischem Forschungstrieb, sondern aus reiner Verliebtheit in das anziehende Gesicht, einer Verliebtheit übrigens, die ich zu meiner Genugtuung nicht eben selten bei ernsten Gelehrten fand, zum Beispiel bei Betrachtung der anmutigen Athene des Myron in Frankfurt.

Das Mädchen von Salonae aber ist keine Göttin, seine Züge sind nicht klassisch schön, ja der Zufall einer Beschädigung hat der Nase etwas Keckes, Stupsnäsiges gegeben.

Es ist auch nicht die Kunst so sehr, die mir die Plastik wert war, sondern der Reiz des Urbildes, das Menschliche ist es, was sie mir lieb macht und was mich daran entzückt, das also, worum es ohne Zweifel auch dem unbekannten Künstler zu tun war, als er dem süßen vergänglichen Zauber der Jugend Dauer zu verleihen versuchte. Wahrhaftig, man glaubt diese Anteilnahme zu spüren, in der zärtlichen Art der Darstellung, besonders des Mundes, der einer Knospe gleicht, die eben erblühen will, oder auch der Umgebung des Ohres, die im Gegensatz zu der künstlichen, stark stilisierten Wohlfrisiertheit des Haupthaares ganz unkonventionell, ganz persönlich, gleichsam mit liebender Hand nachgeschaffen ist.

Mit liebender Hand, nicht anders als die verliebte Vorsehung jene Fährte den Nachkommen bewahrte, formte der Meister die zierlichen Löckchen zwischen Ohrmuschel und Wange, eine jener zarten Stellen von Eros' Wohlgefallen.

Ich sagte schon, daß das Mädchen keine Göttin und gewiß keine klassische Schönheit sei. Sie ist keiner erhabenen, idealen Vorstellung entsprungen, sondern dem Wunsch, ein liebenswertes sterbliches Geschöpf in seiner holdesten Jugend abzubilden als Denkmal der Erinnerung an dieses, nur dieses eine, ganz bestimmte Mädchen, das in seiner Art nur einmal auf der Welt war. Wir wissen seinen Namen nicht, ob es Cornelia oder Faustina hieß, wir können allenfalls annehmen, daß seine Anmut bei den jungen Leuten in Salonae gefeiert wurde, aber wissen nichts von seinen Tugenden. Ach, wie leicht ist es, tugendhafte Menschen um ihrer Vortrefflichkeit willen zu lieben – wenn sie bei ihrer Vollkommenheit überhaupt noch unserer Liebe bedürfen; gleichviel, wenn ich das Gesicht dieses sympathischen Mädchens genau betrachte, so möchte es mich nicht unmöglich dünken, daß die Kleine es ordentlich hinter den Ohren hatte. Irgendein Schalk ist in diesem Charme der Unschuld, ein Unernst und ein verhaltener Übermut.

Ich glaube nicht, daß mein Mädchen klug war, vielleicht auch nicht einmal besonders gut, seine Aufgabe war keine andere damals wie heute, als durch seine Anmut Zuneigung zu erwecken. Der unbekannte Bildhauer von Salonae hat in einem leicht zu bearbeitenden marmorähnlichen Kalkstein, der dem Savonière der Champagne nahezustehen scheint, einem vergänglichen Mädchenantlitz um seiner jugendlichen Reize willen, der vergänglichsten, sterblichsten, diesseitigsten des Lebens also, irdische Dauer gegeben, und es gelang ihm wirklich, einen Augenblick von Unsterblichkeit einzufangen, weil es mit Liebe geschah, der einzigen menschlichen Eigenschaft, die unsterblich ist.

(1940)

Die schönste Zeichnung der Welt

Wenn Du mich fragen würdest, welche Zeichnung ich wohl für die schönste hielte, so würde ich ohne Besinnen antworten, die Zeichnung, die Albrecht Dürer von seiner Mutter im Jahre 1514 gemacht hat, »dy was alt 63 Jor«. »Schön? Das alte, häßliche Weib?« werden manche entrüstet einwenden. Zugegeben, die Dargestellte ist, um mich eines fränkisch-heimatlichen Sprüchleins zu bedienen, schieglet, bucklet, kropfet, krumm, aber die Zeichnung, mit Kohle auf ein ziemlich grobgekörntes Papier gebracht, so behaupte ich, ist herrlich, ist unvergleichlich, ist schön mit einem Wort.

Dabei kann ich durchaus nicht sagen, daß ich Dürers Kunst bei aller schuldigen Ehrfurcht besonders liebte. Es ist erlaubt, es ist menschlich, gleichsam für den Privatgebrauch, die liebenswerteren den bedeutenden Werken und Meistern vorzuziehen. Ich kenne kein Museum, darin ich lieber verweilte als in der Bildergalerie der Erinnerung, darin nur die Bilder hängen, die ich liebe. Im Katalog dieses meines imaginären Kunstkabinetts würde man den ›Blondkopf‹ (Athen) neben Paul Klees ›Vokaltuch der Rosa Silber‹ finden, das seinerzeit in der Ausstellung entarteter Kunst zu sehen war. Ich will noch ein paar

Dinge aus meinem Museum nennen, selbst auf die Gefahr hin – auf jede Gefahr! –, wie sie mir gerade einfallen, kunterbunt: die Predella mit der ›Vision des Hl. Augustin‹ von Botticelli, worauf der kleine Bub das Meer in eine Sandkuhle schöpft, zwei Hände, ägyptisch, Architekturskizze eines Fensters von Michelangelo, die ›Kurtisanen‹ von Carpaccio, ›Madonna della Catena‹ (Syrakus), ›Briefträger Roulin‹ von van Gogh, ›Sonnenblumen‹ (Nolde), ›Christuskind, von St. Christopherus getragen‹, ›Verkündigung‹ von Zeitblom usw. usw.

Und natürlich Dürers Mutter! Ich möchte zunächst gar nichts über den ergreifenden Ausdruck dieses alten, kummervollen, sterbenskranken Gesichtes sagen. »Und in ihren Tod sach sie viel lieblicher, denn do sie noch das Leben hätt«, schrieb Dürer über sie in sein Gedenkbuch. Ich möchte nur von der Kunst der Zeichnung reden. Dabei fällt mir ein, daß Wölfflin – welch ein Glück, ihn gehört zu haben! – seinen Studenten riet, mittels Pauspapier Zeichnungen guter Meister schlecht und recht nachzufahren, »damit sie spürten, wie das tut«. Eine goldene Eselsbrücke für beflissene Laien! Es genügt uns, das Bildnis mit den Augen nachzuzeichnen und dabei zu erkennen, welch haarfeine Linien genügen, eine kräftige Form zu umreißen, festzuhalten und eindeutig sichtbar und begreiflich zu machen, so sehr, daß man meint, danach modellieren zu können. Ist es nicht so, daß in dieser Zeichnung nur durch die Begrenzung und einen hauchzarten Ton das nackte Papier, das den Hauptanteil an der Zeichnung ausmacht, hier Tuch ist und dicht daneben unbezweifelbar Nase? Oder: Die Stirnrunzeln, seitlich von fadendünner Kontur gerafft, bestehen sie nicht aus den gleichen amorphen Kohlespuren wie das darüberliegende Haar? Aber die Hand, die das tat, war sich wohl bewußt, wie im Augenblick der Berührung des Stifts mit dem Papier durch einen unmerklich härteren oder weicheren Druck aus Kohle Haar zu werden hat. Die aufs Papier abfärbende Schwärze ist unvergänglich. Es ist, als habe Dürer, als er seine Mutter abkonterfeite, seine ganze Kunstfertigkeit eines gleichsam heraldischen Zeichnens, seine schon manierierte Virtuosität vergessen, die uns an anderen Werken fast ein bißchen ärgert. So frei und »kunstlos« hatte Dürer nur noch einmal in der ›memento mei‹ genannten, so wundervoll entarteten Darstellung des »auf dem rippendürren Tier wie auf einer Feuerleiter« reitenden Todes gezeichnet. Nur an der Halspartie, an die sich der Meister aus anatomisch-topographischer Wißbegier bis zu einer gewissen Lieblosigkeit verliert, ist die Zeichnung etwas »verquält«, wie das Künstler zu nennen pflegen, wenn sie fachsimpeln. Einer für Dürer sonst nicht typischen Schraffur begegnen wir am Kopftuch, nicht weit von der Schwärze, die den Backenknochen betont. Nichts aber hinwiederum ist so weiß auf dem Blatt als das Weiße des stark nach außen schielenden Auges. Es ist bekannt, daß Dürer selber auch schielte. Aufs erstemal hatte der Meister, wie man sieht, die Nase ein klein bißchen zu lang genommen. Er hat sich verbessert, aber den Strich ruhig stehen lassen. Ein Dilettant hätte ihn sicher wegradiert.

Es hält schwer, sich vorzustellen, wie Barbara Dürerin als junges Mädchen ausgesehen hat oder als Kind. Sie ist für eine Dreiundsechzigerin nach unseren gegenwärtigen Maßstäben erschreckend früh gealtert. Sie könnte für eine Neunzigjährige gelten. »Diese mein frumme Mutter hat 18 (achtzehn) Kinder tragen und erzogen, ... große Armut gelitten, Verspottung, Verachtung, höhnische Wort ...« –

Dieser Zeichnung wird man nicht müde. Ist es überspitzt, wenn ich behaupte, dieses Kopftuch über dem dürftigen Haar sei ein richtiges Altweiberkopftuch und werfe alte Falten, ist es zu weit gegangen, wenn man meint, die Haut müsse wachsbleich sein und gelblich das Weiße der Augen? Es ist ein todgeweihtes Antlitz.

Ein Antlitz? Es ist Papier, das zudem in der Mitte geknickt war, mit, durch die Lupe betrachtet, recht rohen, an sich gestaltlosen Strichen und Linien bedeckt, von denen man allerdings ohne Schaden nicht allzuviele weglassen oder hinzutun dürfte, weil der Zeichner genau wußte, wann es genug waren. Er hat gerade noch im rechten Augenblick aufgehört. Dies zu wissen, ist cines der großen Geheimnisse des Genius.

Was man aber durchaus nicht wird weglassen können, sind die Augen, das »Gschau«, dieser traurig-dumpfe, kreatürliche Blick, der fast etwas Kuhäugiges hat. Von dem Gesicht her bekommt auch das Kopftuch erst sein Leben. Wenn man das Gesicht abdeckt und das Blatt halbschräg nimmt, dann ist es auf einmal nicht unbedingt ein Tuch, es könnte (und darf getrost) auch etwas anderes, etwa ein Stück Landschaft sein.

Ich will damit sagen, daß es selbst bei einem so ausdrucksvollen Bildnis nur ein kleiner Schritt ist zum Genuß des rein Zeichnerischen, des Striches, ja zum Reiz des Abstrakten, ohne den kein Kunstwerk auskommt.

Natürlich gehören in diesem Sinn Jahreszahl und Beschriftung (ohne den späteren Nachtrag) untrennbar mit zum Bild.

(um 1946)

Der Malerpoet

Carl Spitzweg

»Oft denk' ich an den Tod, den herben
Und wie am End' ich's ausmach'?!
Ganz sanft im Schlafe möcht' ich sterben
und tot sein, wenn ich aufwach'!«

Ein Kunsthistoriker stellte sich einmal das Thema »Michelangelo und Spitzweg, eine Gegenüberstellung«, und ob dies gleich nur aus Übermut geschah, so rührte er, indem er diese beiden Namen in einem Atem nannte, doch an die nachdenkliche Frage des Umfanges und der Vielgestaltigkeit künstlerischer Anschauungs- und Ausdrucksmöglichkeiten. Auch die Welt der Kunst hat ihren Makrokosmos und Mikrokosmos. Carl Spitzweg, der liebenswürdige, sanfte Malerpoet, gehört unzweifelhaft zu den Meistern der kleinen Welt. Ein Meister der großen Welt und des großen Formats aber, der Tiroler Maler Egger-Lienz, schreibt in einem Brief an einen seiner Schüler: »Sie haben recht, daß Sie die Wärme und Innigkeit Spitzwegs so schätzen. Alles ist die Wärme, die Glut.« Diese Äußerung zeigt zur Genüge, wie hoch ein Meister des monumentalen Stils den kleinen Meister wertete. Bei Spitzweg ist es vielleicht oft nur die behagliche Ofenwärme oder mittäglicher Sonnenschein in einem stillen Winkel. Er ist Idylliker, und er ist es nicht nur in seinen Werken. Das angenehme kleine Format, das er in seinen Bildern bevorzugt, hat auch sein schlichtes biederes Leben. Er betrachtet die Umwelt und ihre Bewohner nicht aus der Götterperspektive, sondern aus der Dachfensterperspektive. Das Ergebnis ist eine Art malerische Kleinstaaterei mit allen Krähwinkelgestalten vom Serenissimus bis zum Nachtwächter, kurz, es ist die gute alte Zeit, die es, so märchenhaft und unwirklich, wie Spitzweg sie mit seinem poetischen Blicke sah, nie gegeben hat. Manchmal mag man auch an Hebels Schatzkästlein denken.

Wie Spitzweg alles ins Gemütliche wendet, das verdeutlicht eine reizende Zeichnung. Hinter einem Baum liegt ein Soldat, vielleicht ein Wegelagerer im Kostüm des Dreißigjährigen Krieges, bäuchlings auf der Lauer und riecht, ganz Nase, mit dämlich-verklärtem Gesichtsausdruck bei fromm gefalteten Händen an einer Blume, die ihm gerade vor die Nase wächst.

Eine Bildnisskizze von der Hand Eduard Grützners, die den alten Spitzweg vor seiner Staffelei sitzend darstellt, gibt zugleich einen Ausschnitt der lieben kleinen Welt so sehr, daß man eine echte Spitzweg-Gestalt vor sich zu haben glaubt, einen gemütlichen, behutsam malenden Kauz, den man sich ohne weiteres fast in jedes der beinahe fünfhundert Bilder versetzt denken könnte, die der Meister geschaffen hat, vermutlich alle im Sitzen und, wenn es technisch möglich gewesen wäre, mit den Händen in der Hosentasche.

Die Menschen, die er malt, scheinen alle in der glücklichen Lage, nichts zu tun zu haben, sie haben alle Zeit. Man denkt unwillkürlich, doch ohne Geringschätzung: Eure Sorgen möcht' ich haben! Es ist eigentlich immer Feierabend oder ewiger Sonntag auf den Bildern. Niemand hat Eile, alles geschieht in friedsamer Gemächlichkeit in einer beschaulichen, auskömmlichen Welt. Naturlich ist es kein Zufall, daß Spitzweg stark kurzsichtig war. Er hat das Motiv des Nahhinschauens (beim Kaktusfreund, beim Alchimisten, beim Bibliothekar, beim Antiquar und Geologen) mit selbstironischer Vorliebe oft genug abgewandelt. Die Brille aber, die er trug, hatte rosenfarbiges Glas.

Landschaften ohne Menschen sind bei Spitzweg selten. Sie erscheinen immer als Ausflugsziel, als Ort der Andacht oder eines müßiggängerischen Naturgenusses. Sie scheinen immer auf den Menschen als ihren Benützer bezogen und lediglich zu seinem feiertäglichen Vergnügen geschaffen. Die romantisch-biedermeierischen Städtebilder vollends werden oft zu kulissenhaften Szenerien für ein lyrisches und, wenn man will, dramatisches Geschehen unter lauter herzensguten Menschen. Denn selbst im lyrischen

Monolog ist (wie etwa in dem Gedicht »Du bist mîn, ich bin dîn«) eine Liebesszene verborgen, die sich oft sogar mit verteilten Rollen aufsagen ließe. Zum richtigen Bühnenbild wird die Szenerie etwa beim »Ständchen« oder beim »Verliebten Provisor«. Dem theatralischen Hintergrund entspricht die gewisse Kostümiertheit mancher Gestalten Spitzwegs und das Figurinenartige seiner Menschenstudien. Die kleinen Gemälde haben etwas von Guckkastenbildern, auch von lebenden Bildern, die im Festhalten eines Augenblicks zugleich die Vorgeschichte und das Nachspiel ahnen lassen. Bei der »Ankunft Serenissimi« steigert sich der theatralische Eindruck bis zu einer festlichen, fast opernhaften Bühnenwirkung mit Chor und großem Orchester.

Die kleinstädtische Architektur ist außerordentlich wohnlich. Hinter den Fenstern »wohnt das Glück«. Auch die Wechselbeziehung zwischen Fenster und Straße, die auf der Bühne stets einen besonderen Reiz hat, gehört zu den Lieblingsthemen des Meisters. Ihre Kleinheit vermag die Personen nicht in die Ferne zu rücken: sie wirken nah oder doch wie durch ein Fernrohr gesehen, wie die Gestalten eines allerliebsten Puppenspiels aus der Welt Liliputs. Ich glaube, Spitzweg hat seiner Lebtage nie etwas in Lebensgröße gemalt.

Des Meisters aus einer vielleicht unbewußten inneren Verwandtschaft mit dem Theater rührende Anschau-

ungsweise fand ihren eindeutigen Ausdruck in einem von ihm in mehreren Wiederholungen versuchten Bilde »Schauspielergesellschaft« (eine wandernde Truppe des »lockeren Bühnenvölkchens« hält Rast im Grünen), dessen eine Fassung in ihrer flotten, großzügigen Skizzenhaftigkeit und farbigen Frische von ganz besonderem malerischem Reiz ist.
Die Bilder Spitzwegs für die Bühne einzurichten, müßte nicht allein von der Szenerie her verlockend sein. Die von ihm geschaffenen Menschentypen, die wie er großenteils zur Sippe der Sonderlinge gehören, fordern dazu heraus, daß man ihnen Worte in den Mund lege. Es sind lustspielfähige Figuren mit der fertigen Rolle in der Tasche. Oft gibt er im Titel des Bildes selbst das Stichwort, wie etwa: »Wo ist der Paß?«
Wie Spitzweg seine Figuren gesehen haben möchte, dafür findet sich in seinen Briefen an Freund Pecht ein ergötzlicher Beweis. Der alternde Meister schreibt einmal: »Bei meinen Spaziergängen als wankender Greis fällt mir immer der neunzigjährige Kassier Lechner ein, der, wenn man ihn frägt: Ob er sich denn so allein zu gehen getraue, immer antwortete: ›Ja, wiss'ns, in jeder von meinen Taschen steckt eine Visitenkarte von mir, damits die Leute gleich wissen, wer ich gewesen bin.‹« Könnte das nicht als heitere Arabeske zur Charakterisierung einer Person in einem Lustspiel stehen?

Spitzweg hat eine ganze Reihe von anspruchslosen Gedichten hinterlassen, die wie seine Bilder der Ausdruck seiner liebenswerten »Kleinen-Welt-Anschauung« sind, humorig-philosophische Verse, wie die an der Spitze dieser Betrachtung oder diese mit heiterem Pessimismus gewürzten, die »Die Ausgrabungen in Olympia« betitelt sind:

»Und wird die Welt auch noch so alt,
Der Mensch, er bleibt ein Kind!
Zerschlägt sein Spielzeug mit Gewalt,
Wie eben Kinder sind!

Wenn alles erst in Klein zerstückt,
Und nicht mehr zu verderben,
So sucht er wieder – neu beglückt,
Und spielt dann mit den Scherben!«

(1936)

Götter und Helden

Zu den Lithographien von Honoré Daumier

In der Kunst muß wohl ein geheimes Gesetz walten, wenn Dichter wie Dickens oder Gogol in ihrer Zeit für ihr Werk auch die denkbar besten Zeichner fanden, und es ist eine nicht weniger merkwürdige Fügung, daß eine technische Erfindung, wie etwa die Photographie, gleich in den ersten Jahren der Entwicklung ihre schönste künstlerische Blüte hervorbringt, und daß der Mensch bereits irgendwo geboren ist, der im voraus schon dafür gedacht scheint, sich dieser Erfindung aufs glücklichste zu bedienen.

So ist es vorzüglich ein Meister, für den, von oben gesehen, Alois Senefelder den Steindruck hat erfinden müssen: Daumier. Durch ihn werden bereits alle künstlerischen Möglichkeiten der Steinzeichnung wenn nicht erschöpft, so doch abgegrenzt.

Senefelder war der Sohn eines Schauspielers und versuchte sich selbst in der darstellenden Kunst. Er erfuhr aber dabei »so viel Ungemach«, daß er die Bühne alsbald wieder verließ und zu schriftstellern begann. Er schrieb ein Stück: »Die Mädchenkenner.« Die Überlegung, Kosten und Umstände auf dem umständlichen Weg vom Verfasser zum Druck

vorteilhafter zu gestalten, führte ihn zur Erfindung der Lithographie.
Wie eine Variation über das gleiche Thema mutet es uns an, wenn wir, wieder von oben gesehen, Honoré Daumiers Leben nachgehen, bis er, noch zu Lebzeiten Senefelders, in dessen »Kraftfeld« gerät, wie man die Wirkung eines Ingeniums in der Welt nach ihrer Ausstrahlung und Ausdehnung nennen könnte.
Daumier nämlich war der Sohn eines Glasermeisters und Poeten, stammte also aus einer zwiefach fragilen Profession. »Arm an Wissen, in süßer Verborgenheit«, so ungefähr sagt der dichtende Glaser von sich, »werde ich stets unter dem Einfluß des schönen Himmels bleiben, welchen ich verließ.«
In Verkennung seiner Begabung begibt er sich nach Paris. Um Ruhm zu erlangen, dichtet er huldvolle Gedichte an eben die großen Herren, die sein Sohn später unhuldvoll karikieren wird. Die Schalmeienklänge des Vaters waren süß und sanft, der Stift des Sohnes gewaltig und verletzend, schreibt Daumiers erster Biograph Champfleury. Ja, der Sohn illustriert eine Satire auf die Dichter, darin auch die Handwerkerdichter nicht vergessen sind, die »Verse machen in der Art des Herrn von Lamartine und versuchen, in einer Sprache, die sie nicht verstehen, Gedanken, die sie noch weniger verstehen, auszudrücken«.
Wie reizvoll ist es, von oben gesehen, doch ohne Folgerungen daraus abzuleiten, wie vergnüglich zu

wissen, daß Daumier erst Laufbursche eines Gerichtsdieners, dann Buchhandlungsgehilfe war, ein Beruf übrigens, aus dem schon viele Künstler aller Zweige hervorgegangen sind. Der junge, schöpferisch vorbegabte Mensch, noch unentschieden in der Verläßlichkeit und den Möglichkeiten seines Talents, tritt zunächst, wie Daumier es tat, gern in den traulichen Bezirk des Buches. Es ist offenbar ein Bezirk, in dem seine Natur sich gefällt, von dem er zahlreiche Motive empfängt, die dann später an den Bücherständen der Bouquinisten am Seinekai aushängen werden.

Seine Natur! Sie läßt sich mühelos ablesen aus seinen Werken. Denn wenn man schon aus der Handschrift eines Menschen den Charakter zu deuten vermag, wieviel leichter aus dem Strich des Zeichenstifts, der Kreide und den Pinselzügen, wenn nicht allein schon ein Blick auf dieses überaus sympathische Gesicht genügte.

Wie bei jedem richtigen Mann kann man es dem Altersbild noch gut ankennen, wie er als Bub ausgeschaut hat. Es macht Vergnügen, das Jugendbild (eine unbedeutende, aber liebenswürdige Lithographie Feuchères) mit der Photographie des alten Daumier zu vergleichen. In beiden finden wir eine gewisse wehmütige Lustigkeit oder schmerzliche Güte, einen Ausdruck, der vor allem in den sprechenden, circumflektischen Augenbrauen liegt, die sicher ständig in lebhafter Bewegung waren, wenn er arbeitete oder sprach. Der Sinn für Humor aber steckt bei ihm unstreitig in der Nase mit den – ich empfinde es so – sehr intelligenten Nasenflügeln. In einer Landschaft wie in einem Gesicht kehrt oft thematisch eine ganz bestimmte Linie wieder, bei Daumier ist es die eigenwillige Wellenlinie der Brauen, die im Mund, in der Kontur der Nase, den Stirnrunzeln und dem im gleichen Schwung gelockten Haar sich wiederholt und so dem Gesicht seine harmonische Bewegtheit verleiht. Es ist übrigens die gleiche bewegte Linie, der wir in seinen Zeichnungen begegnen. Fast immer ist, bei Daumier freilich ganz eindeutig, das Oeuvre eines Künstlers zugleich sein Selbstbildnis.

Einunddreißig Bilder, hauptsächlich Ölbilder, haben die Gestalt Don Quijotes zum Thema, und gerade aus ihm entwickelten sich Daumiers künstlerisch kühnste zukünftigste Werke. Zum andern wird er es nicht müde, das Publikum, die Zuschauer immer wieder abzuschildern, selber als echter Künstler ein Curieux, ein neugieriger Betrachter des Menschentheaters. Sein Thema ist der Mensch (und das Pferd, dagegen kamen reine Landschaften bei ihm fast nicht vor, eine erschütternde Ausnahme: »Der Trümmerhaufen«, ein Bild aus einer zerstörten Ortschaft, ewig aktuell), als Einzelwesen und als Herde auftretend. Man denkt vergleichsweise an ›Brehms Tierle-

ben‹ (achte Ordnung: Knorpelflosser, erste Familie: Menschenhaie), an Zoologie und Menagerie jedenfalls wird man erinnert, besonders bei seinen Gerichtsszenen. Es gibt nur wenig Situationen und Erscheinungen, die er nicht komisch sieht, die er tragisch nimmt. Fast muß man dazu den ›Don Quijote‹ rechnen, den Ritter von der traurigen Gestalt. So wie ihn Daumier auffaßt, wird er zu einem ganz wesentlichen Bestandteil für das Selbstbildnis oder Selbstbekenntnis des Meisters in seinen Werken.
Corot hat den jungen, etwa fünfundzwanzigjährigen Daumier gemalt, seinen Freund, mit dem liebenswürdigen, netten Gesicht, den sehr schönen ernsten Augen, dem verstruwwelten Haar und dem Bart, einem sogenannten Hambacher, der den Mund und das Kinn freiläßt. In der verhältnismäßig großen Hand hält er den Kreidestift, als schaue er von der Arbeit auf. Der alte Corot hat den alten Daumier gemalt, bei der Arbeit, und dieser wiederum ihn ebenfalls bei der Arbeit. Bei beiden, ziemlich kunstlosen Bildern kam es nicht auf ein malerisches Problem an. Man merkt: der alte Freund malte den alten Freund. So sind es zugleich Selbstbildnisse: der eine wird sichtbar im Widerschein des anderen.
Wie aber kommt er zu der recht despektierlichen Travestierung der Antike, zu seinem Anfang der vierziger Jahre entstandenen Zyklus »histoire ancienne«? Ist es die Wendung gegen das Pathetisch-

Heldische, gegen das Klassisch-Altphilologische? Man könnte meinen, die Opposition eines mit Homer und Cicero überfütterten Pennälers zu erleben, den Protest gegen den Kothurn also, der sich schon in der Antike und immer wieder bis in die jüngste Gegenwart geregt hat. Homer selber hatte schon damit begonnen. Man erinnere sich der geradezu daumierhaften Stelle, da Hera eigenhändig der Artemis die Pfeile um die Ohren schlägt: ... »weinend entfloh die Göttin nunmehr wie die schüchterne Taube ...«

Shakespeare mit »Troilus und Cressida« gehört hierher und auch Offenbach, dessen »Schöne Helena« und »Orpheus in der Unterwelt« sehr wohl durch »histoire ancienne« inspiriert sein könnten.

Mir scheint, daß Daumier mit der ihm eigenen Sensibilität gegen (und für) das Spießbürgertum gespürt hat, welch guten Nährboden widernünftigerweise gerade die klassische Bildung für eine Haltung abgibt, die er bekämpfte. Wie? Sollte wirklich zuweilen das Studium der Alten, statt den Geist freier und schöner zu bilden, zur Verspießerung führen? Es hat den Anschein. Aber warum ist das so, warum findet man unter den humanistisch Erzogenen und den humanistischen Erziehern häufig so spießbürgerliche Gesinnungen?

»Er las immer ›Agamemnon‹ statt ›angenommen‹, so sehr hatte er seinen Homer gelesen«, bemerkte Lichtenberg. Diese »Geläufigkeit« kann zu einer selbstgefälligen und verlogenen Identifizierung mit dem antiken Geist führen, der aber in Wirklichkeit aus den Schulbeispielen der lateinischen Übungsbücher stammt.

Daumiers satirischer Zyklus »histoire ancienne« ist eine Folge von Szenen, die wie Theaterszenen anmuten, aus Komödien oder Opern, aber nicht auf einer repräsentativen großen Bühne, sondern auf die Art der Rüpel im »Sommernachtstraum«, oder auf einer Vereinsbühne, einem bürgerlichen Liebhabertheater aufgeführt. Denn es sind die wohlbekannten Gestalten und Gesichter aus Daumiers Anschauung, aus seiner Menschen-Käfersammlung, nur daß sie sich mit Hilfe antiker Gewänder und Requisiten verkleidet haben.

Diese Verkleidung, die von den Satirikern aller Zeiten gesucht wurde, ist eine notwendige Tarnung gegen die wohlbekannte Empfindlichkeit der jeweils herrschenden Macht, die Daumier schon früh zu spüren bekam. Er flüchtet sich nicht in die Tierfabel des Reineke Fuchs. Seine Sprache ist der Mensch. Denn wie der Dichter das Wort, handhabt er Menschen-Gestalten und -Gesichter. Wir lesen seine Bilder wie Schrift. Zu ihrer Aufzeichnung bedient sich Daumier des Steindruckes.

Steindruck – ist man nicht versucht, wenn man die technische Bedeutung des Wortes nicht kennen würde, an eine Felsenlast auf der Brust zu denken? Jedenfalls an etwas Hartes und Schweres? Aber welch schönes Gleichnis zu Laotses Wahrheit: Das Weiche siegt über das Harte, wenn man lithographische Bilder betrachtet! Welche Weichheit, welche Duftigkeit und Leichtigkeit vermag gerade der Steindruck hervorzubringen!

Der Betrachter der Daumierschen Lithographien muß beiläufig wissen, was man unter diesem Verfahren versteht. »Steindruck oder Lithographie heißt (nach einem alten Lexikon aus Daumiers Tagen) die von Alois Senefelder erfundene Kunst, sowohl Umrisse, als völlig vollendete Zeichnungen in erhabener, als Feder- und Kreide-Manier, oder in vertiefter Manier, wie bei dem Kupferstich auf Stein zu bringen und diese mittels einer Presse zu vervielfältigen. Zu beiden ersten Arten bedient man sich einer chemischen Tusche und chemischer Kreide. Die Steinplatten, welche man zum Steindruck verwendet, bestehen aus Kalk, Ton oder Kieselerde und werden im Pappenheimischen und Eichstättischen in Bayern gefunden. Die besten, welche von feinem Bruch und gleicher Farbe sind, liefert das Dorf Solnhofen. Die von einer perlgrauen und ganz gleichen Farbe sind die tauglichsten zu vollendeten Zeichnungen. Die Steinplatten können so, wie man sie im Bruch findet, nicht zur Lithographie gebraucht, sondern die eine ihrer Oberflächen muß erst ganz glatt geschliffen werden. – Nachdem die Platten vom Schliff völlig reingewaschen und getrocknet sind, können sie ohne weiteres zum Zeichnen angewendet werden.«

Es ist so hübsch, was über die Verfertigung der chemischen Tusche und Kreide gesagt ist, daß ich es ebenfalls hersetze, damit man sehe: ohne ein bißchen Zauberei, ohne etwas Alchimie geht es in der Kunst nicht ab. Unsere Zeichentinte »besteht aus zwei Teilen weißen Wachses, zwei Teilen Schellack, einem Teil Seife, einem halben Teil Unschlitt und einem Teil Lampenruß. Diese Substanzen, den Ruß ausgenommen, tut man in einen eisernen Kessel oder Casserolle, läßt solche gut untereinanderschmelzen und steigert den Grad der Erhitzung, daß sich die Masse von selbst entzündet. Nun läßt man selbige unter beständigem Umrühren vier bis fünf Minuten brennen, wo dann das Feuer durch Auflegen eines gut schließenden Deckels ausgelöscht und darnach der Ruß eingerührt wird. Ist die Masse erkaltet, so gießt man sie auf eine entfettete Marmorplatte aus und schneidet sie vor dem völligen Erkalten in beliebige Stücke«. Die Herstellung der Kreidestifte geschieht auf ganz ähnliche Art.

Duftendes Wachs, Feuer, Marmor – was man nicht alles braucht zu dieser Verrichtung! Welche wunderbaren Beziehungen in der Natur sind herzustellen, um in den Genuß einer Steinzeichnung zu kommen!

In einer Beschreibung der Technik des Steindruckes heißt es: »Die größte Sorgfalt und Reinlichkeit sowie Verhütung, daß der Hauch nicht während der Arbeit die zu bezeichnende Platte betaut, ist erstes Erfordernis. Die Zeichnungen mit chemischer Kreide müssen frei und keck aufgetragen sein.«
Frei und keck – so verlangt es die Technik, so will es der Stein, in dem, wie man weiß, uralte Bilder aufbewahrt sind, der Archäopteryx zum Beispiel, der Urvogel, von der Größe einer Taube, vielleicht der Vogel, den Noah nach der Sintflut als Kundschafter aussandte. Frei und keck, das klingt geradezu nach angriffslustigem Humor. Man könnte also allein schon aus den Eigentümlichkeiten der Materialien auf den Charakter der damit hervorzubringenden Kunst gewisse Schlüsse ziehen.
»Ist die Zeichnung fertig, so breitet man, ehe der Druck begonnen werden kann, eine Mischung von Säure, Wasser und Gummi darüber aus (zwei Pfund destilliertes Wasser, ein halbes Pfund bestes arabisches Gummi und zwei Loth reines Scheidewasser von 36 Grad). Man sieht, es ist eine ziemlich umständliche Prozedur, bis der Stein endlich so präpariert ist, daß man die Zeichnung mittels einer Walze einschwärzen kann. Die Zeichnung, die bei jedem Abdruck mit einem feuchten Schwamm überfahren wird, nimmt das Schwarz auf, ohne daß letzteres den übrigen Stein beschmutzen kann. Nun wird

schwach gefeuchtetes Papier daraufgelegt, das ganze mit einem Leder bedeckt und so durch die Presse gezogen.«
Das ist so ungefähr das Steindruckverfahren zu Daumiers Zeiten gewesen.

Die Entwicklung des zeichnerischen Striches aus der Natur des Künstlers und aus der Natur des lithographischen Verfahrens zeigt reizvolle Verwandtschaft, man könnte – von oben gesehen – sagen: Familienähnlichkeiten. Ich will nicht geradezu sagen, daß die Sehnsucht, im Stein: »erfunden« zu werden, den Daumier, oder daß die Sehnsucht in Daumier, »frei und keck« zeichnen zu können, die Lithographie hergezwungen hat, aber es hat schon seinen Sinn, immer wieder auf diese glückliche Harmonie aus Persönlichkeit und Handwerkszeug hinzuweisen, wie sie sich hier offenbart. Das Zeichnen auf den Stein mit dem Kreidestift macht ein ungemein angenehmes Gefühl, es ist an sich schon ein ästhetischer Genuß. Den Dilettanten kann diese Technik leicht zu Bravheit und Langweiligkeit verführen, zu allzu sauberer Schraffur. Es lohnt sich allein schon von der Technik her, die Blätter genau zu betrachten und also entstehen zu sehen, bis einem ganz daumierlich zumute ist. Man kann dabei deutlich ablesen, wie der Meister da noch einen Schatten aufgehellt, dort ein

Licht herausgeschabt hat und damit ein besonders witziges Ergebnis erzielte: Der Stein will das Steinerne. Die Blätter sind natürlich unterschiedlich in der Qualität. Aber zu den schönsten gehört sicher: »Les nuits de Pénélope«. Ich wenigstens halte es für das schönste. Auch lithographisch hat es einen ungewöhnlichen Reiz in seiner großartigen Schwarz-Weiß-Wirkung. Diese Wirkung wird auf eine, fast ist man versucht zu sagen: raffiniert-schlichte Weise erreicht. Man erkennt sogleich, wie wichtig dabei die Überarbeitung mit Nadel und Stichel war. Es entstehen dabei graphische Reize, die man gleichsam mit der Haut empfindet, so als seien wir selbst der Stein, auf dem gezeichnet, der »tätowiert« wird. Der wohltuende Schmerz der Kunst ist es, was wir fühlen.
Man hat bei Daumiers Arbeitsweise den Eindruck, daß er nicht lang herumprobiert, sondern einer ganz klaren Imagination gehorcht, die er nur noch auf den Stein zu übertragen hat: die tiefen Schwärzen, die weichen Schatten und das Gewand, das weißer zu sein scheint als das Papier, auf dem es gedruckt ist. Abgesehen von dem an das Skizzenbuch des kleinen Moritz von Oberländer erinnernden – welch angenehme Erinnerung! –, auf die Wand wie von Kinderhand gezeichneten Profil des Odysseus ist die Antike nur durch ein Säulenprofil gekennzeichnet. Aber wie! Von ferne gemahnt die Komposition ein wenig an Mimili von Hosemann. Die stark alternde

Penelope (denn Daumier ist frei von jeder Galanterie gegen die Frauen) ist mit sparsamsten Mitteln in ihrer Gelöstheit, in ihrer Verzücktheit und Anatomie meisterhaft gezeichnet. Das Bild ist, um einen Fachausdruck vom Theater zu borgen, besonders gut »ausgeleuchtet«. Die Verse unter dem Bild bedeuten frei übersetzt: Das anbetungswürdige Profil ihres fernen Gatten Odysseus erglänzte wie ein Stern vor Penelopens zärtlichen Blicken, aber um drei Jahre lang Listen und Leinen zu spinnen, mußte sie sehr »auf Draht sein«.

Die Frage freilich bleibt zu lösen, wie Daumier die Szenen konzipiert hat, ob so, wie er sie auf den Stein zeichnete oder wie sie der Druck wiedergab. Die Spiegelkontrolle spricht für die erste Vermutung.

Im »Charivari«, der satirischen Wochenschrift, in der sie erschienen sind, stehen unter den Bildern Verse und scherzhafte Bemerkungen, zum Beispiel »Dieses kostbare Relief wurde entdeckt in den Ruinen der antiken Roten Kugel (Faubourg Montmartre) durch den unermüdlichen Reisenden Monsieur Charles Texier. Nach Monsieur Ingres kommt dafür als Künstler einzig Phidias in Betracht«. Es ist unter Künstlern üblich, solche persönliche Anspielungen auf Kollegen zu machen, selbst wenn sie nur von einem kleinen Kreis verstanden werden sollten. Die politisch-satirischen Bezüge haben für uns größtenteils ihren Reiz eingebüßt.

In den Versen begegnet man oft dem Calembourg, jenem besonders in Frankreich gepflegten Wortspiel, das auf dem Gleichklang von Worten bei verschiedenem Sinn beruht (zum Beispiel près Caire, précaire). Berühmt ist dieser Calembourg: Napoleon Bonaparte sagte zu einer Italienerin: »Die Italiener taugen alle nichts!« »Non tutti«, war die Antwort, »ma bona parte!« Unter den Verfassern findet man Jean François Casimir Delavigne, Abel Villemain, Théophile Gautier.
Die Komik der Karikaturen beruht zuweilen auf Anachronismen, wie denn Achill Pfeife raucht oder Odysseus sich mit seiner Nachtmütze kaum von einem Pariser Concierge unterscheidet, aber die Kostüme sind antik. Sie wirken jedoch wie aus der Theatergarderobe, getragen von Gestalten aus Daumiers menschlicher Menagerie. Der komische Reiz der Zeichnungen hat auf die Zeitgenossen sicher unmittelbarer gewirkt als auf den heutigen Betrachter, den mehr die künstlerische Meisterschaft der Darstellung bezaubert. Der Humor ist dem Gesetz des Alterns untertan. Er verwelkt. Er ist abhängig vom Zeitgeist und dem wandelbaren sittlichen Empfinden der Menschheit. Wie derb erscheint uns J. Rowlandsons Art (auch Daumier ist zuweilen derb, aber er ist nie ordinär), wie liebenswürdig, ja man möchte sagen, wie edel die Oberländers, wie infantil und mechanistisch der karikaturistische Stil unseres tech-

nischen Zeitalters, in dem sich die Angleichung des Menschen an den Apparat sichtbar vollzieht. Schon die Kunst Gulbranssons und Arnolds erinnert stark an das »Linearzeichnen« der Schule, sie hat den Reiz, den die Zeichnungen unserer Maschinenbauer haben. Doch der Mensch ist bei ihnen noch Individuum, während er heute in den Witzzeitschriften meist nur noch genormte Typen darstellt. Sie sind ohne weiteres in Blech herzustellen, sie haben Pfenniggesichter. Dazu kommen die ästhetischen Werte der Kinder- und Dilettantenzeichnungen, die schon Oberländer erkannt und verwendet hat.

Bei Daumier darf man nicht vergessen, daß er vorzüglich plastisch-figürlich fühlt und einen ausgesprochenen Sinn für komische Monumentalität besitzt, besonders für die gravitätisch-theatralische Pose, zum Beispiel »der Politiker«. Es sind »ouvrages de ronde bosse« von ihm erhalten. Manche seiner Lithographien muten als »Bildhauerzeichnungen« an, sie haben unstreitig Relief.

Daumies Ölmalereien sind nicht sehr farbig. Seine Lithographien, so seltsam es scheint, sind es in viel stärkeren Maße. Viele fordern förmlich dazu heraus, koloriert zu werden. Man meint zu wissen, was rot, was zitronengelb, was himmelblau sein will. Aber der eigentliche Zauber beruht auf der Art des Striches und der komischen Anatomie, auf der Behandlung der Haut, in der die Menschen wie in einem

Trikot zu stecken scheinen, auf der fast vollständigen Sammlung menschenmöglicher Nasen und Münder, über die allein eine Betrachtung sich lohnen würde. Der Humor der Götter- und Heldengestalten liegt vor allem darin, daß sie selber keine Ahnung über ihr Aussehen, ihre Verwelktheit und Ältlichkeit haben – denn es ist eine anmutslose, runzlige, zahnlose, es ist eine abgelebte Menschheit, die er schildert, mit einer Art erbarmungsloser Liebe. Sie wissen nichts davon, wie sie in Wahrheit ausschauen, und benehmen sich, als wären sie wunder wie jung, schön, edel, klug, begehrenswert.

Soll das vielleicht bedeuten, daß Daumier alles herabzieht, daß ihm nichts heilig ist? Im Gegenteil! Er lehrt uns richtig sehen und unterscheiden. Er kennt die große Gefahr der mit allen Mitteln künstlich aufrechterhaltenen Scheingröße. Er entlarvt die Philistrokratie.

Es ist ein aussichtsloses Beginnen. Kein Spießbürger läßt seinesgleichen im Stich. Er weiß genau, es kommt alles darauf an, daß niemand über ihn lacht. Und wenn es einer wagt, dann wird er böse und kennt keine Gnade. Wehe dem, der gegen den Spießer löckt!

Ich weiß nicht, was daran schuld war, daß Daumier, ungeachtet seines unermüdlichen Fleißes, wirtschaftlich nie auf einen grünen Zweig kam. Ich will nicht geradezu sagen, daß die Welt, die er schilderte, vorsätzlich seinen Wohlstand verhinderte – denn sie zahlt nicht gerne auch noch dafür, daß sie ausgelacht wird, aber es genügte ja: nichts zu tun. Es ist ein freilich unwichtiges und äußeres Kennzeichen, das zwei Welten unterscheidet, die von Daumier dargestellte und die andere: die eine kann sehr gut, die andere gar nicht mit Geld umgehen.

Es liegt eine heitere Widernünftigkeit darin, daß gerade diese unschöpferische Philisterwelt Anlaß wurde zu Honoré Daumiers künstlerischer Unsterblichkeit.

Das Gesicht des alten Daumier – es gibt eine schone Photographie von ihm – sieht nicht aus, als habe er viel gelacht in seinem Leben. Es ist eher ein schwermütiger, ja, schmerzlicher Ausdruck darin. Man weiß jedenfalls nicht recht, ob ihm das Weinen oder Lachen näher ist. Niemanden, der nur ein wenig mit dem Humor vertraut ist, wird diese Einsicht in Staunen setzen. Ich kenne jemanden, der in einer Zeit tiefer seelischer Depression sein lustigstes Buch geschrieben hat. Er lachte sozusagen auf dem Papier, lautlos, ohne selbst in den Genuß der Heiterkeit zu kommen, ohne sein Gesicht zu einem Lächeln zu verziehen. Bekannt ist die Anekdote von dem schwermütigen Patienten, dem der Arzt rät, sich einen damals berühmten Komiker anzusehen, worauf der Patient antwortet: »Der bin ja ich!« Die Gemütsbewegung, aus der Daumiers Karikaturen stammen, ist ein schmerzliches Berührtsein durch die Schwächen der Menschen, es ist Galgenhumor, die Welt von der Leiter »durch die Schlinge des Strickes gesehen«. Es ist kein Zufall, daß es von Daumier eine ganze Szenenfolge gibt, die dem Regenwetter gewidmet ist, wie denn Humor eigentlich Feuchtigkeit bedeutet.

Champfleury, Daumiers erster Biograph – ich habe seine »Histoire de la Caricature moderne« zufällig bei einem Antiquar in Lille während des Ersten Weltkriegs erworben –, nennt die Karikaturisten seiner Zeit »les démolisseurs de la bourgeoisie«. Das klingt gewalttätig, während es doch die »stille Welt des Pinsels« (und der Kreide) war, die stumme Revolution eines Künstlers, die jene Demolierung besorgte.

Kenner werden lächeln, wenn ich versuche, eine Parallele zwischen Honoré Daumier und Charles Dickens zu ziehen. Ich tue es desungeachtet, denn niemand wird die Geistesverwandtschaft dieser beiden großen Humoristen leugnen, die Zeitgenossen waren, Zeitgenossen übrigens auch einer technischen Revolution, die zweifellos beider Kunst, ja, die Kunst überhaupt, nicht wenig beeinflußt hat. Ich meine die Eisenbahn. Es ist nicht nur das neue Motiv, das sich weder Dickens noch Daumier entgehen ließen, mit seinen ungeahnten Reizen durch die damit verbundene Zwangskonfrontierung der Menschen auf stundenlangen Fahrten, wobei man sich wundern muß, daß sich die platzbeanspruchende Mode der Damenwelt nicht im mindesten davon beirren ließ. Es ist die sozialisierende Macht der Eisenbahn überhaupt, die unsere menschliche Gesellschaft grundlegend verändert hat, fast so sehr wie die Erfindung der Photographie und des Films.

Wie man mit der Unzahl der von Dickens geschaffenen Individuen leicht eine Stadt mittlerer Größe bevölkern könnte, so auch mit Daumiers Gestalten. Sie sind noch nicht typisiert wie vielfach in der Karikatur unserer Tage. Jede ist eine ausgesprochene Individualität, sie sind »lebensfähig«, sind »nach der Natur gezeichnet« und sozusagen blutwarm. Damit erreicht er, daß der Betrachter in ihnen seinesgleichen sieht. Es sind noch animalische Karikaturen, sie sind nicht abstrakt oder mechanisch wie heute. Freilich hat sich auch bei ihm der graphische Stil, sein »Strich«, schließlich selbständig gemacht, sich gleichsam abgelöst vom Naturalistischen, und führt ein Eigenleben hinfort in einer unverwechselbaren, nur Daumier eigenen Linienführung. Man deutet Handschriften; auch den zeichnerischen Strich kann man deuten und etwa bei Rembrandt aus seinem Strich seinen Charakter ablesen.

Wenn man – denn ich bin ja von Daumiers Angesicht ausgegangen – das Lineament, die Züge seiner Zeichenschrift mit denen seines schmerzlich-gütigen Gesichts vergleicht, so wird man, um dieses in unserer Zeit beliebte Wort zu benutzen, eine ausgesprochene Affinität feststellen. Man sieht sofort: es ist echt durch und durch. Kein Wunder, daß er es in seinem Leben nie auf einen grünen Zweig brachte.

Ich weiß nicht, ob er ein geselliger Mensch war. Ich glaube, er hatte keine Zeit dazu. Nach dem Gesicht möchte man ihn, ob er es nun war oder nicht, eher für menschenscheu halten. Aber auf dem Papier oder auf dem Stein jedenfalls war er gesellig, und wenn er selber nie in eine Prügelei verwickelt wurde, so wußte er sie doch im Bilde so darzustellen, als sei sie sein eigentliches Element. Es ist eine angenehme Vorstellung, daß er mit Père Corot befreundet war, dem guten Dicken, in seiner Kunst so völlig Andersartigen. Sich vorzustellen: sie haben beide wirklich gelebt wie unsereins, und daß es noch gar nicht so lange her ist! Doch während es geschah, scheinbar vor aller Augen, lebten sie ihr anderes Leben, das wunderbarere, in ihrer Kunst, dessen Vorgang niemand zu schauen, sein Glück und sein Leiden kaum zu ahnen vermag, selbst wenn wir ihnen bei der Arbeit über die Schulter gesehen hätten. Es ist geheim wie jeder Schöpfungsvorgang, dessen Zeugen wir in der Natur zu sehen meinen, wenn wir einen Baum in voller Blüte oder einen Menschen bewundern. Wir sind dabeigewesen, wie er heranwuchs und haben im Grunde doch nichts gesehen. So entstanden »unter der Hand« etwa dreitausend Lithographien und neunhundert Zeichnungen (für den Holzschnitt), dazu zahllose Gemälde (1810–1879), also in beiläufig fünfzig Jahren des Schaffens, und sind noch vorhanden, leben, erfreuen, bilden, während Daumier, der sie gemacht hat – doch ich will nicht metaphysisch werden. Es ist doch ein rechtes Wunder um die Kunst!

(1947)

Der große dunkle Wald

Das Wunderland der Märchen

Es war einmal – das ist der unsterbliche Anfang, das sichtbare oder gedachte Vorzeichen eines jeden Märchens und zugleich sein dichterisches Gesetz. Freilich mag man einwenden, die Formel sei reichlich ungenau, ja vielleicht das Unbestimmteste, Unverbindlichste, was je in drei Worte gefaßt ward, und verpflichte eigentlich zu gar nichts als zur Vergangenheit. Im Lateinischen ist es gar nur ein Wort: erat. Das Märchen von Amor und Psyche beginnt so, und man kann es ganz wörtlich übersetzen: war …, so wie das Lied vom König in Thule anhebt.

Wenn nun aber ein Irgendetwas, Irgendeinst, Irgendwo sich zugetragen hat, was geht es uns an? Gewiß, wir werden vergeblich nach historischen Tatsachen ausschauen, nach Jahreszahlen, Regierungszeiten und Stammtafeln der Herrscher, nach einem geographisch oder politisch genau bestimmten Land. Geschichte und Erdkunde des Märchenlandes sind in ihrer Eswareinmaligkeit völlig zeiten- und grenzenlos. Des ungeachtet lohnt es sich, dieses in Wirklichkeit nicht existierende, aber durch viele wunderbare Erzählungen und herrliche, wie nach dem Leben geschaffene, wahrheitsgetreue Bilder bezeugte Land und Volk so zu betrachten, als wäre es historisches Gebiet. Wir werden sehen, daß sich über Sitten und Bewohner, über die Landschaft des Märchenreiches Sachliches genug berichten läßt. In seiner Welt ist das Alltägliche und das Wunderbare reine Wirklichkeit.

Wo liegt aber dieses Wunderland? Wie groß ist es? Wieviel Einwohner hat es? Welche Staatsform?

Es gibt ein Märchen, das heißt: Das unsichtbare Königreich. Da ist es nicht größer als zwei liebende Herzen, und ein andermal reicht es bis ans Ende der Welt. Der Fremdling in diesem Lande wird sich darüber nicht weiter wundern, wenn er ein Liebender ist. Denn er weiß, daß sein Gefühl größer ist als der Raum, den er verdrängt, daß es größer ist als er, größer als die ganze Welt und doch in seinem Herzen Platz hat. Im Märchenland, mußt du wissen, sind alle zeitlichen und räumlichen, alle physikalischen Gesetze aufgehoben, zum Beispiel das der Schwerkraft. Sein Klima ist dem des Traumes sehr ähnlich.

Beim Betrachten der Märchengeographie mag man mit der Landschaft beginnen. Auch über ihr scheinen Sonne, Mond und Sterne wie bei uns. Aber das Schönste dortzulande ist wohl der große dunkle Wald, in dem man viele Tage wandern kann, ohne einer Menschenseele zu begegnen, der kein Ende nehmen will, so daß den Wanderer die Nacht überrascht und er auf einem Baume oder im hohlen

Baum nächtigen muß, falls ihn nicht ein fernes Lichtlein in das einsame unheimliche Haus einer Hexe lockt. Wir finden aber auch hohe Berge, jenen vor allem, zu dem alle heilige Zeit ein Vöglein geflogen kommt und daran seinen Schnabel wetzt (und wenn der ganze Berg abgewetzt ist, so ist eine Sekunde der Ewigkeit vorbei), aber auch den gläsernen Berg und den Magnetberg. Er ist reich an Bodenschätzen, an Gold und Edelsteinen vor allem. Das Land ist offenbar nur dünn besiedelt. Man darf annehmen, daß der Weinbau blüht. Denn roter Wein ist das eigentliche Märchengetränk. Man trinkt ihn aus Bechern. Es wird Flachs gewonnen. Neben den Müllern machen die Spinnerinnen einen wesentlichen Teil der Bevölkerung aus, die aus Geschöpfen in allen Größen sich zusammensetzt, vom Däumling bis zu den gewaltigsten Riesen. Die sozialen Gegensätze sind groß. Bitterste Armut (Besenbinder, Holzhacker) und Überfluß wohnen beieinander. Schlösser mit vielen, unglaublich vielen unbewohnten und verschlossenen Zimmern, darin alles aus gediegenem Gold besteht (selbst das Dach), sind keine Seltenheit. Zuweilen findet ein versöhnlicher Ausgleich zwischen Arm und Reich statt, zum Beispiel durch Einheirat eines bettelarmen, aber herzhaften und liebenswürdigen Jünglings in die königliche Familie, namentlich, wenn er Samtpatschen hat.

Die übliche Staatsform des Märchenlandes ist die Monarchie (Es war einmal ein König und eine Königin). Auffallend ist übrigens die häufige Kinderlosigkeit in den Königshäusern, während sonst sieben Kinder gerade keine Seltenheit sind (vergleiche die sieben Schwäne, die sieben Raben).
Die Sprache des Märchenlandes ist überall in der Welt die gleiche, nur wird sie jeweils in einer anderen Mundart gesprochen. Sie ist schlicht und von einer überall verständlichen Bildhaftigkeit: rot wie Blut, weiß wie Schnee, schwarz wie Ebenholz. Der Sinn der Worte ist noch unverfälscht. Es genügt, eine Prinzessin etwa als schön zu bezeichnen, und jedes Kind weiß, wie sie aussieht, wie es auch keinen Zweifel gibt, wenn eine Stiefmutter als böse bezeichnet wird. Es ist keine Begründung nötig. Sie ist es eben. Ganz natürlich ist es, wenn in diesem Land oft in Versen gesprochen wird und den Tieren (vor allem den Vögeln) die Sprache verliehen ist.
Die herrschende Religion im Märchenland ist ein Pantheismus. Sie ist trotz mancher christlicher Züge im Grunde heidnisch. Der Seelenwanderungsglaube ist stark verbreitet. Die Verwandlung eines (oder mehrerer) Menschen in Tiergestalt ist eine fast alltägliche Erscheinung. Sie geschieht durch Selbstverzauberung, zum Schutze vor Verfolgern oder durch Verwünschung, durch böse Zauberer, Feen und Hexen (›Brüderchen und Schwesterchen‹, ›Machandel-

boom‹). Aber für jeden Zauber gibt es einen Gegenzauber, für jedes Gelübde, zum Beispiel der Stummheit, die Erlösung.

Märchenland ist ein gefährliches Land, besonders für die Guten. Sie müssen, obwohl sie Sonntagskinder und die erklärten Lieblinge der Feen und heimlichen Helfer sind, allerlei Trübsal, Anfechtungen, Heimsuchungen erdulden bis zu ihrem endlichen Glück. Oft werden sie im letzten Augenblick unter dem Galgen gerettet. Auch der Galgen und das Faß mit siedendem Öl, darein die Hexen gesteckt werden, gehören zu den ständigen Requisiten des Märchens. Es regiert dort eine grausame Justiz, und die waltende höhere Gerechtigkeit ist nicht immer zu begreifen. Oder ist es vielleicht nicht abscheulich, wenn der abgedankte Soldat der alten Hexe, die ihn alle Taschen voll Golddukaten hat stecken lassen, ohne Mitleid oder Ehrfurcht vor dem Alter kurzerhand den Kopf abschlägt und munter seiner Wege geht? Auch das Rumpelstilzchen hat mir immer leid getan, wenn es zum Schluß sich mitten entzweireißt. Man erinnert sich, daß die ganze Begebenheit auf der Lüge aufgebaut ist, daß ein hübsches, aber träges Mädchen die Gabe besitzt, aus Stroh Gold zu spinnen.

Die Ethik des Märchens hat eben ihre eigenen Gesetze. Als höchste Tugend aber gilt die Treue. Auch ist es rührend, mit welcher wahren Engelsgeduld die

guten Geister ihren liebenswürdigen, aber unfolgsamen Schützlingen immer wieder aus der Patsche zu helfen erbötig sind.
Seltsamerweise führen die meisten Märchengestalten ein namenloses Dasein, teils als Müllerssohn oder als König. Wenn sie aber Namen tragen, so sind es eine Art poetischer Spitznamen wie Fundevogel, Aschenbrödel, Blaubart, Drosselbart, Rotkäppchen, Schneewittchen. Wenn es ehrliche Christennamen sind, dann Allerweltsnamen wie Hänsel und Gretel. Es muß dagegen auffallen, daß die heimlichen Helfer und treuen Gesellen stets Vornamen tragen wie die drei verwandten Gestalten, der treue Johannes, der Eisenhans und im Froschkönig der eiserne Heinrich, der sich mit seinem Herrn in Versen unterhält.
Dornröschen, welch anmutiger, mädchenzarter Name! Wer vermutet hinter der lieblichen Erfindung dieses Märchens die Brunhildensage? Aus der wabernden Lohe sind Rosen geworden, aus dem Helden Siegfried ein allerliebster Märchenprinz mit Federbarett und himmelblauem Samtwams. Daß in dem rührenden Märchen ›Sterntaler‹ der Danae-Mythos verborgen ist, wurde meines Wissens noch nicht bemerkt. Es leuchtet sofort ein, wenn man das gutherzige Kind, das alles verschenkt hat, ganz allein in dem großen dunklen Wald sich vorstellt, wie es seinen Hemdenschurz aufhält, darein vom Sternenhimmel Taler regnen.

Die Währung im Märchenlande ist eine altertümliche. Es gibt Dukaten, harte Taler, Kreuzer, Heller und Batzen. Als Längenmaße kennt man die Meile und die Elle. Die heiligen Märchenzahlen aber sind drei und sieben (als Zeit-, Längen- und Mengenzahl: sieben Monde oder Jahre, Siebenmeilenstiefel, die sieben Zwerge). Der guten Wünsche, auferlegten Prüfungen und Wundergaben sind immer drei. Auch haben Väter, die das Zeitliche segnen, meist drei Söhne, die in die weite Welt gehen, um ihr Glück zu versuchen, zum Beispiel im ›Gestiefelten Kater‹ und ›Tischleindeckdich‹.

Das Erbrecht ist ungewöhnlich primitiv. Es kommt vor, daß der Älteste eine ganze Mühle, der zweite nur den Esel erbt, der dritte ganz leer ausgeht, wenn er nicht gerade das große Glück hat, den gestiefelten Kater als Freund zu besitzen.

Der Jüngste aber ist der Liebling des Glückes. Märchenempfinden ist Volksempfinden. Das Glück ist auf der Seite der Unscheinbaren, Benachteiligten, Bettelarmen. Denn die Märchen sind aus den Wunschträumen, aus der Paradiessehnsucht der Armen und Unterdrückten entstanden. Es sind tapfere Schneiderleinsphantasien und Aschenbrödelwünsche. Sie kommen aus dem Verlangen, es auch einmal gut haben zu dürfen, König für einen Tag zu sein und von goldenen Tellern zu speisen. Die Sehnsucht nach der besseren Welt aus der Armut haben die

Märchen mit einer märchenhaft schönen, mit der schönsten Erzählung der Welt gemein, wo zu einem Kind armer Leute, zu der Krippe im Stall mit dem Stern darüber drei Könige kommen, ihm zu huldigen und es zu beschenken.

Auch da finden wir eines der heiligen Tiere des Märchens, das Sinnbild der Arbeit und der Genügsamkeit, den viel geprügelten, knappgehaltenen, störrischen, rebellischen Esel.

Das Wunderbarwirkliche wird noch glaubwürdiger (das Märchen hat seinen Zauber verloren, wenn es nicht geglaubt wird) durch das Nebeneinander von Wunder und alltäglichem Geschehen. Es wird darin zur rechten Zeit gegessen und geschlafen. Die Ernährung ist manchmal sehr einfach: Hirsebrei und Bucheckern sind echte Märchennahrungsmittel, wie auch der Apfel, dieses Urbild des herzhaften, gesunden Hineinbeißens. Die Unholde dagegen, Riesen, Hexen und Stiefmütter, schrecken selbst vor Menschenfresserei nicht zurück. Der berühmte Ausspruch: »Ich rieche, rieche Menschenfleisch«, kommt übrigens in der gleichen Doppelung in einem altindischen Märchen vor.

Es ist wunderbar, daß gewisse Redensarten und vor allem Reime bei der Überlieferung der Märchen unversehrt durch die Jahrhunderte von Mund zu Mund auf uns gekommen sind. Wie aber geht das zu? Auf märchenhafte Weise. Denn ist es nicht so, daß die

Kinder von der Großmutter Märchen erzählt bekommen und daß dic Worte während ihres täglichen, erwachsenen Lebens schlafen und erst wieder aufwachen, wenn sie alt geworden sind, und siehe da, sie sind unvergessen mit allen geliebten Einzelheiten! Und sie beginnen alle mit den unsterblichen drei Worten der Erinnerung und Sehnsucht: »Es war einmal!«

(1940)

Welt ohne Buch

Ohne »unsere Bücher« glauben wir uns das Leben nicht mehr vorstellen zu können. Dabei meinen wir genau zu wissen, was wir unter »Büchern« zu verstehen haben, ähnlich dem, was wir unter »Menschen« oder »Bäumen« verstehen. Es fehlt nicht viel, und wir würden sie unter die Lebewesen rechnen, jedenfalls zur organischen, ja beseelten Welt. Fast beruhigt es uns, daß sie wie wir auch nur eine begrenzte Lebensdauer besitzen, meist eine längere zwar als wir, eine über Jahrhunderte währende. Und es scheint uns in der Ordnung zu sein, daß ihre »Unsterblichkeit« der unseren ziemlich nahe verwandt ist, als sei diese zeitliche Vergänglichkeit geradezu die Voraussetzung für die Unsterblichkeit. Kein Zweifel: Das absolut Unverwesliche, Unverwandelbare erscheint uns toter als tot. Das schwermütige Geheimnis der Sterblichkeit verbindet uns mit den Büchern.

Nicht, daß ich nicht wüßte, wie das Buch so ganz allmählich seine heutige, uns so vertraute Gestalt bekommen hat und welche Mühe und Liebe dazu gehört, bis es erdacht, geschrieben, gedruckt, gebunden ist, auch welcher höchst unterschiedlicher Stoffe es bedarf, damit ein rechtes Buch daraus wird. Sieht es in einigen seltenen Fällen nicht so aus, als käme es wie ein Lebewesen aus des Schöpfers Hand? Denn wirklich, so ein Vogel etwa mit seinem Gefieder, Fleisch und Blut, seinen Augen und seiner Stimme, besteht er nicht und alle Kreatur aus anscheinend völlig heterogenen Stoffen? Wie auch der Mensch, wenn man ihn in seine einzelnen Teile zerlegt, darunter man sogar Elfenbein findet, so auch das Buch. Oder aber sieht es nicht aus, als seien Tiere und Pflanzen in weiser Voraussicht nur darum geschaffen worden, daß ein Buch daraus werde: aus dem Fell das Leder, aus den Knochen der Leim, aus dem Hanf die Bünde, zu einer Zeit freilich schon, da es noch keine Bücher gab oder, wenn man will, zu geben brauchte?

Seine heutige Gestalt hat das Buch im wesentlichen auch schon so lange, daß man, wiewohl man aus gewissen Stilmerkmalen erkennt, ob das eine aus dem sechzehnten, das andere aus dem achtzehnten Jahrhundert stammt, sich wundert, wie gut sie sich vertragen, wenn man sie nebeneinander stellt. Jedenfalls ist uns diese Form so altgewohnt, daß allzugroße Eigenwilligkeiten in der Ausstattung, die vielleicht ein Verleger uns zumutet, uns nur ärgern. Es ist ein wahres Glück, daß die im gegenwärtigen Augenblick modische Nieren- oder Palettenform, die manche Tische haben, noch nicht ins Buchgewerbe gedrungen ist. Wie sähe das auch aus!

Wie aber, wenn der unaufhaltsame Fortschritt der Technik eine völlige Umwälzung nach sich zöge, wenn der Band durch das Band, das Tonband oder etwas dieser Art ersetzt würde? Das würde bedeuten, daß die uns liebgewordene, uns befreundete Gestalt des Buches abgelöst würde durch eine Rolle und das optische Lesen durch ein akustisches Abhören. Bis auf das Titelschildchen würde auch die Schrift dabei überflüssig werden. Unsichtbar für das Auge ist der Inhalt des Tonbandes, was mir offengestanden gar nicht gefällt. Schon die Schallplatte entbehrte des persönlichen Äußeren, das ein Buch, selbst in seiner heruntergekommensten Form des Massenfabrikats auch heutzutage fast immer noch hat.

Wir wissen, daß der mediokre Versuch, das äußere Gewand und das Papier inhaltlich wertvoller Bücher dem der Schundliteratur anzugleichen, ein Verrat am Geist ist.

Als ich einmal las, daß Napoleon gelesene Bücher einfach aus dem Schlitten warf, wurde mir seine wahre Natur sofort klar, schon ehe ich wußte, daß er Battonis büßende Magdalena aus Dresden nach Paris bringen ließ. So schön fand er das beliebte »Schlafzimmerbild«.

Den Kulturzustand eines Volkes erkennt man nicht zuletzt an seinen Büchern. Kann man sich im Ernst vorstellen, daß ein Buch, das auch heute noch immer zum Verlieben schön in seinen Maßen, seinem Papier, seinem Schriftsatz (und sogar seinem Inhalt) sein kann, durch eine unpersönliche Konserve abgelöst wird? Man wird einwenden, daß die Tonzylinder von einst eine gewisse Verwandtschaft mit dem Tonband von heute aufweisen. Gleichviel, wenn ich in meiner nicht sehr großen Bibliothek herumschmökere, dann geht mir halt das Herz auf, wenn ich ein besonders »gutgemachtes« Buch in die Hand nehme. Freilich, die schönsten davon mit vergleichsweise wenigen Ausnahmen sind schon hundertfünfzig Jahre alt! Sie haben ihre Würde, es ist die Menschenwürde, die sie so schön sein läßt. Und wenn man will, ist die Vorstellung gar nicht so abwegig, daß die ursprünglich unschuldig-weißen Seiten eines Buches »besprochen« sind wie ein Tonband und daß sich die Worte des Dichters als Buchstaben niederschlagen, als Zeichen, die für die Sprache stehen.

Darum wünschen wir uns auch keine Vereinfachung der Rechtschreibung und der Schriftcharaktere. Es wäre doch gar zu dumm, wenn man sich nach den Dummen richten wollte. Ja, ich habe manchmal das Gefühl, es wäre besser, wenn unsere modernen Schriften mehr »Charakter« hätten und unser Alphabet mehr Buchstaben und unsere Sprache mehr Geheimnisse.

Noch ist das Buch, wie wir es kennen und lieben,

gefährdet zwar, aber nicht verloren. Wir Alten jedenfalls wollen uns wehren gegen eine Welt ohne Buch.

(1954)

Schriftsteller und Filmsteller

Versuch einer Abgrenzung

Es ist ein Makel unseres Jahrhunderts, daß die hohe technische Reife der Menschheit keine gleiche Entsprechung in der ethischen Reife fand. Die langsame Entwicklung in den Uranfängen der Technik ermöglichte beispielsweise die künstlerisch vollkommene Wohlgestalt des berühmten Wikingerschiffs von Oseberg, dessen Anblick noch heute nicht nur den zünftigen Seemann durch seine Formschönheit und seine Zweckdienlichkeit begeistert. Die raschere Entwicklung, etwa der Dampfmaschine, bescherte uns jene monströsen Gebilde mit aufgesetzten, gußeisernen korinthischen Säulen, wie sie im Deutschen Museum aufbewahrt sind. Ein ähnlicher Vorgang ist in der Geschichte des Films zu beobachten, dem es sicher besser bekommen wäre, wenn sich die Technik etwas Zeit gelassen hätte, anstatt die Menschheit, noch ehe sie für den pantomimischen Film, den Stummfilm, so recht reif geworden war, mit dem Ton- und Farbfilm zu überrumpeln.

Der erste Film, den ich sah (als Gymnasiast in einer Bude auf der Erlanger Bergkirchweih) brachte Schillers Jungfrau von Orléans. Ich würde viel darum geben, könnte ich ihn heute wieder sehen!

Die Grenzübertretungen und Stilfrevel im Bereich der Photographie, die nach einer kurzen Frühblüte mit der Malerei in Wettbewerb treten zu müssen meinte (und leider auch diese mit ihr), sind bekannt und im wesentlichen überwunden.
Als nun die optische Technik der Menschheit das wunderbare Instrument des Films und damit einer neuen künstlerischen Mitteilung in die Hand gab, erwies es sich, daß diese Menschheit innerlich nicht genügend darauf vorbereitet war. Sie ist noch immer dabei, die Verwendungsarten, eigentlichen Aufgaben, Befugnisse und Grenzen dieses Instrumentes mit seinen märchenhaften Eigenschaften und scheinbar fast unbegrenzten Möglichkeiten abzutasten. Sie geht dabei manchmal damit um wie mit Hamlets Flöte.
Das Kino ist ein Instrument der lebenden Photographie, das spricht, singt, musiziert, ein Bilderbuch, das sich selbst umblättert, eine Schaubühne, die wie kein anderes Theater Verwandlungen von Ort und Zeit, Nähe und Ferne, Vergrößerung und Verkleinerung in schnellster Folge zuläßt, was bisher nur in der Dichtung, im Buche, gelang. Es ist eine Maschine, die durch Zeitlupe und Zeitraffer Schnelles langsam, Langsames schnell werden, alles rückwärts ablaufen lassen kann (z. B. das Blühen einer Blume), sogar die Sprache, die dann, bis auf ganz wenige Worte, wie Otto oder Anna, zu einem unverständli-

chen Kauderwelsch wird, das kein Mensch nachzusprechen vermöchte. Es ist also ein Instrument, das beinahe alles kann, das Menschen vor unseren Augen in Luft aufgehen läßt und Gegenstände beleben kann (wohingegen gefilmte Zauberkunststücke natürlicherweise an Wirkung einbüßen müssen), aber das auch, einmal im Laufen, unabänderlich ist, was es wieder mit dem gedruckten Buch gemein hat, und dem trotz aller Vorzüge das wahre Leben fehlt, die Umluft, die der Bühne vorbehalten bleibt, das Extempore und die Möglichkeit des menschlichen Kontakts zwischen Darsteller und Publikum.
Denn da ist ein nachdenklicher Unterschied: Die Beziehung des Zuschauers zu dem bewegten Spiel auf der Leinwand gleicht einem Kuß Liebender durch Glas. Eine besonders erfreuliche Gestalt fand der Film im Trickfilm, der vergleichsweise sein Marionettentheater ist.
Wie in der Frühzeit der Photographie gab es einige wenige, die das neue Instrument von Anfang an richtig zu handhaben wußten, die das Risiko der Originalität, das einzugehen manchen Völkern fremd ist, nicht scheuten, auch nicht lange fragten: was will das Publikum? ...
Es war kein Fehler, das Universalinstrument zunächst einmal mit den vorhandenen Kräften verwandter oder angrenzender Künste zu besetzen, wobei man freilich alsbald gewisse widerborstige Ei-

gengesetzlichkeiten der Filmkunst erkannte, die zeigten, daß man weder ein Theaterstück noch einen Roman unbeschadet ohne weiteres verfilmen kann. Manche Irrtümer wären unterblieben, wenn nicht die Nomenklatur, die in der Hauptsache vom Theater übernommen wurde, den ureigentlichen Charakter der Filmkunst verfehlt hätte.
Zu den Kräften, die man heranzog, gehörte auch der Schriftsteller, der Dramatiker wie der Epiker. Es bedurfte einer besonderen (und löblichen) Aktion von Seiten des Films, die Schriftsteller in stärkerem Maße für das neue Instrument zu gewinnen. Mit Recht vermutete man, daß unter ihnen einige seien, deren schöpferischer Wesensart die Ausdrucksmittel des Films entgegenkommen würden. Dabei durften die Eignung des Stoffes und die Eignung des Künstlers nicht miteinander verwechselt werden. Es gibt einige Stoffe, deren sich alle Schwesterkünste bedient haben, wie die Kameliendame, ein Stoff, den das Leben darbot und der als Roman, als Oper, als Schauspiel und als Film erfolgreich bearbeitet wurde. Shakespeares Stücke entsprangen großenteils der Novelle, deren Verfasser aber darum nicht auch gute Dramatiker sein mußten, so wie tüchtige Schriftsteller nicht unbedingt auch tüchtige Filmsteller sein werden. Es ist ein verwandtes, aber nicht das gleiche Handwerk.
Der Schriftsteller bedient sich der Bilder der Spra-

che, um sich mitzuteilen, der Filmsteller vorzüglich der Sprache des Bildes. Beide Kunstarten lassen sich im Grunde auf die Hieroglyphen zurückführen, ja die Filmkunst steht ihnen verwandtschaftlich noch näher wie auch den anderen Vorläufern des Films, den frühen Bilderzählungen des Mittelalters, da der »Text« in Spruchbändern aus den Mündern der »Darsteller« kommt. Der Film bedient sich sozusagen lebender Hieroglyphen. Die Begriffe, die er verwendet, sind nicht, wie vielfach in der Sprache, abstrakt. Sie »bedeuten« nicht, sie »sind«. Beim Lesen eines Buches vollzieht sich in uns eine Übersetzung, dem Vorgang nicht unähnlich, den die Technik ersonnen hat, um Licht in Ton zu verwandeln. Dem Kinobesucher wird diese Mühe abgenommen, die Mühe der Phantasie. In diesem Sinn ist der Film Haschisch fürs Volk.

Das Wort, in der Epik der einzige Träger der Mitteilung, im Drama mit der Handlung primus inter pares, ist im Film mehr oder minder, ich übertreibe absichtlich, ein Teil der Geräuschkulisse und zur Vervollständigung der Realistik nicht völlig entbehrlich. Denn der Mensch spricht ja nun einmal. Man wird selten aus einem Film »zitieren« hören, es sei denn, er schaffe mit seinem Geschehen den Inbegriff einer seelischen Situation.

In einem Film will – es ist Hungersnot – ein chinesischer Bauer den letzten Wasserbüffel schlachten, der ihm geblieben ist. Man sieht einen Augenblick den prachtvollen Kopf des Rindes, das sich mit großen Augen, den Augen der Kreatur, zum Beschauer wendet. Jeder muß einsehen: Der Bauer kann dieses Tier nicht schlachten, und er tut es auch nicht. Dies scheint mir ein »sprechendes« Beispiel für die rechte Verwendung des neuen Instrumentes, wie es so ohne Umweg nur der Film vermag. Das ist seine Stärke, und wer den Blick und Sinn für die besondere Eigenart dieser Zeichensprache, deren Schriftcharaktere aus dem ganzen Kosmos genommen werden können, besonders ausgeprägt besitzt, der wird sich, scheint mir, zum Filmsteller eignen.

(1945)

Menschen, die man liebt, altern nicht

Hermann Hesse zum 75. Geburtstag

Wenn ein Mensch in seiner Kindheit zum ersten Mal des Begriffs der Dichtung und des Dichters inne wird, ich meine, wenn er merkt, das, was er liest, habe ein anderer Mensch eigenhändig und aus dem Kopfe geschrieben, einer, der wirklich gelebt hat oder noch lebt, so daß man ihm leibhaftig begegnen könnte, das scheint mir ein denkwürdiger Augenblick im Leben zu sein. Auch, wenn er begreift und unterscheidet, daß der Künstler etwas Besonderes sei, bewundernswert, nachahmenswert oder beklagenswert. Ich glaube mich zu erinnern (und glaube diese Erfahrung verallgemeinern zu können), wie schon sehr früh bei mir jene »heilige Scheu« vor solchen Menschen sich einstellte. Man möchte meinen, das Begreifen des Künstlertums müsse für ein Kind fast so schwierig sein wie das des Göttlichen, des Todes oder des Schönen. Wir wissen aber, daß diese Begriffe, die den Erwachsenen später so viel zu schaffen machen, für das Kind ohne alle Schwierigkeiten wahrzuhaben sind, fast als wüßte es sie schon und komme mit dem Verständnis dafür auf die Welt.

Als ich kürzlich nach bayrischem Brauch über den

Eingang des Landhauses eines befreundeten, kunstsinnigen Verlegers das Bild eines Lesenden auf die Wand zu malen hatte, sah meine kleine vierjährige Nichte mir zu, und während sie bisher immer »Du« zu mir sagte, redete sie mich jetzt auf einmal mit »Sie« an. Das Kind tat das gleiche wie ein Kamerad im Krieg, mit dem ich auf Du und Du stand. Nach einer »Vorlesung aus eigenen Werken«, die als Dienst angesetzt war, sagte er zu meiner Verwunderung plötzlich »Sie« zu mir.
Das sind zwei vergnüglich-nachdenkliche Beispiele für die oben erwähnte eingeborne Scheu vor den Künsten.
Wann begegnete mir zum ersten Male der Name Hermann Hesse? Es war zunächst ein gegenständlich-optischer Eindruck durch die von E. R. Weiß in einem biedermeierlichen Stil entworfenen, in kräftiges Leinen gebundenen Erzählungsbände »Nachbarn« und »Diesseits«, die in dem Büchergestell meiner Mutter standen. Gelesen habe ich sie erst viel später. Und ich dachte mir damals: also geht es andern auch so, andern Buben nämlich, was ich mir bisher noch nicht einzugestehn gewagt hatte. Es ist wohl so mit solchen Büchern, daß man sich auf einmal selbst geschrieben sieht, sich darin erkennt und nun erst Mut bekommt zu sein, wie man ist, und nicht nur so zu tun. Vor dem »Demian« steht es in Hesses Worten: »Ich wollte ja nichts, als das zu leben

versuchen, was von selber aus mir heraus wollte, warum war das so schwer?«

Nach dem Ersten Weltkrieg, in dem ich selber vorsichtig zu schreiben begann, vielleicht weil mir das geschriebene Leben als lebenswerter erschien, hatte ich den »Demian« gelesen, die Geschichte einer Jugend. Damit will ich sagen, daß der Dichter ganz allmählich für mich Gestalt wurde, also zuerst beinahe nur das Gesicht eines Buches hatte, eines von Abertausenden, die mich in ihrer Unzahl damals schon erschreckten und immer noch erschrecken. Denn natürlich fragte ich mich auch: Wozu so viele Bücher? Warum schreibt man sie überhaupt? Und noch immer neue dazu? Wäre ein Leben ohne sie denkbar und wäre dies gedachte Leben, das ihrer nicht bedürfe, am Ende das wahre, richtige Leben? Lieben wir nicht auch Bücher oft mehr als das Lebendige?

In München, bei einem Leseabend der »Argonauten«, vor rund einem Vierteljahrhundert, sah ich Hermann Hesse zum erstenmal mit eigenen Augen. Die Identität, die Harmonie des Dichters mit seinem Werk erschien mir offenbar und vollkommen. Das ist durchaus nicht immer so. Noch war der Briefwechsel, wenn man die Beziehung der Leser zum Autor so nennen darf, völlig einseitig. Dann aber kam eines Tages der für einen Anfänger in der Kunst so bedeutsame Augenblick. Hermann Hesse hatte in

einer Schweizer Zeitung eines meiner Bücher besprochen, also auch gelesen, und zu meinem Glück mit freundlicher Zustimmung. So etwas vergißt man nicht.
In den schlimmen Jahren, als die Heimat vorübergehend zu einem guten Teil außerhalb der Landesgrenzen lag, kamen jene Flugblätter Hesses auch zu uns und dann und wann ein Brief zu ihm, bis es dann vor zwei Jahren etwa zu dem Wiedersehen kam. Denn es war wie ein Wiedersehen, ich kann es nicht anders nennen. Es war so, als hätten wir einander vor vielen Jahren auf der Schule gekannt und gemocht und uns jetzt nach vielen, vielen Jahren wieder getroffen in Montagnola.
Ich wußte freilich: Bitte keine Besuche! Es war aber, so kam es mir vor, eine Art »Kann-Vorschrift«. Also kam ich, selbstverständlich vorangemeldet, auf den Berg.

»Warum stehen sie davor,
Ist nicht Türe da und Tor?
Kämen sie getrost herein,
Würden wohl empfangen sein.«

Wohl, wohl. Man hatte mir zwar erzählt, daß der Dichter unter gesundheitlichen Unbilden zu leiden habe und »verbittert« sei. Allein ich muß es ganz besonders gut getroffen haben. Er war reizend.

Wie sah er aus? Gewiß nicht wie ein Dichter, »wie man ihn auf die Pfeifenköpfe malt«, sondern wie ein Mensch, wie auszusehen und zu sein ja eigentlich der Auftrag von oben für den Künstler sein sollte. Er trug nicht den historischen Strohhut wie auf jener besonders gelungenen Photographie, die ich kannte, worauf er einem Gärtner gleicht (nichts gegen diese vertrackte, technisch-filmische, indiskrete, scheinbar herzlose Prozedur des Photographierens. Auch die Technik weiß manchmal, was sie dem menschlichen Objekt schuldig ist). Das Dichten, das sah ich hier, ist eine unablässige Vorarbeit, damit als schönstes Ergebnis eines Dichters Antlitz entsteht. Hermann Hesse erschien mir so alterslos, und es ist nach meiner Erfahrung immer ein Merkmal des Richtig-gelebt-Habens, wenn man einem Mann im Alter noch ansieht, wie er als Bub, und einer Frau, wie sie als Schulmädel war. Ich meine nicht jenes fatale Sich-als-jung-Gebärden. Denn man sollte immer gerade so alt sein und so aussehen, wie man Jahre zählt. Dann wird man alle Altersstufen wie Jahresringe ablesen können, in einem solchen Gesicht.
Nun muß ich noch ein Geständnis machen, das mir hoffentlich niemand falsch auslegen wird. Als ich ihn so sah, ihn lachen und reden hörte, dachte ich: Nun brauche ich eigentlich nichts mehr von ihm zu lesen. Da ist ja alles in einem. Ich habe es natürlich doch wieder getan. Aber es trug sich wirklich so zu. Noch

etwas erfuhr ich: Man kann noch soviel Bücher von einem Schriftsteller gelesen haben, von ihm, über ihn, und Bildnisse kennen, dies alles vermag einem nicht soviel mitzuteilen von ihm und seinem Werk, wie die leibhaftige Begegnung, der Besuch es vermag, und wäre es nur für einen kurzen Augenblick. Es war ein guter Tag. Das Werk Hermann Hesses liegt in einer der Bedeutung des Dichters würdigen, gleichsam ihm ähnlichen, für die Verehrung und Liebe seines Verlegers Peter Suhrkamp zeugenden, gültigen Gestalt vor, in einer Ausstattung, wie sie heute selten geworden ist. Zahllose Einzelausgaben sind dieser Gesamtausgabe vorangegangen. Das heißt also: Hesses Dichtungen sind jedermann zugänglich gemacht, und alle könnten sie lesen. Niemand sollte sich mit dem zufriedengeben, was über ihn und seine Bücher früher und jetzt geschrieben worden ist; denn allzuoft wird dadurch das irrige Gefühl hervorgerufen, man kenne ihn und sei mit ihm vertraut.

Es scheint mir an der Zeit, an dem Vorbild Hermann Hesses wieder einmal zu zeigen, warum es Dichter gibt und geben muß wie er und was ihr Auftrag von oben ist, ihr Beruf, ihre Stellung im menschlichen Verein. Soziologisch läßt sich Wesen und Ort des Dichters nicht leicht bestimmen. Die alltägliche Erfahrung eines Schriftstellers (leider oder zum Glück) ist, daß er, um ein scheinbar äußerliches Beispiel zu nennen, etwa beim Ausfüllen der Steuerformulare stets auf Schwierigkeiten stößt. Nichts paßt auf ihn. Ist er ein Arbeitnehmer oder ein Unternehmer? Er wird zu den sogenannten freien Berufen gerechnet, wie die Ärzte und die Rechtsanwälte. Man könnte sogar sagen: Dichter sind Anwälte, sind Ärzte, wenn sie auch den größten Teil ihrer Patienten und Mandanten nie zu sehen bekommen. In welchem Auftrag handeln sie? Hesse gibt darauf die Antwort: »Ich selbst halte für das entscheidende Kennzeichen meines Lebens und meiner Arbeit den religiösen Antrieb.«

Genus irritabile vatum – das reizbare Geschlecht der Dichter –, so formulierte es Horaz, wobei vates zugleich die Bedeutung »Seher« hat. Denn es ist ihnen aufgegeben, mehr zu sehen als (und für) die gewöhnlichen Sterblichen. Dazu sind sie da. Reizbar, wird man einwenden, sind wir doch alle! Und ist nicht Schriftstellerei ein Handwerk wie jedes andere? Man kann einem Dichter keine größere Freude machen, als wenn man ganz sachlich und nüchtern von »seinem Handwerk« spricht. Sein Werkzeug ist die Sprache, wie er zugleich Werkzeug der Sprache ist.

Nun bin ich bei dem Thema, das ich mir – Hermann Hesse zu feiern – gestellt habe. Warum feiern wir ihn? Was danken die Menschen, insonderheit wir Deutschen, diesem Dichter? Ich möchte ganz einfach sagen: Wir danken ihm seine Sprache. Müßig ist es, darüber zu streiten, welche Sprache der Völker die schönste sei. Jedes Volk wird mit Recht seine eigene loben, wie sehr sie sich auch im Laufe der Geschichte gewandelt haben mag. Wir dürfen getrost von der »menschlichen Sprache« reden, die einem immer wunderbarer und geheimnisvoller erscheint, je älter man wird, bis man endlich ahnt, was es heißt: »Im Anfang war das Wort.« Ich behaupte, daß schon das erste Wort ein dichterisches, also ein liebendes Wort war. Von diesem ersten Wort bis zu dem herrlichen Reichtum der Sprachen, der toten und der lebenden, war ein weiter Weg. Von dem Leben und Sterben der Sprache aber hängt die Existenz der Völker ab. Sie ist lebenswichtig. Ihre Anwälte und Ärzte sind die Dichter, deren einer Hermann Hesse heißt, im besten Sinne reizbar auch er, reizend-reizbar, möchte ich sagen. Der Mensch hat zwei Körper, der andere ist die Sprache. Sie hat ihre Anatomie und Biologie, Jugend, Krankheiten und Tod.

Denen, die aus nationalen oder politischen Empfindlichkeiten mit Dichtern wie Hermann Hesse und anderen hadern zu müssen meinen, sei gesagt, daß diese Dichter von je durch ihre »guten Werke« mehr für Vaterland und Mutterland, für ihr Volk und alle Völker der Welt getan haben, als irgendein Staatsmann es vermag. Die großen Staatsmänner wissen es auch. Die Erhalter und Hüter des nicht an

Grenzen gebundenen Reiches der Sprache retteten schon oft das begrenzte Land über seine zeitlichen Niederlagen hinweg. Aber auch die Sprache kann Niederlagen erleiden, besiegt werden, verarmen und zugrunde gehen. Sie ist immer in dieser Gefahr. Das Bewußtsein, daß in den vergangenen schlimmen Jahren ein Hermann Hesse außerhalb dieser Gefahr lebte und dichtete, war ein großer Trost, ein vaterländischer Trost.

Ich habe behauptet, das Ziel aller dichterischen Bemühungen sei, am Abend des Lebens so auszusehen, wie Hermann Hesse heute aussieht, man bräuchte ihn dann eigentlich nicht mehr zu lesen, sondern nur noch anzuschauen, um seines Werkes und Wirkens innezuwerden. Denn die Identität seiner geschriebenen Person und seines Antlitzes ist vollkommen. Aber wir würden ihn ja nicht wirklich sehen, ohne ihn gelesen zu haben.

Es ist ein schöner Brauch treuer Leser, am Geburtstag eines Dichters in seinen Büchern zu lesen oder ein Gedicht von ihm auswendig zu lernen. Ich werde am 2. Juli die letzten Seiten des 12. Kapitels des »Glasperlenspiels« lesen und in des Dichters Briefen, die an bestimmte Menschen und zugleich an uns alle gerichtet sind. Man besitzt seine Bücher erst, wenn man sie gelesen hat. Sie sind in des Wortes frömmster Bedeutung »die guten Werke«, die er für uns getan hat. Er sagt von ihnen: »Meine Aufgabe ist nicht,

anderen das objektiv Beste zu geben, sondern das Meine (und sei es nur ein Leid, nur eine Klage), so rein und aufrichtig wie möglich.«
Er hat das Seine vollauf getan.

(1952)

Die Idee der Toleranz

Ein Vortrag

Welche Gründe die Lessinggesellschaft zur Förderung der Toleranz bewogen haben, mich, einen Schriftsteller und Theaterkritiker, aufzufordern, zu Ihnen über die Idee der Toleranz zu sprechen, vermag ich nicht zu sagen. Vielleicht hält man mich für tolerant. Ich würde diese gute Meinung für ein hohes Lob nehmen: allein, ich fürchte sehr, ich darf es nicht als zutreffend erachten. Wer könnte es, ohne zu erröten? Wer vermöchte sich dieser Tugend im Ernste und ohne Hoffart zu rühmen? Ja, darf er es überhaupt, soll er nicht die Tolerierten kränken?

Als ich gefragt wurde, ob ich über die Frage der Toleranz und was darunter zu verstehen wäre, mich äußern wollte, sagte ich etwas vorschnell, wie ich einräumen muß, doch aus redlicher Bereitwilligkeit: ja! Ich tat dies, noch ohne eine rechte Ahnung davon zu haben, was ich zu diesem Thema zu erinnern hätte. Aber ich habe mich inzwischen bemüht, ihm auf meine Weise nachzugehen, das will heißen, ganz unphilosophisch, mehr auf die spielerische Art, die han mir nachsagt und deretwegen ich Sie um freundliche Toleranz bitten muß.

Die Tatsache allein schon, daß einsichtige Frauen und Männer die Notwendigkeit erkannten, daß Toleranz in deutschen Landen und allüberall auf der Erde einer Förderung und Pflege bedürftig wäre, zeigt zur Genüge, es möchte damit in der Welt noch nicht zum besten bestellt sein. Wir kommen nicht darum herum, den Begriff Toleranz zu deuten, und ich fand dazu den Satz: »Toleranz nennt man die Anerkennung des Rechts, welches jeder Mensch hat, seine Überzeugungen in Sachen der Vernunft und des Glaubens frei zu äußern und nach ihnen zu handeln. Die Intoleranz«, so heißt es weiter, »oder der Verfolgungsgeist, der falsche Religionseifer, erkennt nicht nur das natürliche und unveräußerliche Recht des Menschen auf Denkfreiheit nicht an, sondern verfährt auch bei der Verteidigung gewisser Meinungen, Lehr- und Glaubenssätze, bei der Unterdrükkung der entgegengesetzten Meinungen auf eine Art, welche ebensosehr der freien Natur des menschlichen Geistes als der öffentlichen Wohlfahrt zuwider ist. Stolz, Aberglauben, Herrschsucht, Eigensinn sind ihre Triebfedern.« Diese Einsichten sind über hundert Jahre alt, und auch die dagegen vorgebrachten Einwände darf ich nicht verschweigen: »Die Frage, inwiefern Toleranz gegen das Unrechte, anerkannt Schlechte und Verkehrte, Gemeinschädliche und Verderbliche selbst zu dulden sei, gehört nicht gerade zu der leichtesten der Sittenlehre.«

Es werden dann Voltaires Verdienste erwähnt, vor allem durch die erfolgreiche Aufklärung des Justizmordes an Jean Calas. »Er brachte die Sache vor den Richterstuhl der öffentlichen Meinung«, ich zitiere wörtlich, um damit anzudeuten, wie fragwürdig, wie unwägbar die Erfolgsaussichten des Toleranzgedankens sind. Die Niederlande, Großbritannien, Nordamerika, Friedrich der Große und Josef II. haben Toleranzgesetze erlassen, aber: »Der Geist der Duldung geht nicht aus Gesetzen«, so schließt der Artikel, »sondern aus dem Innern der Gesinnung, aus der gegenseitigen Achtung der menschlichen Natur hervor. Doch muß mit der Toleranz der Eifer für Wahrheit und Recht, welcher den Irrtum der Gründe widerlegt und die Bosheit durch gesetzliche Mittel bekämpft, verbunden sein, sonst artet sie in Gleichgültigkeit, Indifferentismus oder geistige Apathie aus.« Man sieht, so natürlich und begrüßenswert der Gedanke, den zu fördern wir übereingekommen sind, auf den ersten Blick sich darbietet, er hat auch seine Gefahren, wie denn alles Gute gefährlich, ja lebensgefährlich ist, warum nicht die Toleranz? Sie paßt vielen nicht in ihren Kram. Sie ist so unbequem.

Wem fiele es nicht sogleich auf, daß wir für den Ausdruck einer – ich nehme es gleich vorweg – im wahrsten Verstande menschenfreundlichen, gottgefälligen Gesinnung uns eines Fremdwortes bedie-

nen, das von dem lateinischen tolerare, das heißt: ertragen, erdulden, im Sinne von etwas Schweres, Drückendes tragen, aushalten, ausstehen, abgeleitet ist? Ich bin kein Feind von Fremdwörtern, ich toleriere sie. Aber ich bediene mich ihrer nicht ohne Not, die dann gegeben ist, wenn sie genauer sind, unzweideutiger, fast hätte ich gesagt: exakter (was sich dem Klang nach gewiß verteidigen läßt gegenüber dem flaueren »genau«). Das Fremdwort »Toleranz« nun, die Fähigkeit des Ertragens also, deckt es sich mit unserem Begriff »Duldung« oder »Duldsamkeit«? Ich weiß nicht recht. Mir scheint, rein gefühlsmäßig, dem Duldsamsein fast etwas von Nachgiebigkeit und Eingeschüchtertheit, von Sichdarein-Ergeben anzuhaften, und andererseits würden die, denen man Duldung angedeihen läßt, nicht viel mehr als nur »geduldet« sein, ein Beigeschmack, der mir nicht gefallen will.
Ich war in der Schule ein schlechter Lateiner und habe mit den Jahren diesen Mangel in zunehmendem Maße empfinden gelernt. Dennoch wage ich es, ein wenig zu »philologieren« und tolerare mit tollere (erheben) in der Ichform tolero mit tollo in nahe verwandtschaftliche Beziehung zu bringen – ein Blick in mein Schulwörterbuch, das ich im Alter mehr benütze als in meiner Jugend, gibt mir ein gewisses Recht dazu –, wonach nämlich der Wortseele etwas erheblich Zuversichtliches innewohnt, etwas Auf-

richtendes, Erhebendes, ja, im übertragenen Sinn sogar das Erzieherische. Es kommt dazu, daß Toleranz überdies auch in anderen Sprachen verstanden wird, und auf Verständigung kommt es uns ja an.

Lassen Sie mich in diesem Zusammenhang des Mannes gedenken, des verehrungswürdigen, mit dessen Namen sich unsere Gesellschaft ehrt. Denn ich möchte Lessing als Zeugen anrufen oder als sachverständigen Gutachter, aber zunächst nicht mit einem Zitat aus seinen Werken, sondern mit seinem Angesicht, wie es, herrlicher als in Bildern nach dem Leben, in der Totenmaske auf die Nachwelt gekommen ist. Erinnern Sie sich? Denn wir sollten es alle kennen! Es ist ein gescheites, wunderbar gelassenes, ein heiteres Gesicht, besser »Antlitz«, heiter im Sinne von serenus, das den Ernst mit einschließt. Mannesanmut, so mag man es nennen, prägt sich darin aus. Es hat Klarheit und Hoheit, und es hat Humor. Es ist edel. Es ist tolerant – vielleicht –, duldsam nicht. Oder hat das Wort »duldsam«, so zart, so wohllautend es ist, nicht doch fast etwas Butterweiches an sich?

Ich denke, wenn ein Mann mit dieser Gesichtsbildung, wenn Lessing für den Inbegriff von Toleranz in Anspruch genommen werden darf, dann trägt das wesentlich und sichtbar zur Erklärung und Bewertung des Wortinhaltes bei. Er gibt ihm Halt und Haltung.

Sie wissen, daß es eine Zeit gegeben hat, in der die edle Weltanschauung der Toleranz verpönt war und als Schwäche galt, da man sich damit brüstete, intolerant, brutal, barbarisch zu sein. Lessings Antlitz, das darf man wohl behaupten, sieht nicht nach Schwäche aus, aber nach Verstand. Es ist ein geistvolles Gesicht. Ich habe es oft erfahren, daß Verstand und Bildung ein vorzüglicher Nährboden für Menschengüte sind. Verstand und Güte vertragen sich wohl. Das Vertragen, die Verträglichkeit, sie enthalten ja auch das Tragen, das zu tolerare gehört, wie man ja auch einen Kummer trägt, im Herzen nämlich. Die Bezeichnung unserer zärtlichsten seelischen Empfindungen sind als Bilder und Gleichnisse aus der sichtbaren körperlichen Welt in die Sprache eingegangen, wie etwa das schöne Wort »Zuneigung« oder »Gemütsbewegung«, und so wollen wir es auch mit dem Tolerieren halten, uns gegenseitig behutsam wägend wie auf Händen tragen.
So meine ich nun durch das innere Abhorchen und Anschauen nur scheinbar philologisch unserem Wort »Toleranz«, das beinahe hart im Ohr tönt, so wie rollende Kiesel am Strand gegeneinander klinkern, auf den Sinn gekommen zu sein.
Toleranz bedeutet uns nicht nur die passive Fähigkeit, unsere Mitmenschen, fremde Meinungen, Sitten, Glaubenssätze, Gebräuche und Gesichter gutwillig-nachsichtig zu ertragen, sondern vor allem die

tätige, ethische Verpflichtung, uns Mühe zu geben, selber einigermaßen erträglich zu sein.

Wir wissen, daß es bei allen Völkern schier unerträgliche, höchst unausstehliche, ausdermaßen ärgerliche Menschen gibt, die allen Toleranzen spotten, ja die auf Kosten der duldsamen Mitsterblichen und ihnen zum Tort mit Fleiß sich intolerantissime benehmen, und wir alle wissen es, daß man mit Gegebenheiten rechnen muß, da man versucht ist zu sagen: Toleranz in allen Ehren, aber – –

Nein. Kein Aber. Ich fürchte, meine toleranten Zuhörer, die wahre Toleranz, die eine Tugend ist, zu der also Mut gehört, beginnt erst dann, wie alle Tugenden, wie Wahrhaftigkeit, Redlichkeit, Freundschaft, sinnvoll zu werden, wenn man in die Gefahr, in die, oft verzeihliche, Versuchung gerät, an ihr zu verzweifeln oder sie zu verlieren, in der Prüfung also.

Ich sagte vorhin schon, daß Toleranz etwas Kränkendes haben kann, etwas Aufreizendes, was sich in die leidige Redensart kleidet: es gibt auch anständige Deutsche, Bayern, Preußen, Sachsen, Engländer, Franzosen, Juden, Amerikaner, Russen, Japaner und so weiter, wie es andererseits schon beinah intolerant ist, Anspruch auf Toleranz zu machen. Der Mensch ist an sich schon ein hinreichender Grund zur Toleranz.

Ich will dafür ein Beispiel geben. Ich habe mir sagen

lassen, in Schweden seien die Menschen mit Erfolg bemüht, aufeinander Rücksicht zu nehmen und vor allem leise zu sein. Danach würde Toleranz eine Tugend der Sozialität heißen, um einander das Leben so erträglich, so tolerabel wie möglich zu machen. Verweilen wir zur Auflockerung meines Sermons einen Augenblick beim Menschen als dem geräuschvollsten Lebewesen.

Wer einen zoologischen Garten besucht, dem muß es angesichts der großen Schar von Lebewesen aller Gattungen, die dort auf engem Raum beisammen wohnen, auffallen, wie still Tiere sind, beispielsweise die Elefanten. Ohne Zweifel: das geräuschvollste Lebewesen ist der Mensch!

Es lohnt sich, einmal ganz unvoreingenommen darauf zu achten und sich Rechenschaft zu geben über die zahllosen Geräusche, die ein einziger schwacher Mensch im Laufe eines Lebenstages oder auch nur in einer Stunde mittelbar und unmittelbar hervorzurufen imstande ist. Ich habe kürzlich den Versuch gemacht, es mir aufzuschreiben, und bin schon nach kurzer Zeit zu der betrüblichen Erkenntnis gelangt, daß der Mensch geradezu seinen Hauptdaseinszweck darin sieht, möglichst viele Geräusche zu machen. Er scheint sich nicht glücklich zu fühlen, wenn er sich nicht andauernd hört. Sein ganzes Sinnen und Trachten von früh bis spät scheint einzig darauf gerichtet zu sein, Lärm zu verursachen, den

Wilden ähnlich, die durch Lärmen böse Geister fernzuhalten meinen. So viele böse Geister gibt es gar nicht.

Lassen wir die Erfindungen ganz beiseite, die der Mensch zusätzlich gemacht hat, lediglich in der Absicht, damit sie, wie etwa die Uhr (unser Ohr hat sich schon so an sie gewöhnt, daß wir sie gar nicht mehr hören), unser unersättliches Geräuschbedürfnis maschinell befriedigen, mittels all der kunstreichen Apparate nämlich, die sozusagen für uns lärmen.

Gewiß, auch Tiere sind zuweilen laut. Der Löwe brüllt, der Pfau schreit, der Frosch quakt und die Grille zirpt. Aber keines tut es mit solcher Ausdauer wie der Mensch.

Ich hatte Gelegenheit, einen Zimmergefährten gleichsam als Versuchskaninchen 24 Stunden lang vom Augenblick des Erwachens, den Tag und die Nacht über also, bis zum Augenblick des Wiedererwachens, in aller Ruhe geräuschlich abzuhorchen. Meine Behauptung wurde vollauf bestätigt. Meine Versuchsanordnung bewährte sich dabei einwandfrei.

Ich will die unterschiedlichen Schlafgeräusche: das Schnaufen, Schnarchen, Stöhnen, Im-Traume-Reden, das Zähneknirschen, Schmatzen, die Umherwälzgeräusche (verstärkt noch durch das Knartzen der Bettstatt und das Seufzen der Sprungfedern) und so weiter übergehen und mich gleich denen des wachen Menschen zuwenden, zunächst den Aufstehgeräuschen. Der normale Mensch fühlt sich offenbar erst dann wach, wenn er seine Lautspender, vor allem Mund und Nase, auf ihre Intaktheit hin ausgiebig überprüft hat. Er könnte ja sonst am Ende meinen, er sei über Nacht gestorben. Es geschieht bei den einen durch ein behagliches Wonnegrunzen, bei anderen durch mannigfache Äußerungen des Unwillens, durch Knurren, Murren, Raunzen, durch Räuspern, Schnorcheln, Schneuzen oder auch nur durch Gähnen, das oft tierische Formen annimmt und in vereinzelten Fällen mit einem lauten Zähneaufeinanderklappen endet. Auch das Dehnen der Glieder ist hörbar, besonders das Knacken der Gelenke.

Niemand steht gerne auf. Es bedarf dazu eines Entschlusses, an den man nur dann glaubt, wenn man ihn laut werden läßt. Ein kurzes »Na!« (der erwachende Mensch hat sich aufgesetzt), ein ermunternder Schlag der flachen Hand auf die Schenkel (er hat sich erhoben). Reinliche Naturen pflegen sich nun zu waschen. Auch mein Zimmergefährte tat es. Er legte es gleichsam als musikalisches Intermezzo ein. Er huldigte einer weithin hörbaren Sauberkeit mit Pusten, Schnauben, Schnattern, Pantschen, Pritscheln, melodiösem Gurgeln, dem er sogar Arien unterlegte, und borstenrauschendem Zähneputzen.

Die Eigengeräusche des Frisierens, wenn man das leise Knistern und weiche Strählen der Haare überhören will, auch die des Rasierens sind nicht sehr ergiebig. Also pfiff er sich eins dazu, wie er denn, wenn er nicht sprach, gern im Zimmer auf und ab ging und daseinsberechtigt vor sich hinpfiff. Auch gehörte er zu der nicht seltenen Art Menschen, die jeden Gegenstand des täglichen Gebrauches, was meist ein Zeichen unbefangener Jugend ist, auf seine Festigkeit und seine allenfalls innewohnenden musikalischen Kräfte hin untersuchen. Krüge, Schuhe und Stühle werden fest hingesetzt, von einem Tisch durch einen freundschaftlichen Patsch auf die Platte Besitz ergriffen, Fensterscheiben betrommelt, alles in dem gewissenhaften Bestreben, sich ja keine Gelegenheit zum Geräusch entgehen zu lassen. Treppen werden hinabgepoltert, Türen ins Schloß geworfen, an Gittern entlang gerattert.

Das Tier ist, Papageien ausgenommen, meist auf wenige Töne angewiesen. Der Mensch beherrscht sie alle bis zum Brüllen, beim Reden, Lachen, Singen.

Tagsüber bedient sich der Mensch mit Vorliebe der von ihm ersonnenen Lautsprecher: der Maschinen, der Eisenbahn, des Motorrads, des Autos, des Klaviers, des Radios, ja des Flugzeugs und zahlreicher Gewehre und Kanonen. Was für eine leise, romantische Erfindung ist dagegen doch das Fahrrad. Es

stammt eben noch aus einer Zeit, da man empfindsamer lebte als heute.
Wie es einen Rauchverzehrer gibt, so müßte ein Geräuschverzehrer erfunden werden. Aber ich fürchte fast, wir hielten die Stille nicht mehr aus, und wenn wir sie ganz selten einmal, vielleicht in der Sternennacht im Gebirge, erleben, dann sagen wir: »Wie still es doch ist!« und fürchten uns fast davor.
Endlich ist es dann dem Menschen gelungen, Geräusche zu erfinden, die so stark sind, daß er selbst davor erschrickt, ja furchtbarer, als er es erträgt, Geräusche, neben denen der Donner der Gewitter noch süßer Wohllaut ist. –
Ich will mit diesem harmlosen Beispiel sagen, daß die Toleranz im täglichen Leben der Rücksichtnahme, dem Takt nahe verwandt ist und daß wir alle etwas dazu tun können, auch hier die Toleranz zu fördern.
Aber Sie erwarten von mir gewiß auch ein Wort zur heiklen Frage der religiösen und rassischen Toleranz. Ein genauer Freund von mir steht auf dem Standpunkt, daß es in der Religion, daß es bei Glaubensfragen nach der Natur der Sache keine Toleranz geben dürfe noch könne. Er will dabei gewiß nicht unterstellen, daß die Duldung – ich verwende das Wort nur der Abwechslung halber – Kompromißbereitschaft bedeute. Toleranz bedeutet nicht Aufgabe der eigenen Meinung aus Gefälligkeit oder im Sinne

eines – der Klügere gibt nach. Aber freilich verbietet sich für den Toleranten jede Gewalttätigkeit oder Nötigung. Toleranz ist vorzüglich auch eine christliche Tugend oder sollte es doch sein. Aber sie konnte es nicht verhüten, wie die Geschichte beweist, daß im Namen einer toleranten Lehre recht intolerante Dinge sich zutrugen. Die Lehre Christi hat doch die Welt auch nicht vom Rassenhaß und vom Nationalismus erlöst, der immer eine bedrohliche Verlokkung zur Intoleranz bildet und bilden wird.
Fanatismus vollends und Toleranz schließen sich aus. Natürlich könnte man sagen, ein Glaubenssatz sei seiner Natur nach »intolerant«, wie es solchermaßen ein mathematischer Lehrsatz, wie es die unerschütterliche Wahrheit ist. Es gibt wohl Menschen, die die Stirn haben aufzubegehren: du bist intolerant, weil du recht hast.
Ich habe die Frage absichtlich etwas überspitzt, um zu zeigen, daß Toleranz kein Befehl, sondern eine fromme Bitte ist, ein Vorschlag zur Güte. Sie wendet sich an die Vernunft, und was sie freilich gelassen wird erdulden müssen, sind Spott und Hohn der ewig Intoleranten. Beispiele für Unduldsamkeit sind viel leichter beizubringen als für Duldung.
Es gibt eine verehrungswürdige Gestalt, an der die wehrlose Macht der echten Toleranz auf wunderbare Weise sichtbar wurde. Ich meine Dr. George Washington Carver, den berühmten Negerwissen-

schaftler, der 1860 noch als Sohn eines Sklaven geboren wurde und 1943 starb. Er hat unter anderem über hundert Produkte aller Art aus der Süßkartoffel und dreihundert aus der Erdnuß entwickelt. Er wird in der Beschreibung seines Lebens ein »Apostel der Menschlichkeit« genannt, mit Recht, und das Beschämende ist, daß nicht die Toleranz der Weißen gegen den Farbigen, sondern die Toleranz des Schwarzen gegen die Weißen in diesem außerordentlichen Leben der Idee zum Siege verholfen hat.

Toleranz ist Beispiel. Von Carver gibt es den Satz: »Ich werde mich von niemandem so tief entwürdigen lassen, daß ich ihn hasse.«

Er durfte wegen seiner Hautfarbe nicht durch den Hoteleingang gehen, um zu dem Vortragssaal zu gelangen, in dem er sprechen sollte. Aber er nahm diese Intoleranz hin, weil sie nicht ihn, sondern die Weißen erniedrigte. Ich für meinen Teil habe es immer als eine Bereicherung der Menschheit empfunden, daß es nicht nur unsere Himbeerpuddinggesichter, sondern gottlob auch andersfarbige gibt, auch wäre es nicht auszudenken, wenn es auf der Welt nur Chinesen oder Bayern oder Sachsen gäbe oder alle Menschen schwäbeln würden.

Ich mußte beim Lesen der Carver-Biographie an das Gedicht von Seume denken, das anhebt: »Ein Kanadier, der noch Europens übertünchte Höflichkeit nicht kannte ...«, das liebe, alte Gedicht, aus dem so viele Zitate stammen, wie »Hummer, Lachs und frischer Bärenschinken«, oder »Seht, wir Wilden sind doch bessere Menschen!«, und »er schlug sich seitwärts in die Büsche.«

Das Gedicht stand im Schullesebuch meines Vaters als ein liebenswürdiges Zeugnis der Toleranz, und vielleicht kannte es der Feldwebel, der während des letzten Krieges Bewachungsmannschaften für Kriegsgefangene abstellte und sagte: »Behandelt die Gefangenen, wie ihr behandelt zu werden wünscht, wenn ihr das Unglück haben solltet, in Gefangenschaft zu geraten!«

Das Seumesche Gedicht und noch ein anderes aus dem Struwwelpeter mit den so rührend-einprägsamen Zeilen: »Was kann denn dieser Mohr dafür, daß er so weiß nicht ist wie Ihr!« mahnen uns daran, daß man gar nicht früh genug mit der Weckung der Fähigkeit, tolerant zu sein und sie durch Enttäuschungen hindurch zu retten, beginnen kann.

Man sagt ja auch: Toleranz üben. Sie bedeutet nicht, sie kann nicht bedeuten: laissez aller, laissez faire, bedeutet nicht: ein Auge zudrücken oder alle beide. Toleranz ist kein Zeichen von Schwäche, sondern von Stärke oder bedarf ihrer, ich meine nicht Muskel- oder Waffenstärke, sondern Seelenstärke.

Lassen Sie mich noch einmal Lessing beschwören: »Menschlichkeit und Sanftmut verdienen bei jeder

Gelegenheit empfohlen zu werden, und kein Anlaß dazu kann so entfernt sein, den wenigstens unser Herz nicht sehr natürlich und dringend finden sollte.«

Ich glaube, ich könnte der langen Rede kurzen Sinn nicht besser ausdrücken als mit dem Inbegriff der Toleranz: Liebe deinen Nächsten wie dich selbst.

(1949)

Die Kunst, das Leben zu lieben

Vorausschicken muß ich, daß ich in der Wahl meiner Eltern sehr glücklich gewesen und in gesicherten, wohlbehüteten Verhältnissen aufgewachsen bin. Da ist es freilich keine Kunst, das Leben zu lieben, wird man einwenden. Allein von heute aus gesehen, scheinen dazumal um die Jahrhundertwende viele Menschen, die allen Grund zu einer dankbaren Wohlzufriedenheit gehabt hätten, nicht gewußt zu haben, wie gut sie es hatten.
Ich hatte eine glückliche Jugend, aber das Leben in mir, das Leben überhaupt scheint sich weniger, als man annehmen müßte, darum zu kümmern, welcher Wohlstand seiner wartet.
Ungeachtet des gutbürgerlichen Wohlstandes, der mich vom ersten Atemzug an umgab, hatte ich Angst vor der Welt. Ich erinnere mich daran sehr deutlich, und es ist merkwürdig genug, daß ein Kind von Anfang an schon in bezug auf das Erdendasein ein so deutliches Gefühl einer – Zumutung haben kann, der es sich nicht gewachsen fühlt.
Niemand hat es auf gewisse Schwierigkeiten, die das Leben bietet, aufmerksam gemacht. Woher weiß es davon, wenn es morgens in seinem Gitterbett erwacht? Warum mißtraut es sich? Es scheint ihm die

süße Ahnungslosigkeit gefehlt zu haben, es muß da etwas mitbekommen haben, daß es sich schon so früh fehl am Platze fühlte, daß es »fremdelte« und seine älteren Brüder beneidete, weil es für sie offensichtlich keine Schwierigkeiten gab und sie sich ihrer Sache so sicher fühlten. Sie taten einfach mit. Ich tat nicht mit, aber ich verfiel sehr bald darauf, wenigstens so zu tun als ob, mit einer gewissen Schläue, damit die »Andern« es nicht merkten, daß ich – so kam es mir vor – nicht dazu gehörte und mich in etwas Unvermeidliches schicken müsse.
Ich glaube, daß es mir nicht allein so ging, mit dem Zurechtfinden im Umgang mit der Gewohnheit, dem »Trott«, und ich vermute, daß das, was sich in mir so früh auflehnte, ganz einfach das natürliche Leben war, das animalische Freiheitsgefühl, das wir etwa an einer Katze bewundern, das Eigenleben.
Man soll nicht denken, daß ich mich für etwas Besonderes oder gar Besseres hielt. Wenn ich mich auch fügte, so empfand ich mich doch oft als Fremdkörper. Ich sonderte mich nicht ab, aber von Kind an blieb mir das lästige Gefühl, ein Fremdling zu sein. Ich tat mir nichts darauf zugute – wieso auch? – Doch litt ich darunter, als hätte ich mich nur zufällig unter die Menschen verirrt, nur zuschauenderweise gewissermaßen.
Meine Mutter sagte von mir, als ich noch klein war: Er kann sich so gut allein beschäftigen. Ich hatte al-

lerdings von früh an die Gabe des Spielens, die mich nie verlassen hat. Und diese Verspieltheit – man hat sie mir oft zum Vorwurf gemacht, wenn ich auch nie recht begriff, warum sie ein Fehler sei – scheint mir die eigentliche Grundlage der Kunst, das Leben lieb zu haben. Im Anfang war das Spiel, und ich kann es mir gut vorstellen, daß Gott die Welt aus reiner Langeweile erschaffen hat. Wo immer man sie betrachtet, schaut man seinem Spiel zu, dem Spiel von Kräften, dem Spiel der Winde und der Wolken, der Schneeflocken, der Töne und Farben, der Kristallisation, der Kinder, der Mücken, dem Spiel der Schmetterlinge und dem Spiel der Liebe. Das stets unterhaltende, schöne, aufregende und oft traurige Spiel des Lebens ist mein Steckenpferd.
Ich nehme also nichts ernst? Nichts als das Spiel. Ich weiß sehr wohl, wer der ewige Spielverderber ist, der Durcheinanderwerfer, der die Spielsachen kaputt macht.
Als Kind habe ich, obwohl ein Bub, mit Puppen gespielt und eine liebte ich besonders, obwohl sie nur aus grauem Gummi war und gleichsam unaufhörlich strammstand, denn die Arme lagen fest am Körper an wie beim Apoll von Tenen, und die Beine waren zusammengewachsen. Sie hatte einen metallischen Nabel, und wenn man sie drückte, quietschte sie.
Wie nachsichtig muß ein Kind sein, in so einem stei-

fen Ding seinesgleichen zu sehen. Denn das tut es. Es ist sein anderes Ich, sein Gefährte, vielleicht sein Engel. Diese Puppe war gar nicht schön und liebenswert. Aber die schöpferische Phantasie des Kindes machte sie dazu, um so leichter, als die Puppe ein völlig ausdrucksloses, unpersönliches, törichtes, lebloses Ding war.

Das wäre ja dann die Gabe, das Leblose zu lieben und, in der Vorstellung wenigstens, zum Leben zu erwecken.

In dieser Puppenliebe verriet sich vielleicht die erste Regung zum künstlerischen Gestalten. Vielleicht war die erste Menschendarstellung eine Puppe und wurde dann erst Götteridol, das noch viel von dem Puppenstadium behielt. Auch hier kam Gott als Kind in die Welt.

Wie ist das eigentlich, wann und auf welche Weise geschieht es, daß der Mensch zum ersten Male sich als Künstler fühlt? Wann und warum merkt er, daß er zur »Gilde« gehört, wie kam es, daß es mir, dem jüngsten von vier Brüdern, die doch alle unter völlig gleichen Bedingungen aufwuchsen, schon als Gymnasiast so erschien, doch ohne, daß ich eigentlich hätte sagen können, als was für ein Künstler? Dabei war meine Begabung recht bescheiden, wie ich heute weiß. Doch ein wenig Einbildungskraft läßt sich nicht leugnen.

Niemand hat mir gesagt, daß ich zeichnen solle.

Meine früheste Erinnerung an das Vergnügen, das im Grunde darin besteht, eine Spur zu hinterlassen, ist wunderlich genug. Ein Kindermädchen hatte den Einfall, in die glatte Fläche des Butterbrotes mit der Messerspitze kindlich-kunstlos Häuschen zu zeichnen. Das schien mir bewundernswert genug. Es reizte mich, es der Künstlerin gleichzutun. So begann es.
Später versuchte ich auch auf Stramin zu sticken, übrigens sogleich nach eigenem »Entwurf«. Es war freilich wieder ein Haus, aber immerhin selbständig in eine andere Technik und ins Farbige übertragen. Das gestickte Haus hat sich lange erhalten. Es ging mit vielen andern Häusern erst im letzten Krieg zugrunde. Damals wie später arbeitete ich stets am liebsten aus dem Kopf. Als Material war mir alles recht, Schnee, daraus ich einmal im Garten eine Sphinx modellierte, angelaufene Fensterscheiben, Papier, Sand, Ton dienten mir als Werkstoff, und früh schon sah ich überall Gesichter und Gestalten, in den Wolken, in der Maserung des Holzes, in Tapetenmustern, in Bäumen und Felsen. Es machte mir Spaß, ein Blatt Papier wahllos mit einem Gewirr von Linien zu bedecken und daraus durch ergänzende Striche Gesichter und Figuren zu entwickeln: Tiere, Menschen, Landschaften.
Sehr früh, so bilde ich mir ein, hatte ich einen Begriff vom Schönen, daß ich glauben möchte: der Mensch

bekomme diese Gabe von oben mit, sie unterscheide ihn von allen Kreaturen, mache ihn überhaupt erst zum Menschen.
Ein Mensch ist erst, wer die Empfindung des Schönen hat. Versteht sich das nicht von selbst oder sind nicht gerade die Dinge, die sich von selbst verstehen, im Grunde am unbegreiflichsten?
Niemand hat mir gesagt, daß es das Schöne gibt, woher weiß man es? Wie auch die Ansichten, was das Schöne sei, auseinandergehen mögen: den Begriff gibt es. Vielleicht ist es der Urbegriff der Schöpfung, ihr erster bildender Gedanke: es werde schön und es ward schön.
O, ich weiß wohl, daß sich darüber streiten läßt, was eigentlich das Schöne sei, und so will ich, was mich bewegte, lieber einschränken und es als Lust am Schönen verstehen. Einmal muß es begonnen haben, mich zu bezaubern, und ich liebte es in mancherlei Gestalt vom Tautropfen im Blattkelch einer Lupine angefangen über den Sternenhimmel bis zum schönen Menschen, den schönen Künsten und der Musik und es ist immer noch im Zunehmen. Ich bin nämlich im Gegensatz zu andern der Meinung, daß es das Schöne gibt, daß es ein Abglanz Gottes ist und daß es das Leben überhaupt erst lebenswert macht.
Ich selber war zu meinem Leidwesen alles andere als schön und auch nicht besonders intelligent, ich

lernte ein bißchen schwer, wobei zu erwägen wäre, ob Verstand nicht geradezu am Glücklichsein hindert, und wäre für mein Leben gern schön und liebenswert gewesen, denn ich meinte, worin ich mich vielleicht irre, es gebe kein angenehmeres Gefühl als schön zu sein, untadelig, ein Wohlgefallen der Schöpfung. Menschliche Schönheit ist sehr selten und die Ansichten darüber sehr verschieden. Es ist verhältnismäßig leicht, das Häßliche, doch sehr schwer, das Schöne zu beschreiben. Aber jeder Mensch meint zu wissen, was schön ist. Auch ich für meinen Teil glaube es zu wissen. Die stete Bereitschaft, die wache Empfindlichkeit für den Anblick schöner Menschen und Dinge halte ich für eine der wichtigsten Voraussetzungen der Lebensfreude.

Mich selber also fand ich scheußlich und habe von Kindheit an bis heute eine ausgesprochene Antipathie gegen Menschen, die mir ähnlich sehen. Ich wäre wohl gerne schön gewesen wie – nun wie Pieter Maritz, der Burensohn von Transvaal, den ich nach den Illustrationen in einem Jugendbuch für den Inbegriff der Schönheit hielt. Ich nahm mir ernstlich vor, ihm ähnlich zu werden und bildete mir, wenns mich heute auch wundernimmt, tatsächlich ein, daß diesem Wunsch eine verwandelnde Kraft innewohne. Ich sah mich daraufhin im Spiegel an, ob ich meinem Vorbild ähnlicher würde, aber es glückte nicht.

Über die Maßen schön erschien mir, als ich neun Jahre alt war, ein Mitschüler und entfernter Vetter. Ich weiß noch, wie es mich beseligte, als ihn meine Mutter einmal als besonders hübsch bezeichnete. Ich hörte es im Vorüberspielen in unserm Garten bei den Turngeräten, als ich dem Schönen nachlief, ihn zu fangen. Ich sehe mich selbst dabei, als jemand andern, im Matrosenanzug und spüre noch das Glücksgefühl mir über Augen und Wangen gehen.

Vor etlichen Jahren wurde ich, ich weiß es noch wie heute, in der Trambahn zusammen mit einem Freund mitten im Alltag unversehens einer jungen Frau ansichtig, und wir beide wurden uns gleichzeitig der Einzigartigkeit der Schönheit dieser Erscheinung bewußt.

Die Frau befand sich in Begleitung eines sympathischen, aber offenbar unbedeutenden Mannes, ihres Gatten vermutlich, zu dessen Linken sie saß. In ihrer Haltung der Umwelt gegenüber war eine gewisse Scheu, als schäme sie sich ihrer Schönheit, als müsse sie darob um Verzeihung bitten. Dies lag in einer sich von der Welt abkehrenden Bewegung ihrer Schulter. Übrigens war sie ungeschminkt, ihr dunkelblondes Haar ungefärbt, ihr Kleid unauffällig und war doch ungeachtet ihrer Schönheit ein sterblicher Mensch aus Fleisch und Blut, den Gesetzen des Alterns, der Krankheit und des Todes gehorsam, dennoch aber ein makelloses Gleichnis vollkommener Schönheit und Güte.

Die Begegnung, die einzige, nie wiedergekehrte, währte nicht lange, aber die kurze Weile genügte, das Ereignis unvergeßbar zu machen.

Irgendwo, mag der Leser einwenden, wird etwas Unvollkommenes an ihr gewesen sein, vielleicht die Hände oder die Ohren – nein, das ist es ja eben: alles war in Einklang, doch ohne langweilig zu sein, und wenn sie in Lumpen oder beschmutzt gewesen wäre, so wäre das nur auf ihrer Schönheit gelegen, wenn wie bei einer antiken Kultsäule ein Stück zerstört gewesen wäre, es hätte sich wie dort in Gedanken ergänzt.

Wieder in der Trambahn, also an einem scheinbar alltäglichen, prosaischen Ort sah ich ein abgehärmtes armes Weib, das auf ihrem Schoß einen schlafenden Knaben hatte, zu groß eigentlich schon für sein Alter, um so gehalten zu werden. Im Gegensatz zu ihrer dürftigen Kleidung war der Bub sorgfältig und sauber angezogen. Er trug einen nachtblauen Tuchmantel, ein seidenes Halstuch und eine Pelzmütze, unter der das kastanienfarbige Haar hervorkam, und war wie jene vorerwähnte Frau von untadeliger, schwermütiger Schönheit. Er schlief. Doch als er erwachte und die Augen aufschlug, die dunklen, langbewimperten, nicht wußte, wo er war, anmutig-verschlafen lächelte und wieder einschlief, das war schön und des Lebens Mühen wert. Wer die Gnade hat, solchen Anblicks innezuwerden, wird nie ganz unglücklich sein, nicht einmal in der Trambahn. Es gibt Menschen, die es fertig bringen, während einer kurzen Fahrt in der Trambahn oder Eisenbahn sich zu verlieben, ohne Worte zu wechseln, ohne Name und Schicksal zu kennen. Aber das Gedächtnis des Herzens nährt sich davon.

Was ich nun sage, mag ein wenig gruselig klingen. Ich sammle Augen, aber beileibe nicht in Spiritus oder wie einer Schmetterlinge und Käfer sammelt, sondern im Museum meiner Erinnerung. Sie gehören für mich zum sichtbaren, unwiderleglichen Beweis der Seele. Kann man Augen lieben? Anders als den Mund, den man küssen kann, die Haare oder die Haut, die man streicheln und liebkosen, den Duft, den man atmen kann. Und doch tauschen die Augen Zärtlichkeiten, die einer Ahnung von Seligkeit verwandt sind und der Liebe, wie man sie für Herzen empfindet.

Einmal muß jeder Mensch sie zum erstenmal entdecken: die silberäugige Nacht, die große Sternenwiese. Er wird erfahren, daß die Nacht gar nicht dunkel ist. Die Wolken machen sie nur dazu, die trüben Gedanken der Natur. Sie sind es, die ihre Herrlichkeit zuweilen verfinstern.

Ich erinnere mich gut, wie ich die Sterne zum erstenmal mit Bewußtsein sah, als Kind bei einer nächtlichen Wagenfahrt, und ich glaubte lange Zeit fest daran, daß, so sagte man mir, die Sterne die Augen der Engel seien, die durch Gucklöcher, wie bei einem Theatervorhang, auf uns herniederschauen. Zwischen den Sternen stand die Sichel des Mondes wie ein springender Fisch.

Wenn Menschen einander gute Nacht sagen, so klingt es fast, als wollten sie sich vor dem Schlafengehen gegenseitig versichern, daß die Nacht gut sei. Es gibt nichts auf der Welt, auch die Sonne nicht, was mich so unmittelbar zu trösten vermag wie der Anblick der Sterne über uns, als habe es etwas Beruhigendes, im Vergleich damit so winzig zu sein.

Wie aber, sind sie nicht wahllos ausgestreut wie Löwenzahnsamen, ohne eigentliche Ordnung? Ist es nicht eigentlich ein rechtes Durcheinander, was wir voll frommer Andacht bestaunen?

Es gibt von Schinkels Hand den Entwurf zu einem Bühnenbild der Zauberflöte, darauf die Sterne über den Wolken wohlgeordnet wie auf Kommando, wie Soldaten in Reih und Glied stehen. Was da im Bilde waltet, ist eine sehr menschliche Ordnung. Wenn wir einen Sternenhimmel willkürlich auf ein Blatt Papier zu zeichnen versuchen, dann merken wir, daß auch in der scheinbaren Unordnung eine schöne Ordnung waltet, der wir folgen müssen, sonst wird es kein Sternenhimmel.

Unsere Erziehung ist auf das Ordentliche gerichtet. Das macht uns blind für vieles, was aus der Ordnung fällt, für die Ausnahmen.

Und der Mond? Wie arm wäre die Erde ohne ihn. Zwei Monde? Alle Poesie wäre dahin.

Bei jener nächtlichen Wagenfahrt lag ich zurückgelehnt im blauen Polster der Kutsche und schaute nach oben. Seitdem verbindet sich der Geruch von Pferden und Wagenpolster für mich wunderlicherweise mit dem Anblick der Sterne.

Mit Astronomie und Astrologie habe ich mich nie ernstlich beschäftigt. Ich kenne nur ein paar der gebräuchlichsten Sterne: Orion, Großer und Kleiner Bär. Damit bin ich bisher ganz gut ausgekommen.

Auch habe ich es nicht mit der Philosophie. Dafür bin ich von Natur völlig unbegabt. Dennoch hätte ich meine Betrachtung damit beginnen müssen, indem ich die Begriffe Kunst, Leben, Liebe philosophisch erläutert hätte. Ich muß wohl, um Mißverständnissen vorzubeugen, mit ein paar Worten sagen, was ich unter »Leben« verstehe. Zunächst ganz einfach das Am-Leben-Sein, das Wohlgefühl des Lebens, die Euphorie.

Wer das Unglück hatte, (oder ist es ein Glück?) einmal völlig ausgeblutet gewesen zu sein, kalt bis ans Herz hinan dalag, preisgegeben und am Leben verzagend, dann aber spürte, im wahrsten Sinne »erlebte«, wie nach einer hilfreichen Einspritzung durch den Arzt es einen warm durchströmt, die Todeskälte schwindet, der wird wissen, was ich meine. In einem solchen Augenblick empfindet der Mensch unmittelbar ohne Umweg über den Verstand: das ist das Leben, die Lebenszärtlichkeit, das ist das Glück. Man ist wieder in den geheimnisvollen Kreislauf der Natur eingeschaltet.

Vielleicht hat er von jenem Dem-Tode-nahe-Sein diese Empfindung zurückbehalten. Denn er braucht künftig nur einen tiefen Atemzug zu tun, so hat er die gleiche, wenn auch sanftere, zärtlich-erquikkende Empfindung des Durchströmtseins, das man ein warmes Frösteln nennen könnte. Dieses Gefühl, das sich auch einstellt beim Anblick eines großen Kunstwerkes oder einer schönen Landschaft, meine ich mit »Leben«.

Ein bißchen wenig, wird man einwenden, wenn das alles ist –? Und doch beziehe ich davon recht eigentlich das, um dessentwillen andere mich für glücklich halten. Dieses Gefühl, ich will es so sparsam wie verschwenderisch schlechthin schön nennen (wie ich Schönheit überhaupt als Empfindung begreife), ist das ganze Geheimnis jenes sich unaufhörlich nährenden Glückes, der Fähigkeit, das Leben zu atmen, rein wie die Luft, zu atmen mit Mund, Augen, Ohren und Händen, die nichts anderes sind als verwandelte Atmungswerkzeuge. Es will mir nicht recht eingehen, daß andere Menschen, denen es in den äußeren Umständen ebenso gut geht, oder, das sind eine ganze Menge, bei weitem besser geht als mir, das Leben nicht so sehr zu lieben vermögen wie ich. Ich verlange es nicht von den Millionen, die es weniger gut haben als ich, obgleich ich auch unter ihnen nicht wenige gefunden habe, die das Geheimnis der ars vivendi kennen.

Freilich, es ist, doch nur zum Teil, auch eine Frage des sozialen Wohlstandes. Wohlstand? Sorgenfreie Existenz? Wirtschaftliches Auskommen? Zeit haben? Das klingt materialistisch und kapitalistisch. Es scheint mir angenehm, aber zwecklos ohne das unsichtbare, steuerfreie Kapital der Freude am Schönen.

Wem diese Eigenschaft verliehen ist, hat mehr vom Leben. Wer sie besitzt oder von ihr besessen ist, wird nie ganz unglücklich sein und nie ganz arm. Denn er besitzt die ganze Welt. Er mag diese Gabe bis zu einem gewissen Grade von oben mitbekommen haben, aber er erfährt es täglich, daß sie auch im Alter immer noch zunimmt. Denn des Schönen ist kein Ende seit den ersten Schöpfungstagen. Es ist nicht so, daß irgendwann alle Möglichkeiten erschöpft gewesen wären. Es ist unerschöpflich. Morgen kann etwas Schönes ohnegleichen entstehen, das in Jahrtausenden so noch nicht da war.

Ich fürchte, man wird nicht so leicht dahinkommen,

alle Menschen, aber mit der Zeit doch sehr viele, zu dem anzuleiten, was ich für die vornehmste Aufgabe der Erziehung zum Menschen halte, nämlich zur Befähigung, die Schönheiten der Welt in Natur, Kunst, Weisheit und Gottheit zu aller Glück lieben zu lernen. Aus Erfahrung weiß ich, daß es da noch unendlich viel zu tun gibt. Das Qualitätsgefühl im Umgang mit der Welt behutsam zu wecken, zu bilden und zu heben, ist, so schwierig es erscheint, von früh an zu erstreben. Kann man es überhaupt? Ich glaube schon. Es ist der Mühe wert.

Der Begriff des Schönen macht den Menschen erst zum Menschen, so behauptete ich eingangs, und es will mir scheinen, daß er jedem Menschen eingeboren ist, daß das Organ dafür vorhanden ist, aber verkümmern und veröden kann, wenn man sich nicht seiner bedient und ihm Nahrung gibt.

(1949)

Rückblick

»Was du dem Leben gibst,
gibt dir das Leben,
wie du das Leben liebst,
liebt dich das Leben.«

Als Sechzigjähriger darf man wohl die Frage an sich stellen, ob man auch den rechten Beruf ergriffen habe. Wie betrüblich aber wäre es, wenn man ihn völlig verfehlt hätte. In meinem Reisepaß steht gleichsam steckbrieflich vermerkt »Beruf: Schriftsteller«. Doch nicht nur mir sind bei dieser Bezeichnung Bedenken gekommen, ob Schriftstellern wirklich ein Beruf genannt werden kann. Es ist allenfalls ein Nebenberuf. Ich möchte nicht näher auf das billige Wortspiel eingehen, das beim Künstler von »Berufung« spricht. Rein gefühlsmäßig mißtraue ich solchen Formulierungen wie »mit Herzblut schreiben« statt mit redlicher Tinte, und wenn man mich schon fragt, ich mich selber frage, warum ich ausgerechnet Künstler geworden bin, dann muß ich nach eingehender Prüfung des Sachverhaltes antworten, weil es mich halt gefreut hat. In einem meiner Stücke wird ein Jüngling namens Donatus, das ist verdeutscht der Geschenkte oder der Gegebene, gefragt, was er werden wolle. Er antwortet: »Werden? Aber ich bin doch schon!«

Jeder Künstler, jeder Schriftsteller kann es erleben, daß seine Umwelt ihn eigentlich »anders« haben möchte, als er ist, und diese Umwelt ahnt nicht, daß sie ihm damit das nimmt, woraus er wirkt. Man drückt vielleicht gerade da verzeihend ein Auge zu, wo man die Augen recht weit aufmachen müßte. Es ist schon vielen aufgefallen, daß Hephästos, der Kunstreiche, hinkt.

Der glücklich Liebende, wozu sollte er Liebesgedichte machen, der Zufriedene, warum sollte er philosophieren? Wo im Leben alles stimmt, bedarf es nicht der Kunst, nicht des geschriebenen Lebens.

Was nun mich betrifft, so ist es zu meinem kleinen Teil mit meinem »Beitrag« sozusagen wohl nicht anders als bei den Großen, etwa bei Shakespeare oder Rembrandt, und der geliebte Lichtenberg deutet es uns: Was auf Shakespearisch in der Welt zu sagen war, hat Shakespeare offenbar gesagt. Soweit wir in dem Spiegel seiner Dichtung uns selbst erkennen, nur uns, ist noch nichts getan. Es fängt erst an, wenn wir ihn sehen, selbst wenn wir davor erschrecken und erröten, also wenn wir *mehr* sehen als nur uns.

Ach, man wird ganz klein und häßlich, wenn man solche Namen nennt. Aber man darf den Dingen nicht ausweichen, auch auf die Gefahr hin, daß man sich selbst wie durch ein umgekehrtes Fernrohr sieht, winzig klein, wie aus großer Entfernung.

»Wo bin ich hingeraten?« dachte ich schon als kleiner Bub. Denn die vor mir da waren, meine drei Brüder, die scheinen es mühelos zu können. »Das werde ich nie lernen«, dies war mein Eindruck von der Welt, z. B. vom Lesen- und Schreibenlernen.
Vor Büchern, besonders vor alten, hatte ich, ich weiß nicht woher, frühzeitig eine »heilige Scheu«. Wir hatten von einem Großvater, dem Pastor, solche Bücher, die aus Pietät in einem Schranke standen, dem sogenannten Erinnerungsschrank. Hufelands »Makrobiotik oder Die Kunst, das Leben zu verlängern« war dabei, ein kleiner Musen-Almanach in altgrünes Glanzbütten geheftet, worin Hölderlin mit Gedichten an Diotima vertreten war. Fénelons »Télémaque« und anderes. Kein Hahn krähte nach diesen alten Büchern, nur das Hähnchen, ich nämlich, und ich möchte wirklich wissen, wie es dazu kam. Denn auf solch frühes »Dazukommen« kommt es doch an! Ich bat mir die Bücher aus und erhielt sie.
Oder: Warum begann ich zu zeichnen? Meine Mutter sagte: »Ihn kann man allein lassen, er kann sich so gut beschäftigen.« Das war es wohl: ich beschäftigte mich, wie man einen Arbeiter beschäftigt. Ich war der in mir selbst beschäftigte Angestellte.
Meine Brüder hatten es schnell heraus, daß ich auf meine eigene Weise lebte. Sie straften mich mit der furchtbaren Drohung, in meinen Lieblingsbüchern Seiten einzureißen. Woher wußten sie, daß mich dies

schmerzte? Und warum schmerzte es mich? Und andererseits, warum hinterließ der Älteste, der mit 25 Jahren sich das Leben nahm, seine Bücher testamentarisch mir, nicht den andern?

Vor richtigen Berufen hatte ich einfach – Angst. Es blieb mir also schon gar nichts anderes übrig, als »Künstler« zu werden und somit meinen Neigungen und Liebhabereien zu leben, von ihnen zu leben. Dieses mein Leben bestand aus nichts anderem als aus – Liebhaberei. Wenn ich es schon nicht Kunst nenne, was ich zu meinem Vergnügen so vor mich hin fabrizierte, etwas anderes konnte ich nicht, so war es doch eine Kunst, davon, wenn auch bescheiden, zu existieren. Genug, nach Absolvierung des Gymnasiums wandte ich mich den schönen Künsten zu. Damals sagte eine Erlanger Dame: »Ach, die armen Eltern Penzoldt, ein Sohn soll ja Künstler geworden sein!«

Sie hatte so unrecht nicht. Ging ich nicht den Weg des geringsten Widerstandes, drückte ich mich um die ehrbaren Berufe? Ich spielte einfach weiter. Dabei stellte es sich alsbald heraus, daß ich nicht nach der Natur zeichnen konnte, sondern nur aus dem Kopf.

Ich machte Scherenschnitte, ich modellierte, ich zeichnete, malte und schrieb. Das war mir alles eins, nur in anderem Material, aber wie gesagt, am liebsten tat ich es auswendig. Zwei Künste blieben mir in der Ausübung verschlossen: die Musik und die Schauspielkunst.

Erst später merkte ich – und es freute mich –, daß die Menschen meiner Neigung alle besonders musikalisch waren. Das konnte ich doch vorher nicht wissen. Ich muß es ihnen angesehen oder gespürt haben. Denn meine Zuneigung ist optischer Natur.

Von sogenannten Doppel- oder Mehrfachbegabungen zu sprechen, ist irrtümlich. Es ist einfach Begabung. Man kann nichts dafür.

Niemals aber hätte ich Schauspieler werden können. Vielleicht bewundere ich diese Kunst so sehr, weil ich die Schliche nicht so gut kenne.

»Schauen« und »schön« sind Wortverwandte. Leider gehört die Scheu nicht dazu, wenn ich es auch gerne möchte. Was mich, den Zuschauer, betrifft, so könnte ich mir denken, daß das, was ich vorhin vom Künstler im allgemeinen sagte, auch auf das Theater zutrifft, auf den Darsteller. Es ist eigentlich das Unerlernbare, was auch hier den großen Künstler von der Umwelt unterscheidet. Auch der Gott des Theaters ist vor allem Eros. Ich habe das Wort einer Zuschauerin oft zitiert: »Wenn ich ins Schauspiel gehe, will ich mich für den Abend in einen Darsteller verlieben.« Das Theaterspielen und der Tanz sind vielleicht die animalischsten aller Künste. Und alle Künste haben ihren Ursprung im Kult, im Religiösen.

Der vermutlich uralte Brauch, daß der Zivilist hinter der Bühne, und wenn es noch so zieht, den Hut abnimmt, besteht zu Recht. Auch soll man den Begriff des Theater- oder Filmlieblings, wenn er auch zuweilen groteske Formen annimmt, letzten Endes auf das Kultische zurückführen, das ihm innewohnt. Die – wie soll ich es nennen? – die physiologische Wirkung der Künste, worin ich keine Entwürdigung sehe, spielt im Theater eine größere Rolle, als wir gemeinhin ahnen. Kunst ist eine natürliche, eine körperliche Funktion des Menschen, die befriedigt werden will wie Hunger und Durst und die Liebe, damit der Mensch leben kann.

Ist sie unsterblich? Alles Lebendige ist sterblich, seltsamerweise. Nur das Unbelebte kann nicht sterben, so banal es klingt. Und doch ist andererseits das beseelte Leben das einzige, was die Verwesung verhindert. Und man könnte darum sagen, nur das Sterbliche ist imstande, um das Unsterbliche zu wissen.

Das Thema dieser Betrachtung, wie anmaßend es auch klingt, bin ich, ist das »Ichts« –. Die Antike kannte dieses Wort im Vergleich mit dem Nichts. Es ist, glaube ich, das ewige Thema aller Kunst und somit wohl auch das meine. Es kommt eigentlich immer auf ein Selbstporträt hinaus. Ja, ich gehe so weit, und es läßt sich an manchen Völkern nachweisen, daß gewisse Formen und Ornamente oder eine gewisse Vorliebe dafür, wie etwa das sogenannte Fischblasenmotiv der Kelten, nicht kunstgeschichtliche Tradition, sondern gleichsam angeboren sind, zwangsläufig entstehen, so wie zum Beispiel die Schnecken, die spiralisch leben müssen. Bei aller Ehrfurcht vor meinem fränkischen Landsmann Dürer könnte man es bedauern, daß er in Italien war. Zum Glück kam seine Dürernatur doch immer wieder durch. Er konnte es nicht, niemand vermutlich kann es verhindern, Ich zu sein.

Denn jeden Künstler gibt es nur einmal. Überflüssig ist ein Dichter, der es genauso kann wie Hölderlin. In Wahrheit genauso konnte es nur er.

Wenn man sagt, der oder jener Schriftsteller habe sich ausgeschrieben, so ist das eine betrübliche Erkenntnis. Das Leben ist für einen Schriftsteller eben zu lang, in vielen Fällen wenigstens. *In* der Zeit läßt es sich schwer sagen, was bleibt. Manche haben ein kleines, jedoch unvergängliches Œuvre, wie Matthias Claudius, und manche haben ein vielbändiges, und es bleibt nichts.

Müßig erscheint es mir, mich zu fragen, was von meiner Spur bleibt. Sicher nicht die Freuden (und Leiden), die ich selbst dabei hatte, also die Augenblicke. Sie decken sich nicht mit dem, was dann auf dem Papier steht. Und weil ich nun schon so viel aus der Schule plaudere, warum soll ich es nicht sagen, daß mir einmal jemand sagte: »Am liebsten sind mir deine Briefe.« Da müht man sich nun sein Leben lang ab, Kunstwerke zu schaffen, und bekommt *das* gesagt! Also das Private wäre es dann nur, das sonst eigentlich niemanden angeht als das andere Ich! Wäre es möglich, daß die sogenannte künstlerische Unsterblichkeit gewissermaßen unter vier Augen bleibt? Warum nicht!

Irgendwo steht bei mir: »Deine Zärtlichkeiten sind klüger als Deine Worte«, ich hätte auch sagen können »poetischer«. Demgegenüber wäre dann alle Kunst nur ein unzulänglicher, wenn auch ganz beachtlicher Ersatz für die vornehmste und poetischste Kunst des Menschen, für die Liebe.

(1952)

Peter Suhrkamp über Ernst Penzoldt

Ernst Penzoldt war Maler, Zeichner, Bildhauer und Kunstkenner; Erzähler, Dramatiker, Feuilletonist; freundlicher Zeitgenosse, ein Liebender – so steht in fast allen Nachrufen zu lesen, und es klingt so endgültig, wie die Steinplatten auf ein Grab fallen, es abzuschließen. Indes habe ich nie bei einer Todesnachricht soviel Bestürztsein, soviel echte Bekümmernis in Gesichtern gelesen. Man muß sehr persönlich über Ernst Penzoldt sprechen, will man etwas von seinem Wesen überliefern.

Am 31. Januar 1955, auf dem Waldfriedhof zu München, stand ich, wie gewiß die meisten seiner Freunde, in arger Verlegenheit an seinem Grab, genauer: mit dem trostlosen Gefühl, etwas versäumt zu haben. Als allgemeines Gefühl ist das bei Freunden an Gräbern gewiß nichts Seltenes; aber mein Versäumnis gegenüber Ernst Penzoldt kannte ich genauer; es war konkret zu benennen: ich hatte ihm zu selten gesagt, *daß* und *wie* ich ihn liebe. Das hätte man ihm, es war sein Wunsch und Wesen, immer wieder neu zeigen und auch sagen müssen. Es gab kaum einen Menschen, der unter Freunden so gern und mit soviel Genuß gefeiert wurde. Liebe war sein Wesen, und nicht Liebe im allgemeinen oder in ihrer christlichen oder einer der beschränkenden sinnlichen Abwandlungen, sondern Liebe in ihrer Grundgestalt: als Eros. Leben ohne zu lieben, das war für ihn kein Leben; und Penzoldt liebte in der Tat zu jeder Zeit. Am 11. Januar durfte ich ihn nach seinem schweren Herzanfall das erste Mal besuchen. Die Krankenschwester brachte, während ich neben ihm am Bett saß, seine Post. Er blätterte sie vor mir hastig durch, nahm zwei Briefe von der gleichen Hand heraus und barg sie, über das ganze Gesicht errötend wie ein sehr junger Mensch. In seinem letzten Brief an mich vom 17. Januar, zehn Tage vor seinem Tod, schrieb er, seine künstlerische Grundlage sei seine »Liebesfähigkeit, in der irgendein Zauber liegt, der oft den Jungen und Schönen fehlt«. Dieses: »der oft den Jungen und Schönen fehlt«, ist ein charakteristisches Einsprengsel seiner Leidenschaft: Resignation, Vorbehalt kommen darin zum Ausdruck, auch ist es eine Äußerung erfahrener Enttäuschung und erlittener Schwermut. Er verlangte, geliebt zu werden, und im Umgang mit ihm bestand unausgesprochen der Anspruch, daß es ihm gezeigt und gesagt werde: er beanspruchte von uns den Dienst in der Liebe. »Liebeskrankheit, ist das nicht im Grunde der Zustand des Künstlers *überhaupt*, was wörtlich so etwas wie über den Kopf oder den Verstand hinweg bedeuten mag«, schrieb er in seiner Theaterkritik über Giraudoux' »Irre von Chaillot«. Widerschein der Liebesanmut der Seele in seinen Schriften, das ist ihr unfaßbarer, einzigartiger Zauber; ein Abglanz, eine seelische Lichterscheinung. Sie erscheint aufgespalten als Schnörkel, Humor, Güte, zauberisches Spiel und gelegentlich Hoheit. So konnte er sein »Dichten als Zierat der Liebe, ein Geschenk des Eros« bezeichnen. Und es war bei ihm mehr als Koketterie, wenn er äußerte: »Schreiben, heißt das nicht überhaupt etwas zuliebe tun?«

Ernst Penzoldt mußte nicht schreiben – wenn er nicht mochte. In letzter Zeit äußerte er verschiedene Male, er wolle nicht mehr schreiben, sondern nur noch reisen; Länder, die Welt sehen, zusammen mit den Jungen und Schönen. Er war in den Künsten Liebhaber – das bedeutet in Penzoldts Haltung nicht etwa Dilettant; es bezeichnet sein souveränes Verhältnis zur Arbeit und sein zärtliches Verhältnis zu seinem Material: zur Sprache und zum Wort. Darin ist die Quelle für seine nicht selten verliebte und verspielte Art, mit dem Wort umzugehen. Sie herrscht in großen Partien seiner Erzählungen und Romane vor; bis die Dinge zu einer entscheidenden Wendung zusammengespielt sind, dann folgen unvermittelt oft harte Reden, und die Sätze fallen knapp wie Schläge. Dann ließ der Dichter das idyllisch überglänzte Ungefähre und stand überraschend in einer verwandel-

ten, nun düsteren Welt und in Gefahr. Dichten hieß nach seinen eigenen Worten für ihn auch: »in Gefahr sein«.
Für Ernst Penzoldt bestand Liebe in ständiger Nachbarschaft mit dem Tod: Liebe und Tod – das war ein Ineinander.

Mir ward mit Freuden inne,
wie hold du wächst heran.
Ich habe dich im Sinne.
Ich bin dir zugetan.

Du gabst dich mir zum Essen
und warst mein Wein und Brot.
Ich kann dich nicht vergessen.
Ich weiß, du bist mein Tod.

Nun dürstet jede Stunde,
seit ich dich traf,
mich sehr nach deinem Munde
und nach dem großen Schlaf.

Du hast es wohl gelitten,
ich hab es gern getan.
Stumm kommt die Nacht geschritten.
Kalt weht's mich an.

In den Dichtungen Penzoldts wiederholt sich in immer neuen Abwandlungen eine Situation: daß das geliebte Wesen, als es eben heiß erwartet wird, im selben Moment im Tode heimlich davon ist und nicht mehr gesehen und nicht mehr begegnet wird. – In dem Liebenden aber lebt indes das Bewußtsein, daß der Geliebte im Tod nicht vernichtet ist, sondern in der Unsterblichkeit fort und fort besteht. Zu Ernst Penzoldts Welt gehört als Grundwesen die Unsterblichkeit. Der Tod, das Sterben: das ist darin etwas nahezu Beiläufiges, es geschieht in Blindheit. Es nimmt äußerlich nicht selten brutale und erschreckende Formen an; aber es geschieht wie aus Versehen. Nach seinem ersten Herzanfall berichtete Penzoldt, es wäre ihm gewesen, als hätte ein Elefant seinen Fuß auf seinem Herzen abgestellt gehabt und, weil er das Herz nicht bemerkte, nicht mehr fortgenommen. Ich bin keinem Menschen begegnet, der so gerne, so ausdauernd und so ausführlich über Krankheiten und über körperliche Verstümmelungen sprach. Als Sohn eines Arztes und als Sanitäter in zwei Weltkriegen hatte er sein gut Teil an Erfahrungen. Bei einem Hochzeitsmahl, das habe ich erlebt, war er auf keine Weise von der genauen Beschreibung aller Erscheinungen von Krebserkrankungen abzubringen. Als wären noch die bösesten Krankheiten Kuriositäten. Ich gedachte ihn davon zu heilen, indem ich ihn veranlaßte, ein Buch zu

schreiben, in dem einmal nur die Krankheit als Gegenstand herrschen sollte. So entstand der »Dankbare Patient«, ein nahezu heiteres, jedenfalls sehr versöhnliches Buch; aber meine Therapie war mißglückt.
Von seinen Freunden hat wohl jeder den Tod Ernst Penzoldts wie den angedeuteten Vorgang in seinen Dichtungen erlebt: er, der von einer Schönheit träumte, die an der Grenze des Unsichtbaren, Unzerstörbaren lag, hat sich fortgenommen ins Unsichtbare. Wir werden nie mehr ein Geschöpf sehen wie ihn. Er war überall eine auffällige Erscheinung. Nicht allein durch seinen Kopf und das Gesicht mit der Zinkennase, deren Spitze zudem schief gedrückt war, wie er das in Zeichnungen und Schattenrissen unvergeßlich immer wieder geprägt hat. Die reine Zeichnung des Amor-Bogens in der Oberlippe. Ich sah besonders gerne seine Hände an: Knöchel und Kuppen waren plastisch ausgetrieben, die Finger lang, aber nicht schlank, sondern stark und griffig. Es waren Werkelhände, die faßten, klaubten und spielten, mit eigenem starkem Leben. Sie bewegten ständig »Sächelchen«. Die ganze Gestalt – nicht recht in unsere Zeit passend. »Biedermeierlich« hat man gemeint, das war falsch. Eher war sie wie eine Gestalt aus seinen Dichtungen. Ich zitiere eine Stelle aus den »Causerien« über den Schornsteinfeger (nicht über Fritz Fliege, den Schornsteinfeger-Lehr-

ling im »Kleinen Erdenwurm«), weil sie aufschlußreich ist für Penzoldts Art, sich zu bewegen und zu sein: »Die Zusammenstellung von feierlichem Zylinderhut und Schlappen«, schreibt Penzoldt, »gibt dem Schlotfeger von vornherein etwas Vorurteilsfreies, Herrenmäßiges. Es gehört etwas dazu, mit einem rußgeschwärzten Gesicht unter den Menschen zu wandeln.« Darin sind für mich typische Gesten Penzoldts angesprochen und gedeutet. Er wirkte zeitlebens überall illegal.

Zeitschriftsteller unter seinen Berufskollegen schalten ihn biedermeierlich-freundlich, zu unkritisch und zu naiv. Sie mißverstanden seinen humanen Geist, seine Toleranz, seinen Witz – vor allem verstanden sie nicht seine allerdings unzeitgemäße Noblesse. Kurz vor seiner schweren Erkrankung fand eine Pressekonferenz der Münchener Staatstheater statt, deren dramaturgischer Berater er war. Der Spielplan der Staatstheater wurde wegen einer Überfülle von katholischen Stücken angegriffen. Der Angriff konnte nicht auf Penzoldt gezielt sein. Aber Penzoldt stellte sich vor seinen Intendanten, zog alle Angreifer auf sich, bis er das Zentrum aller Angriffe war. Eugen Roth, sein Freund, bezeichnet ihn als »mutig bis zur Verwegenheit«. Penzoldt konnte scharf ausfällig sein, und plötzlich im höchsten Eifer konnte es dann sein, daß er völlig verstummte; das gerötete Gesicht war fahlgrau, in den

Augen glomm verzweifelte Resignation: »Ah – so! So ist das also.« – Es war der gequälte Ausdruck eines zerstörten Engels.

Um aber weiter über Penzoldts äußere Erscheinung zu sprechen: ich habe an seinen Schultern Ansätze von Flügeln vermutet. Diese Vorstellung ist wahrscheinlich dadurch entstanden, daß in seinen Erzählungen Engel und menschliche Gestalten mit Flügeln sowie Träume vom Fliegen eine auffällige Rolle spielen. Ein solcher Traum vom Fliegen in »Idolino« ist für mich zur Erfassung der Gestalt Penzoldts besonders aufschlußreich. »Ich spürte meine Erdenschwere nicht mehr«, schreibt Penzoldt da. »Ich war ganz leicht und höchstens 18 Jahre alt. Vielleicht sah ich dabei gar nicht aus wie am Tage, sondern hatte eine andere Gestalt, jene im Leben und im Umgang mit dem Schönen erworbene heimliche Gestalt, die durch nichts zu vernichten ist, weder durch den Tod noch durch Feuer, noch durch Vergessenheit.« Jene andere, im Leben und Umgang mit dem Schönen erworbene, heimliche Gestalt war in der Erscheinung Penzoldts stets gegenwärtig. Penzoldt stammte aus einer durch und durch humanen und durch und durch gebildeten Welt. Von anderen ist seine für ihn so selbstverständliche Haltung gegenüber Erscheinungen unserer Zeit für Naivität genommen worden.

Zu unser aller und nicht weniger zu seiner eigenen

Überraschung war Ernst Penzoldt in den letzten Jahren zu Ruhm gekommen. Das geschah nicht auf Grund eines bestimmten hervorragenden, eines besonders starken oder erfolgreichen Werkes. Der Ruhm war unversehens bei ihm angekommen. Er war nicht etwa auf München beschränkt, sondern verbreitete sich überall im Land. Er – Penzoldts Ruhm – war sogar von den Zünftigen anerkannt. Er war auch nicht etwa nur auf die »Powenzbande« gegründet und von dem Orden der Powenzianer hinausgetragen. Es kam vor, daß Kenner den »Armen Chatterton« oder »Korporal Mombour«, vor allem die »Zugänge« und selbst »Idolino« höher schätzten. Dabei – das kann man ruhig zugeben – bestand keines seiner Bücher vor der Kritik ohne Einschränkungen. Sogar über die kleinen schmetterlingsleicht und -bunt schwebenden Causerien wurde geurteilt: reizend – aber er hat es sich zu leicht gemacht.

Bei einer stillen Überschau über das Werk von Ernst Penzoldt, veranlaßt durch seinen Tod, bin ich zu zwei Erkenntnissen gekommen. Das verhältnismäßig schmale Werk hat wie nur wenige andere in unserer Zeit, unbeabsichtigt und ohne Vorbild im Werk eines unserer großen Dichter, wie etwa das Werk Carossas an Goethe orientiert ist, Anschluß an die deutsche Literatur und Dichtung; es ist ein eigenes neues Reis, das die deutsche Literatur trieb, wie, in anderem Ausmaße, das Werk Gerhart Haupt-

manns oder das Werk von Hermann Hesse; wozu ich bemerken möchte, daß das Ausmaß nicht ausschlaggebend ist. Damit ist auch nichts über seine Größe gesagt. Über seine Größe entscheidet die Zeit. Nur bin ich überzeugt, solange deutsche Dichtung noch gepflegt wird, wird Ernst Penzoldt damit bestehen, während viele, die heute interessanter und mutiger erscheinen, ganz vergessen sein werden.
Und meine andere Erkenntnis: ich sehe kein Werk eines anderen zeitgenössischen Schriftstellers bei uns seit Gerhart Hauptmann – und das sage ich sehr überlegt – mit soviel einzigartigen, neugeschaffenen Gestalten. Gestalten, die reine Erfindungen, Schöpfungen des Dichters und nicht nach Modellen aus dem Leben oder aus der Literatur geschaffen sind. Für die Powenze – besonders Balthus – für Idolino, für Olifant und Charis, für Emilio und Amaryllis, für König Sebastian, für Doktor Jokim und für Squirrel, um nur einige aus ihrer großen Familie zu nennen, gibt es keine lebenden Modelle. Sie sind auch nicht etwa reine Phantasiegestalten jenseits jeder Wirklichkeit. Nachdem sie geschaffen waren, wurden sie zu gültigen Figuren der Wirklichkeit, weniger der Zeit als unseres Lebens. Sie stehen zu einem Teil diesseits, zum anderen Teil jenseits der Wirklichkeitsgrenze, ihr Originelles ist die Verwandlung durch den Dichter, sie haben teil an unserer Wirklichkeit, darin sind sie verschieden von Gestal-

tungen. Es sind Monumente, unsterbliche Figuren. Aber nicht durch vergrößertes Maß, oder durch Pathos sind sie unsterblich, sondern durch kleine seelenvolle menschliche Anlagen und einen klassischen Zug in ihrer Zeichnung. Nur um deutlicher zu machen, was ich hier meine, und nicht um etwas über die Größe der beiden Schriftsteller auszusagen, erwähne ich, daß es in dem soviel umfangreicheren und gestaltenreicheren Werk von Thomas Mann nicht eine einzige Figur dieser Art gibt, keine, die nicht nach lebenden Modellen oder in der rationalen Retorte gebildet wurde. Ernst Penzoldt hielt seinerseits Thomas Mann durchaus für den größten lebenden deutschen Schriftsteller und für so überragend, daß ihn jedes Kritteln an Thomas Mann verstimmen konnte, selbst Freunde, die daran teilnahmen, lehnte er danach ab.

Um noch einmal das Lebens- und Weltgefühl von Ernst Penzoldt heraufzurufen, wähle ich zum Schluß ein paar Sätze von Karl Vossler, einem anderen Unverwechselbaren:

»Nichts geht verloren, nichts ist tot. Es ist alles ein einziges Strömen und Quellen, und wir sind immer dabei gewesen, und sind es auch nach dem Tod noch, und was wir getan haben, ist unwiderruflich und geht ein in das große unendliche Gewebe des Lebens, dem der Tod die Form, die Zeichnung und den Rhythmus gibt, aber nie den Faden abschneidet. Wo wir einen Takt, eine Pause sehen, sagen wir Tod, und ist doch nur das Atemholen zu ewiger Musik.«

(1955)

Nachbemerkung

Diese Auswahl von zeitlosen Arbeiten aus Ernst Penzoldts kleiner Prosa erschien erstmals 1975 als suhrkamp taschenbuch 267. Sie enthielt 25 Beispiele aus seinen 1942 in Buchform zusammengefaßten *Episteln* und den *Causerien* von 1949. Zahlreiche unbekannte Arbeiten dieser Gattung konnten 1992 in eine siebenbändige Jubiläumsausgabe einbezogen werden, die anläßlich seines hundertsten Geburtstages vorgelegt wurde. Die reizvollsten dieser Stücke ergänzen unsere Neuausgabe um 23 weitere Betrachtungen. Sie zeigen den Dichter als Meister der kleinen Form und machen das reiche Spektrum der Themen sichtbar, die ihn beschäftigt und produktiv gemacht haben.

In fast allen diesen Schilderungen, oft alltäglichen Beobachtungen, die Ernst Penzoldt zuweilen in Liebesbriefe gekleidet hat, welche zunächst an seine Frau, nun aber an uns gerichtet sind, ist er den Gesetzen des Schönen und Erstrebenswerten auf der Spur, ihnen galt seine Zuneigung. Denn zu den Voraussetzungen, etwas vom Leben zu haben, gehörte für ihn, es zu lieben. »Leben ohne zu lieben«, berichtet sein Verlegerfreund Peter Suhrkamp, »das war für ihn kein Leben.« Er praktizierte es nach der

Devise: »Man sollte sich jeden Tag mindestens einmal verlieben, in einen Menschen, einen schönen Baum, in eine Farbe, oder die Anmut einer Katze. Ich wenigstens tue das und fühle mich sehr wohl dabei.« Dies ist auch sein Movens zu schreiben. Es überträgt sich auf den Leser. Deshalb zählt Ernst Penzoldt zu den wenigen Autoren, die uns Lust machen, den neuen Tag, allen Widrigkeiten zum Trotz, mit Zuversicht zu beginnen. Man fühlt sich wohl in seiner Gesellschaft, wie in der seines bezaubernden Lebenskünstlers *Squirrel*, von dem er sagte, er sei einer jener Menschen, »die zu den Heilmitteln gehören, die man verordnet wie eine Medizin, während andere geradezu Gift sein können.«
Penzoldts Betrachtungen verbinden Wissenschaftlichkeit mit Anschaulichkeit, sie sind exakt, ohne zu langweilen und den Lebensbezug zu verlieren. Er kommt aus mit einem Minimum an äußerer Handlung und wäre kein Dichter, wenn es ihm nicht gelänge, dem Leser das Unscheinbare, angeblich Gleichgültige und monoton Alltägliche durchsichtig zu machen und unverbrauchte Wahrnehmungen daraus zu erschließen. Als Bildhauer, Maler und Illustrator ist er zudem bestens vertraut mit den Erscheinungsformen der Dinge, ihrer Vieldimensionalität in Plastik, Farbe und Umriß. Diese handwerklich-praxisbezogenen Kenntnisse geben seinen Betrachtungen über Kunst die zuverlässige Kompetenz

eigener bildnerischer Erfahrung und seinen Naturschilderungen eine bildhafte Wirklichkeitsnähe.
Für Thomas Mann, Hermann Hesse und Erich Kästner war Ernst Penzoldt einer der liebsten Kollegen sowohl wegen seines konstruktiven, von soviel Humor und höherer Heiterkeit beschwingten Naturells als auch seiner politischen Integrität wegen, die nicht zuletzt im Deutschland der dreißiger und vierziger Jahre selten war. Dank einer Weltanschauung, die einzig darin bestand, sich die Welt genau anzuschauen, und einem Humor, dem die Abgründe unseres Verhaltens ebenso vertraut sind wie die Untiefen des Tiefsinns, glückt es ihm, jedes falsche Pathos zu vermeiden und auf erfrischend unsentimentale Weise einer Welt, die alles andere als heil ist, dennoch ihre erfreulichen und zukunftsorientierten Aspekte abzugewinnen. Penzoldt hat sich selbst als einen skeptischen Optimisten bezeichnet. Beides, ein aufklärerischer Skeptizismus und eine verschmitzte Art, das Überlebte zu verunsichern und dennoch ein unbeirrbares Vertrauen in die Möglichkeiten des gesunden Menschenverstandes und guten Willens durchzieht sein ganzes Werk. Der Resignation über den Lauf der Dinge hat er die Frage entgegengesetzt: »Was würde aus der Welt werden, wenn es nicht immer wieder ein paar Menschen gäbe, die das Gute um seiner selbst willen tun, blindlings gewissermaßen?«.

Als Zwanzigjähriger war Penzoldt erstmals mit der Silhouettenfolge *Allerlei Humore* an die Öffentlichkeit getreten. Aus der Praxis des Scherenschneidens, der treffsicheren Charakterisierung mit sparsamsten Mitteln hat er seinen Stil entwickelt. Seine Art, auch schwierige und verwickelte Dinge in leichtem Plauderton hinzusagen, kommt aus einem Humor, wie er in der deutschen Literatur nicht gerade häufig ist. Er ist ohne Schadenfreude, kein Dressurprodukt des Wettbewerbs und karikierender Schlagfertigkeit, sondern entspringt der Fähigkeit, heiter zu bleiben, wenn es ernst wird. Das Schwere wird leicht und das Ernste wird heiter in Penzoldts dem Ästhetischen und Positiven aufgeschlossenen Schilderungen: »Das Häßliche, das lehrt die Erfahrung, läßt sich viel leichter beschreiben, während das Schöne, je schöner es ist, um so unbeschreiblicher wird. Es ist das eigentliche geheime Maß für die Betrachtung aller Natur und Kreatur. Es ist das ordnende Prinzip der Schöpfung. Wann immer in meinem Leben ich etwas Schönem begegnet bin, war es wie ein Wiedersehen oder wie eine Antwort auf eine schon lange darauf wartende Sehnsucht«, schreibt er über die schwierige Kunst, dem Wünschenswerten gerecht zu werden und darüber das Leben, trotz allem, zu lieben.

Volker Michels

Quellennachweis

Von der Natur des Lächelns

Erstdruck in »Frankfurter Zeitung«, vom 27. 8. 1939. Hier geringfügig gekürzt. Aufgenommen in Ernst Penzoldt »Episteln«, Berlin 1942.

Katharina die Schöne

Erstdruck in »Hessische Nachrichten«, Kassel, vom 5. 4. 1947. Aufgenommen in Ernst Penzoldt, »Causerien«, Frankfurt am Main 1949.

Es sind bereits fünf

Erstdruck in »Süddeutsche Zeitung«, München, vom 11. 11. 1950. Aufgenommen in Ernst Penzoldt, »Gleichnis der Welt. Betrachtungen«, Bd. 7 der Jubiläumsausgabe zum 100. Geburtstag von Ernst Penzoldt. Herausgegeben von Ulla Penzoldt und Volker Michels. Frankfurt am Main 1992.

Die Buche

Erstdruck in »Die Neue Zeitung«, München, vom 10. 6. 1946. Aufgenommen in »Causerien«, a.a.O. Hier geringfügig gekürzt.

Die Herbstzeitlose

Erstdruck in Ernst Penzoldt, »Die Liebende« und andere Prosa aus dem Nachlaß, Frankfurt am Main 1958.

Schmetterling im Schnee

Erstdruck in »Münchner Neueste Nachrichten« vom 3. 11. 1939. Aufgenommen in »Causerien«, a.a.O.

Lufteis

Erstdruck in »Münchner Neueste Nachrichten« vom 7. 11. 1941. Aufgenommen in »Causerien«, a.a.O.

Die Glut

Erstdruck in »Kölnische Zeitung« vom 1.1.1943. Aufgenommen in »Causerien«, a.a.O.

Kleine Wahrnehmungen

Teildruck aus »Knigge im Krieg«. Erstdruck in »Das Reich«, Berlin, vom 6.10.1940. Aufgenommen in »Causerien«, a.a.O.

Die Luft

Erstdruck in »Die neue Rundschau«, Berlin, vom Juli 1937. Aufgenommen in »Causerien«, a.a.O.

Der fatale Knick

Geschrieben 1950. Erstdruck 1950 in »Süddeutsche Zeitung«, München. Aufgenommen in »Gleichnis der Welt«, a.a.O.

Sonnenuntergang

Erstdruck in »Westdeutsche Rundschau«, Wuppertal, vom 7.8.1950. Aufgenommen in »Causerien«, a.a.O.

Das Hermelin

Erstdruck in »Frankfurter Zeitung« vom 13.4.1941. Aufgenommen in »Causerien«, a.a.O.

Gartenerde

Erstdruck in »Die Dame«, Berlin vom April 1939. Aufgenommen in »Gleichnis der Welt«, a.a.O.

Ansichtskarte aus Kampen

Erstdruck in »Münchner Tagebuch« vom 12.6.1948. Aufgenommen in »Causerien«, a.a.O.

Von den Muscheln

Erstdruck in »Münchner Tagebuch« vom 24.7.1948. Aufgenommen in »Causerien«, a.a.O.

Sand

Erstdruck in »Frankfurter Zeitung« vom 7.7.1938. Aufgenommen in »Causerien«, a.a.O.

Sturm

Erstdruck u.d.T. »Wenn die rote Fahne flattert« in »Süddeutsche Zeitung«, München, vom 29. 8. 1951. Aufgenommen in »Die Liebende«, a.a.O.

Eine Vogelfeder

Erstdruck in »Kölnische Zeitung« vom 16. 1. 1941. Aufgenommen in »Causerien«, a.a.O.

Heilsamer Schlaf

Erstdruck in Ernst Penzoldt, »Der dankbare Patient«, Berlin 1937.

Vom Träumen

Erstdruck in »Die neue Rundschau«, Berlin, vom Dezember 1941. Aufgenommen in »Causerien«, a.a.O.

Epistel über das Briefeschreiben

Erstdruck in »Münchner Neueste Nachrichten« vom 1. 6. 1941. Aufgenommen in »Causerien«, a.a.O.

Betrachtung über die Augen

Erstdruck in »Die neue Rundschau«, Berlin vom Januar 1936. Aufgenommen in »Causerien«, a.a.O.

Das Bett

Aus dem Kapitel »Der Reisewagen« in »Der dankbare Patient«, a.a.O.

Vor einer Operation

Erstdruck in »Episteln«, a.a.O.

Rekonvaleszenz

Erstdruck in »Episteln«, a.a.O.

Nachruf auf ein Haus

Erstdruck in »Münchner Neueste Nachrichten« vom 13. 4. 1941. Aufgenommen in »Causerien«, a.a.O.

Phantasie

Erstdruck in »die neue linie«, Leipzig/Berlin, vom Februar 1943. Aufgenommen in »Die Liebende«, a.a.O.

Magie der Namen
Erstdruck in »Westermanns Monatshefte«, Braunschweig, vom Juni 1953. Aufgenommen in »Die Liebende«, a.a.O.
Über den Humor
Vom Autor revidierte Fassung des Erstdruckes im »Berliner Tageblatt« vom 25.8.1935. Aufgenommen in »Die Liebende«, a.a.O.
Der Kapellmeister
Erstdruck in »Münchner Neueste Nachrichten« vom 15.10.1943. Aufgenommen in »Causerien«, a.a.O.
Gestalten des Reiseverkehrs
Geschrieben um 1937. Erstdruck in »Gleichnis der Welt«, a.a.O.
Die Kunst, sich feiern zu lassen
Geschrieben anläßlich seines 60. Geburtstags 1952. Erstdruck in »Hamburger Echo« vom 14.6.1952. Aufgenommen in »Gleichnis der Welt«, a.a.O.
Schlüsselroman
Geschrieben um 1950. Erstdruck in »Gleichnis der Welt«, a.a.O.
Neujahrsbetrachtung
Erstdruck u.d.T. »Das Geheimnis« in »Der Tagesspiegel«, Berlin, vom 29.12.1946. Aufgenommen in »Gleichnis der Welt«, a.a.O.
Meine unmaßgebliche Meinung
Zwei Folgen aus einem 10teiligen Zyklus, den Ernst Penzoldt vom März bis Oktober 1950 in »Die Neue Zeitung«, München, veröffentlichte (Folge 1 vom 25.3.1950 und Folge 8 vom 2.8.1950). Aufgenommen in »Gleichnis der Welt«, a.a.O.
Bildnis und Persönlichkeit
Erstdruck in »Die Pause«, Wien, vom Juli 1941. Aufgenommen in »Causerien«, a.a.O.

Das kleine Mädchen von Salonae
Erstdruck in »Die Kunst für alle«, München, vom März 1940. Aufgenommen in »Causerien«, a.a.O.

Die schönste Zeichnung der Welt (Dürers Mutter)
Erstdruck in Ernst Penzoldt »Tröstung«, Berlin/Frankfurt am Main 1946. Aufgenommen in »Causerien«, a.a.O.

Der Malerpoet (Carl Spitzweg)
Erstdruck in »Essener Theaterzeitung«, 1936/37 Heft 18. Aufgenommen in »Gleichnis der Welt«, a.a.O.

Götter und Helden (Honoré Daumier)
Einführung zu Honoré Daumier »Götter und Helden«, Bd. 5 der Piper Bücherei, München 1947. Aufgenommen in »Causerien«, a.a.O.

Der große dunkle Wald
Das Wunderland der Märchen. Erstdruck in »Die Pause«, Wien, vom Oktober 1940. Erweiterte Fassung. Aufgenommen in »Causerien«, a.a.O.

Welt ohne Buch
Geschrieben 1954 für den Weihnachtskatalog einer Buchhandlung. Aufgenommen in »Gleichnis der Welt«, a.a.O.

Schriftsteller und Filmsteller
Erstdruck in »Deutsche Allgemeine Zeitung«, Berlin, vom Januar 1945. Aufgenommen in »Gleichnis der Welt«, a.a.O.

Menschen, die man liebt, altern nicht
Hermann Hesse zum 75. Geburtstag. Erstdruck in »Neue Schweizer Rundschau«, Zürich 1952 und u. d. T. »Die guten Werke« in »Süddeutsche Zeitung«, München, vom 2. 7. 1952. Aufgenommen in »Gleichnis der Welt«, a.a.O.

Die Idee der Toleranz
Erstdruck in »Die Liebende«, a.a.O.

Die Kunst, das Leben zu lieben

Leicht gekürzte Fassung des Erstdrucks in »Lebendige Erziehung«, München, vom Oktober 1949. Aufgenommen in »Die Liebende«, a.a.O.

Rückblick

Auch mit dem Titel »Berufsqual« überschriebene einleitende Worte zu einem Leseabend in München anläßlich Ernst Penzoldts 60. Geburtstag im Juni 1952. Erstdruck in »Ernst Penzoldt, Leben und Werk im Bild«. Herausgegeben von Ulla Penzoldt und Volker Michels. Frankfurt am Main 1988. Aufgenommen in Ernst Penzoldt, »Mit eigenen Augen. Autobiographisches«. Bd. 6 der Jubiläumsausgabe zum 100. Geburtstag. Herausgegeben von Ulla Penzoldt und Volker Michels. Frankfurt am Main 1992.

Zeittafel

1892

Ernst Penzoldt wird am 14. Juni in Erlangen, Güterhallenstraße 12, geboren als vierter Sohn des Internisten und Wissenschaftlers Franz Penzoldt (1849–1927) und Valerie Penzoldt, geb. Beckh (1867–1946).

1898

Umzug der Familie in das Haus Sieglitzhofer Landstraße 44 (heute Hindenburgstraße 44).

1898–1901

Privatunterricht durch Hauslehrer und eine französische Erzieherin.

1901–1911

Schulzeit im humanistischen Gymnasium (später Fridericianum) in Erlangen. Er zeichnet, schneidet Silhouetten, schreibt Gedichte, einen »Roman« und ein »Stück« für ein selbstgefertigtes Papiertheater.

1911

Erste kleine Veröffentlichung: Silhouetten für ein Lautenbüchlein von Waldemar von Baussnern.

1911–1913

Nach dem Abitur Studium der Bildhauerei und Malerei an der Kunstakademie in Weimar. Der Tiroler Maler Albin Egger-Lienz beeinflußt ihn dort nachhaltig.

1913–1914

Fortsetzung der Studien an der Kunstakademie in Kassel.

1914

Als erste eigenständige Veröffentlichung erscheint seine Scherenschnittmappe *Allerlei Humore*, herausgegeben von Ferdi-

nand Avenarius im Kunstwart-Verlag Georg D. W. Callwey, München.
Er meldet sich bei Kriegsausbruch freiwillig zu den Sanitätern, wird zurückgewiesen, fälscht die Testflüssigkeit, um tauglich zu werden.

1914–1918

Zuerst als Sanitäter in der Etappe, dann an der Front in Frankreich zur Bergung und Pflege Verwundeter und als Operationshelfer in der Feldchirurgie.

1919

Nach dem Krieg zunächst wieder in Erlangen, meldet er sich dort am 2. 4. 1919 nach München ab.

1920

In München mietet er am 1. 4. ein Atelier in der Schleißheimer Straße 47/V und lernt am 18. 6. in einem Konzert Ernst Heimeran kennen, von dem er am Lebensende sagt: »Er war mein bester Freund.«
Erste schriftstellerische Publikationen, so das Gedicht »Kuru« in der Zeitschrift »Jugend«.

1921

Im Januar Leseabend vor Freunden, u. a. mit dem neu entstandenen Gedicht »Ringsum schläft«. Im Frühjahr illustriert er »Robinson Crusoe«, der im Herbst bei Franz Hanfstaengl, München, erscheint.
Gemeinsame Kollegbesuche mit Ernst Heimeran bei Heinrich Wölfflin.
Vom 25. 8. bis 28. 10. unternimmt er mit Ernst Heimeran eine Italienreise.

1922

Am 2. 2. verlobt er sich mit Friedi Heimeran in München-Schwabing, Dietlindenstraße 14.
Am 26. 8. heiratet er sie in Helmbrechts, Oberfranken, wo die Eltern Heimeran leben.

Am 27. 10. wird der Ernst Heimeran Verlag handelsgerichtlich eingetragen.
Der Gefährte, Gedichte, erscheint als erste schriftstellerische Publikation bei Heimeran.
Shakespeare-Schildereien, 6 Originalradierungen, erscheinen in einer einmaligen, numerierten, handsignierten Auflage von 100 Exemplaren als erste graphische Publikation bei Heimeran.

1923

Am 31. 7. wird der Sohn Günther Penzoldt geboren.
Idyllen (Albrecht und Gabriel. Der geflügelte Knabe. Die sieben Träume. Das Wasserrad) erscheint an Weihnachten in einer Auflage von 500 Exemplaren als zweite schriftstellerische Publikation bei Heimeran.
Originalradierungen, 26 Einzelblätter jeweils in eigenem Umschlag, überwiegend religiösen Inhalts, erscheinen zur Hälfte in diesem Jahr als zweite graphische Publikation bei Heimeran.

1924

Der Schatten Amphion, eine fränkische Idylle, erscheint an Ostern in einer Auflage von 500 Exemplaren bei Heimeran.
Originalradierungen. Die 1923 begonnene Folge wird in diesem Jahr beendet als dritte graphische Publikation. Damit sind die Veröffentlichungen im Heimeran Verlag fürs erste abgeschlossen. Im Sommer offizielle Gründung der Münchner literarischen Gesellschaft »Die Argonauten«.

1925

Im Mai entstehen Wandmalereien in der Mensa Academica und der Buchhandlung Mencke in Erlangen.
Am 15. Mai weiht Penzoldt sein neues Atelier in München, Görresstraße 13, mit einem privaten Leseabend ein.

Am 17. Mai Arbeit an der Büste des Dichters August von Platen. Entstehung der Büsten von Wilhelm Geiger, Hans Grässel, Franz Muncker, Sigrid Onégin u. a. für das »Schaubuch berühmter Zeitgenossen« bei Heimeran.

1926

Arbeit an der Kirchenausstattung von Theodor Fischers Waldkirche in Planegg bei München.

Am 7. 11. Beendigung der Niederschrift seines ersten Romans *Der Zwerg*.

1927

Der Zwerg, Roman, erscheint im Reclam Verlag, Leipzig.

Die Waldkirche in Planegg mit Penzoldts Plastiken wird eingeweiht.

Am 18. 3. wird die Tocher Ulla Penzoldt geboren.

Am 19. 9. stirbt der Vater, Franz Penzoldt, in München.

1928

Am 28. 3. liest Penzoldt im Hause Bernstein aus seinem Manuskript *Der arme Chatterton*. Unter den Zuhörern ist Thomas Mann.

Der arme Chatterton, Geschichte eines Wunderkindes, erscheint im Herbst im Insel Verlag, Leipzig.

1929

Etienne und Luise, Novelle, wird in der »Vossischen Zeitung«, Berlin, vom 7. 6. vorabgedruckt. Im Herbst als Einzelausgabe im Reclam Verlag, Leipzig. Die Novelle führt wegen Namensgleichheit mit einer lebenden Person zu jahrelangen Prozessen, die wegen der pazifistischen Tendenz der Novelle auch politische Bedeutung haben.

1930

Etienne und Luise, Trauerspiel, erscheint als Bühnenmanuskript im Arcadia Verlag, Berlin, und wird am 5. 2. 1931 in den »Kammerspielen« Mannheim uraufgeführt.

Etienne und Luise, Novelle, erscheint, nachdem der Hauptprozeß beendet ist, in einer revidierten Neufassung bei Reclam.

Die Powenzbande, Zoologie einer Familie, gemeinverständlich dargestellt, erscheint im Propyläen Verlag, Berlin.

Die Portugalesische Schlacht, Komödie der Unsterblichkeit, erscheint als Bühnenmanuskript im Arcadia Verlag, Berlin, als Buch im Propyläen Verlag, Berlin, und wird am 31. 1. 1931 im »Residenztheater« in München und den »Landestheatern« in Darmstadt und Oldenburg uraufgeführt.

Die Portugalesische Schlacht, Novelle, erscheint mit drei anderen Erzählungen im Piper Verlag, München.

1931

Der Knabe Karl, Trauerspiel, erscheint im Herbst als Bühnenmanuskript im Arcadia Verlag, Berlin, und wird am 11. 12. im »Residenztheater« in München uraufgeführt.

1933

Auf Initiative Peter Suhrkamps wird der erste Vertrag mit dem S. Fischer Verlag am 18. 11 gemeinsam mit Dr. Bermann und Suhrkamp unterzeichnet.

So war Herr Brummell, Kammerspiel, erscheint als Bühnenmanuskript im Arcadia Verlag, Berlin. Es wird am 7. 2. 1934 am »Burgtheater« in Wien uraufgeführt.

1934

Kleiner Erdenwurm. Romantische Erzählung, erscheint im S. Fischer Verlag, Berlin.

Penzoldt verwendet von nun an den Namen Fritz Fliege (so heißt eine Hauptfigur in *Kleiner Erdenwurm*) als Pseudonym für seine zeichnerischen, malerischen und plastischen Arbeiten.

1935

Idolino, Erzählung, erscheint im S. Fischer Verlag, Berlin.

1937
Der dankbare Patient, mit Zeichnungen des Patienten, erscheint im S. Fischer Verlag, Berlin.
Im Juli ist Penzoldt erstmals zu Gast im Suhrkamp-Haus in Kampen auf Sylt.

1938
Die Leute aus der Mohrenapotheke, Roman (revidierte Neufassung von *Der Zwerg*), erscheint im S. Fischer Verlag, Berlin.
Vom 30. 3. bis zum Herbst arbeitet Penzoldt in der Werbeabteilung des S. Fischer Verlags in Berlin.
Im September Einzug in das Schwabinger Haus, Schwedenstraße 39 in München.

1939
Vom 3. bis 25. 5. Reise nach Dalmatien mit Ernst Heimeran.
Am 28. 8. wird Penzoldt als Sanitätsfeldwebel eingezogen. Während des Polenfeldzuges noch in der Etappe, bemüht er sich danach als Operationshelfer in einem Lazarett in Lodz um schwerverwundete Polen.
Die Powenzbande erscheint als erweiterte und vom Autor bebilderte Jubiläumsausgabe im S. Fischer Verlag, Berlin.
Am 10. 11. Rückkehr. Weihnachtsurlaub in München.

1940
Vom 20. 4. bis 2. 8. als Patient im Reservelazarett in Göttingen. Dort entstehen *Zugänge* und *Korporal Mombour*, der im November in »Die neue Rundschau« vorabgedruckt wird.
Am 25. 9. wird Penzoldt wegen »Erreichens der Altersgrenze« aus dem Militärdienst entlassen. Im November Magenresektion.

1941
Korporal Mombour, eine Soldatenromanze, erscheint im S. Fischer Verlag, Berlin, und als Feldpostausgabe.

Am 29. 6. erwirbt Suhrkamp die Rechte für *Zugänge*, obwohl er diesen Erlebnisbericht Penzoldts über die Schicksale polnischer Verwundeter aus politischen Gründen noch nicht drukken kann.

1942

Die Episteln erscheinen zum fünfzigsten Geburtstag im S. Fischer Verlag.

Ein »Lebensabriß und Werkverzeichnis« wird vom Heimeran Verlag vorgelegt.

Die Reise ins Bücherland, ein Büchermärchen, erscheint im Heimeran Verlag.

Penzoldt schreibt Theaterbriefe für verschiedene Zeitungen.

1943

Am 27. 11. erneute Rekrutierung.

1944

Am 17. 5. wegen Krankheitsbefund aus dem Militärdienst entlassen.

Am 3. 10. schwere Magenblutung.

1946

Die verlorenen Schuhe, Komödie, wird am 21. 3. im »Volkstheater im Bayerischen Hof« in München und im »Stadttheater« Nürnberg uraufgeführt.

Tröstung, ein Beitrag zur Humanität, erscheint im Suhrkamp Verlag, Berlin.

1947

Zugänge können jetzt im Suhrkamp Verlag, Frankfurt am Main, erscheinen. Penzoldt schreibt wieder für verschiedene Zeitungen Theaterbriefe.

1948

Der Diogenes von Paris, mit historischen Dokumenten und Kommentaren versehene Ausgabe der Komödie *Die verlorenen Schuhe*. Sie erscheint im Heimeran Verlag, München.

Der Kartoffelroman, eine Powenziade, erscheint im Heimeran Verlag, München.
Das Nadelöhr, eine Betrachtung, erscheint im Chr. Kaiser Verlag, München.
Am 20.4. wird Penzoldt in die Bayerische Akademie der Schönen Künste in München gewählt. Er erhält den Kunstpreis für Literatur der Stadt München.

1949
Causerien erscheint als Band 1 der Gesammelten Schriften in Einzelausgaben im Suhrkamp Verlag, Frankfurt am Main.

1950
»Es kommt ein Tag«, Film nach der Novelle *Korporal Mombour*, wird uraufgeführt.
Der gläserne Storch, Zauberkomödie, wird am 22.2.1950 im »Deutschen Schauspielhaus« in Hamburg uraufgeführt.

1951
Süße Bitternis erscheint als Band 2 der Gesammelten Schriften in Einzelausgaben im Suhrkamp Verlag, Frankfurt am Main.

1952
Drei Romane erscheint als Band 3 der Gesammelten Schriften in Einzelausgaben im Suhrkamp Verlag, Frankfurt am Main.
Fliegenkleckse, zeichnerische Einfälle von Fritz Fliege, erscheint im Heimeran Verlag, München.
Squirrel oder Der Ernst des Lebens, ein Kammerspiel, erscheint als Bühnenmanuskript im Suhrkamp Verlag, Frankfurt am Main.

1953
Squirrel, ein Kammerspiel, wird am 22.12. im Theater »Die Kleine Freiheit« in München uraufgeführt.
Penzoldt wird im Herbst als Dramaturgischer Berater durch Intendant Kurt Horwitz an das Münchner Residenztheater berufen.

1954
Squirrel, Erzählung, erscheint im Suhrkamp Verlag, Frankfurt am Main.
15 Gedichte erscheinen bei der Fränkischen Bibliophilen-Gesellschaft, Lichtenfels.
Der Irrgarten, eine Erzählung, erscheint als Jahresgabe der Fränkischen Bibliophilen-Gesellschaft, Lichtenfels.
Anfang Dezember erster Herzinfarkt.

1955
Am 27. 1. stirbt Ernst Penzoldt an einem zweiten Herzinfarkt.
Am 31. 1. Beerdigung auf dem Münchener Waldfriedhof.

Zu dieser Ausgabe

insel taschenbuch 2793: Der Text folgt der Großdruckausgabe: Ernst Penzoldt, Die Kunst, das Leben zu lieben und andere Betrachtungen. Ausgewählt von Volker Michels. Mit einem Nachwort von Peter Suhrkamp. Der Abdruck der Texte von Ernst Penzoldt erfolgt mit freundlicher Genehmigung des Suhrkamp Verlags Frankfurt am Main. Aus: Ernst Penzoldt, Jubiläumsausgabe zum 100. Geburtstag. Bd. 6 und 7. © Suhrkamp Verlag Frankfurt am Main 1992.
Umschlagabbildung: Hartmut Krinitz/laif

»Durch das Jahr«
Anthologien
im insel taschenbuch

Das Insel-Buch der Bäume. Herausgegeben von Gottfried Honnefelder. it 1041. 286 Seiten

Frische Feigen. Ein literarischer Früchtekorb. Herausgegeben von Hans Ulrich Hirschfelder. it 2646. 220 Seiten

Frohe Ostern. Geschichten und Gedichte. Herausgegeben von Franz-Heinrich Hackel. it 2372. 214 Seiten

Das Frühlingsbuch. Gedichte und Prosa. Herausgegeben von Hans Bender und Nikolaus Wolter. it 914. 238 Seiten

Das Gartenbuch. Gedichte und Prosa. Ausgewählt von Hans Bender. Mit farbigen Fotografien. it 1803. 273 Seiten

Das Herbstbuch. Gedichte und Prosa. Herausgegeben von Hans Bender. it 657. 262 Seiten

Lektüre im Garten. Ausgewählt von Franz-Heinrich Hackel. it 1967. 290 Seiten

Meine erste Reise. Sechzehn wahre Geschichten. Herausgegeben von Hans Scherer. it 2196. 197 Seiten

Narrenzeit. Geschichten und Bilder von argen Schelmen, seltsamen Käuzen und buntscheckigem Volk. Herausgegeben von Walter Gerlach. it 2274. 271 Seiten

Ostern in Rom. Herausgegeben von. Stefan Janson. it 2596. 234 Seiten

NF 17/1/4.00

Das Regenbuch. Herausgegeben von Simone Frieling.
it 2579. 224 Seiten

Die Rose. Herausgegeben von Beatrix Müller-Kampel.
it 2619. 220 Seiten

Schwimmen. Texte und Bilder. Herausgegeben von Gisela Linder. it 2523. 140 Seiten

Das Sommerbuch. Gedichte und Prosa. Herausgegeben von Hans Bender. it 847. 230 Seiten

Ein Sommer wie im Märchen. Geschichten für den Reisekoffer, gepackt von Franz-Heinrich Hackel.
it 1728. 286 Seiten

Sommerliebe. Zärtliche Geschichten für den Reisekoffer, gepackt von Franz-Heinrich Hackel. it 1728. 350 Seiten

Das Winterbuch. Gedichte und Prosa. Herausgegeben von Hans Bender und Hans Georg Schwank. it 728. 252 Seiten

Wolken. Gedanken des Himmels. Gedichte, Prosa und farbige Bilder. Ausgewählt von Charitas Jenny-Ebeling.
it 1871. 246 Seiten

NF 17/2/4.00